Andree
P9-CAJ-020

DERNIÈRE ESCALE

Né à New York en 1947, James Patterson publie son premier roman en 1976. La même année, il obtient l'Edgar Award du roman policier. Il est aujourd'hui l'auteur de plus de trente best-sellers traduits dans le monde entier. Plusieurs de ses thrillers ont été adaptés à l'écran.

JAMES PATTERSON

Dernière escale

TRADUIT DE L'ANGLAIS (ÉTATS-UNIS) PAR PHILIPPE HUPP

L'ARCHIPEL

Titre original :

SAIL
Publié par Little, Brown & Co.

« L'équipage »

La mère

Le Dr Katherine Dunne, quarante-cinq ans, chirurgien cardiologue, exerce à l'hôpital Lexington, à Manhattan. Son mari, Stuart, a trouvé la mort il y a quatre ans lors d'un accident de plongée, à l'occasion d'une sortie en mer sur leur voilier, le *Famille Dunne*. Stuart avait une maîtresse, présente ce jour-là sur les lieux du drame. Depuis, les rapports entre Katherine et ses enfants ont considérablement changé. Ils se sont encore détériorés lorsqu'elle est tombée amoureuse d'un homme intelligent, drôle et altruiste, Peter Carlyle, avocat, qu'elle a très vite décidé d'épouser.

Les enfants

Carrie Dunne, dix-huit ans, vient d'entrer à la célèbre université de Yale. Malheureusement, elle est dépressive et souffre de boulimie. Elle a toujours reproché à sa mère de s'intéresser davantage à sa carrière de médecin qu'à ses enfants. Sa meilleure amie, à New York, a récemment avoué à Katherine qu'elle la pensait capable d'attenter à ses jours.

Mark Dunne, seize ans, a entamé sa deuxième année à Deerfield Academy, prestigieux lycée privé où, bien qu'apprécié, il a la réputation d'être toujours drogué. Aucune ambition, aucun enthousiasme. « Pourquoi me crever le cul comme mon père alors qu'on peut mourir et tout perdre en une fraction de seconde ? »

Ernie Dunne, dix ans. Dans cette famille où c'est chacun pour soi, il a grandi très vite. Il se pose énormément de questions, au point que pas une journée ne s'écoule sans qu'il demande au moins une fois à sa mère : « Maman, tu es vraiment sûre que je n'ai pas été adopté ? »

L'oncle

Jake Dunne, quarante-quatre ans, est le beau-frère de Katherine. Véritable nomade des mers, il a quitté Dartmouth avant la fin de ses études pour naviguer autour du globe. Une voie très différente de celle empruntée par son frère aîné, Stuart, resté à terre pour écumer Wall Street et empocher des millions de dollars. Tout séparait les deux frères. Ils avaient pourtant un point commun : l'un et l'autre étaient amoureux de Katherine.

PROLOGUE

Les Dunne sont en vie

1

Le capitaine Jack Turner réduisit sa vitesse à trois nœuds avant de pénétrer dans les eaux bleu saphir de la marina. Il tira une longue bouffée de sa Marlboro Rouge, secoua tranquillement sa cendre dans la brise puis, comme s'il guettait l'instant idéal, actionna l'avertisseur de son Bertram Sport Fisherman de quatorze mètres jusqu'à ce que tout le monde, sur le quai, s'arrête pour le regarder.

Allez, les enfants, venez donc voir ce que le capitaine Jack a rapporté.

Il n'était que 11 h 15, alors que son bateau de pêche sportive, le *Bahama Mama*, rentrait toujours au port aux alentours de 14 heures.

Mais aujourd'hui n'était pas un jour comme les autres.

Le capitaine Jack donna un autre coup d'avertisseur.

Quand on remonte le plus gros thon rouge jamais vu dans les Bahamas, on est tranquille pour le restant de la journée. Voire pour le restant de l'année !

— Y en a pour combien, à votre avis ? demanda Dillon.

Le premier matelot du *Mama* travaillait sur le bateau depuis onze ans. Et en onze ans, pas un jour d'absence. Il souriait rarement, sauf ce matin.

— Je ne sais pas, lui répondit le capitaine Jack en ajustant sa vieille casquette des Boston Patriots dont il ne se séparait jamais. Je pense qu'il y en a pour un paquet, un beau paquet.

Sous la visière verte, Dillon affichait toujours un grand sourire. Il savait qu'un thon de cette taille-là pouvait se vendre plus de vingt mille dollars cash, et même bien davantage s'il intéressait les acheteurs du marché aux poissons de Tsukiji, à Tokyo, qui fournissaient les restaurants de sushis. Ce serait sans doute le cas.

De toute manière, la part qui lui reviendrait serait importante. Pour ça, le capitaine était vraiment réglo, à tous points de vue.

— Tu es sûr que ces charlots ont bien signé le contrat, Dill' ?

Dillon jeta un œil vers l'arrière. Ils étaient six, venus de Manhattan pour un enterrement de vie de garçon. Ils avaient commencé à picoler dès qu'ils avaient pris la mer, à l'aube, et ils étaient à présent tellement bourrés qu'ils avaient bien du mal à taper dans leurs mains sans basculer par-dessus bord.

— Ouais, ils ont signé, répondit Dillon en hochant lentement la tête. Mais ça m'étonnerait qu'ils aient lu les mentions en petits caractères.

S'ils avaient soigneusement lu le contrat, ils auraient su que des touristes alcoolisés et couverts de coups de soleil ne pouvaient pas gagner le moindre dollar avec un gros thon rouge. Ça non, pas sur le *Babama Mama*. Le montant de la vente des prises revenait intégralement au capitaine et à son équipage. C'était ainsi, et pas autrement. Fin de l'histoire du gros poisson.

Ils approchaient du quai. Le capitaine Jack coupa les deux moteurs Caterpillar.

— Dans ce cas, allons nous donner en spectacle.

2

Évidemment, même si le temps s'écoulait plus lentement aux Bahamas, il fallut moins d'une minute new-yorkaise pour qu'une foule de curieux se rassemble autour du bateau. La rumeur enfla lorsqu'un chariot élévateur transporta l'énorme thon jusqu'à la balance officielle de la marina. Serait-elle assez solide pour un poisson de cette taille ?

Rayonnant, le capitaine Jack gratifia le futur marié d'une chaleureuse tape dans le dos en clamant qu'il n'avait encore jamais vu d'aussi redoutables pêcheurs.

— Vous êtes les meilleurs, et vous venez de le prouver.

Bien entendu, la vérité resterait entre Dill' et lui. Ces ratés venus de la grande ville ne s'étaient rendu compte de rien. Ils auraient été incapables d'attraper un rhume, alors un poisson…

Ça ne les empêchait pas de savourer pleinement le cliquetis continu des appareils photo numériques, la foule qui ne cessait de grossir, l'excitation qui montait, en attendant la pesée.

— Attachez-le bien ! cria le capitaine Jack, tandis qu'on nouait autour de la queue du thon une corde, la plus solide qu'on ait pu trouver.

À trois, le trophée fut soulevé. Des « oh ! » et des « ah ! » admiratifs jaillirent de l'attroupement des badauds. C'était une sacrée prise.

Trois cents… trois cent cinquante… quatre cents kilos !

L'aiguille de la balance fusa littéralement et s'arrêta sur quatre cent douze, un record ! Une gigantesque clameur s'éleva de la marina tout entière, et les New-Yorkais en goguette ne furent pas en reste.

C'est alors que…

Ploc !

Quelque chose dégringola de la gueule du thon.

L'objet insolite atterrit sur le quai et roula jusqu'aux pieds du capitaine Jack, chaussés de hautes bottes en caoutchouc noires.

— C'est quoi, ce truc? lança quelqu'un. C'est un gag ou quoi?

Tout le monde voyait bien de quoi il s'agissait. Une bouteille de Coca. Le modèle classique, bien lourd, en verre.

— Dis donc, Jack, il est original, ton appât, plaisanta le patron d'un autre bateau.

Tout le monde riait. Jack se pencha pour ramasser la bouteille, la scruta sous les feux du soleil matinal et se gratta aussitôt le crâne, entre ses boucles blondes. Il y avait quelque chose à l'intérieur.

Il s'empressa d'enlever le bout de sac plastique qui faisait office de capsule, maintenu par un nœud confectionné à l'aide d'un végétal quelconque. Voilà qui devenait de plus en plus bizarre. Il secoua la bouteille à deux reprises et, du bout de l'auriculaire, parvint à atteindre ce qui ressemblait à un message.

Il put l'extraire sans difficulté.

Ce n'était pas du papier. Plutôt une espèce de tissu.

— Il y a marqué quoi? demanda Dillon.

Sur le quai, tout le monde s'était tu. Jack Turner lut une première fois les mots en silence. Les lettres, couleur bordeaux, étaient floues mais lisibles. Du sang ? D'où provenait-il ?

— Allez, dites-nous, insista Dillon. Arrêtez de nous faire mariner !

Le capitaine Jack retourna lentement le bout de tissu pour que chacun puisse le voir. Stupéfaction générale.

— Ils sont vivants ! parvint-il à lâcher, incrédule, abasourdi. Les Dunne sont en vie !

Aussitôt, un journaliste du *Washington Post*, présent par hasard, sortit son téléphone mobile pour appeler sa rédaction. Finies, les vacances…

Devant les badauds, tout sourires, le capitaine Jack Turner ne pensait plus qu'à la fin du message. Là où il était question de la récompense.

Le symbole du dollar.

Le chiffre un.

Et tous ces jolis petits zéros derrière.

— Dill', dit-il lentement, je crois que ce thon vaut finalement bien plus qu'on ne le pensait.

PREMIÈRE PARTIE

La famille Dunne (ou ce qu'il en reste)

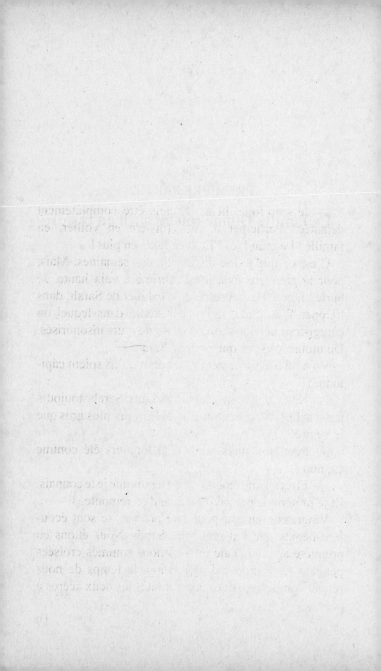

1

— Je suis folle, hein ? Je dois être complètement déjantée ! Participer à une croisière en voilier, en famille ! Le grand jeu ! Et avec Jake, en plus !

C'est ce que je me dis depuis des semaines. Mais, pour la première fois, je m'exprime à voix haute. Je hurle, même. Heureusement, le cabinet de Sarah, dans l'Upper West Side, un ancien studio dans lequel on enregistrait un talk-show, dispose de murs insonorisés. Du moins, c'est ce que prétend Sarah.

Vu mon comportement, il faudrait qu'ils soient capitonnés !

— Non, tu n'es pas folle, m'assure Sarah, toujours aussi calme. Mais peut-être as-tu les yeux plus gros que le ventre ?

— Peut-être, mais bon… j'ai toujours été comme ça, non ?

— En effet, me répond-elle. Depuis que je te connais. Et je préfère ne pas savoir à quand ça remonte.

Vingt-sept années, pour être précise, se sont écoulées depuis que j'ai rencontré Sarah. Nous étions en première année à Yale et nous nous sommes croisées pendant les journées d'orientation, le temps de nous rendre compte que nous étions toutes les deux accros à la série *General Hospital*[1], et que nous craquions l'une et l'autre, à un point que ça en devenait ridicule, pour Blackie, interprété par un John Stamos très jeune et incroyablement séduisant.

À croire qu'elle était mon double.

Quoi qu'il en soit, au cours des deux derniers mois, Sarah a été bien plus que ma meilleure amie et la sœur que je n'ai jamais eue. Elle a aussi tenu le rôle de ma psy, le Dr Sarah Burnett.

Oui, je sais, sur le papier, un arrangement de ce genre n'est pas forcément une bonne idée. Mais il n'y a pas de place dans ma vie pour les théories. Je fonctionne à la caféine et à l'adrénaline. Je suis chirurgien à l'hôpital Lexington. Ma spécialité : la cardiopathie congénitale. Je n'avais ni le temps ni la patience de passer par la phase « apprenons à nous connaître » de la thérapie. En outre, s'il y a une personne dont les avis m'importent, une personne en qui j'ai confiance, c'est bien elle.

— Non que je veuille te dissuader d'effectuer cette croisière, Katherine, m'explique-t-elle. Je trouve même que c'est une excellente idée. La seule chose qui m'inquiète, c'est que j'ai l'impression que tu attends beaucoup de ce voyage et que, de fait, les enfants et toi semblez sous pression. Et si ça ne marche pas ?

— C'est simple. Si ça ne marche pas, je les tue, je me suicide, et je mets ainsi un terme à nos souffrances.

— Bien, réplique Sarah, impavide, égale à elle-même. Je suis contente de savoir que tu as un plan B.

---

1. Série partiellement diffusée en France sous le titre *Hôpital central* puis *Alliances et trahisons. (N.d.T.)*

Et nous éclatons toutes les deux de rire. Je ne connais pas beaucoup d'autres psys avec lesquels je pourrais agir de la sorte.

Cela dit, elle a raison. J'attends beaucoup de cette croisière en mer. Trop, peut-être. Mais c'est plus fort que moi.

Voilà ce qui se passe quand votre famille se désagrège sous vos yeux et que vous êtes convaincue que c'est entièrement votre faute.

2

Pour faire court et rendre plus digeste une histoire personnelle qui n'a rien de passionnant, disons que les problèmes ont réellement commencé il y a quatre ans, quand mon mari, Stuart, est mort subitement. Ça a été un choc terrible. Même s'il m'avait trompée, et plus d'une fois, j'attribuais ses écarts au moins autant à ma carrière et à mon emploi du temps qu'à son tempérament.

Quoi qu'il en soit, ce sont nos trois enfants qui ont le plus souffert du décès de leur père. Au début, je ne m'en suis pas aperçue. Peut-être pensais-je trop à moi.

J'imaginais, j'ignore pourquoi, que nous resserrerions les rangs, que nous nous en sortirions en unissant nos forces.

Je me berçais d'illusions.

Stuart était le socle de la famille, toujours là quand j'étais bloquée à l'hôpital ou en déplacement, ce qui arrivait souvent. Sans sa présence, les enfants se sont repliés sur eux-mêmes. Déboussolés, pleins de ressentiment, ils ont quasiment cessé de me parler. Et je ne peux pas leur en vouloir. En toute franchise, je n'ai jamais pu prétendre au titre de Maman de l'Année. Je suis la preuve vivante – comme bien d'autres femmes,

22

j'imagine – qu'il est difficile de concilier une belle carrière et une vie de mère. Ce n'est pas impossible, juste très difficile.

Mais tout cela va changer. Du moins, je l'espère. De tout mon cœur.

À compter de vendredi, je prends un congé sans solde de deux mois. Le Dr Katherine Dunne met les voiles.

Les enfants et moi allons passer presque tout l'été en mer, à bord du *Famille Dunne*, le bateau qui nous réunissait quand Stuart était en vie. Ce voilier était sa joie et sa fierté, et sans doute est-ce la raison pour laquelle je ne me suis jamais résolue à le vendre. Je ne pouvais pas imposer ça à mes enfants.

Évidemment, cette perspective n'enchante pas Carrie, Mark et Ernie, c'est le moins qu'on puisse dire. Peu m'importe. Ils monteront sur ce bateau, même si je dois les y traîner de force !

— Oh, il y a quand même une bonne nouvelle, dis-je alors que la séance touche à sa fin. Les enfants ont enfin cessé d'appeler ça « les vacances de la famille à problèmes ».

— Oui, c'est effectivement une bonne nouvelle, me rétorque Sarah avec ce petit rire cristallin que j'aime tant.

— Maintenant, ils disent simplement « le trip glauque de la mère qui culpabilise ».

Sarah se remet à rire et, cette fois, je l'imite. Mieux vaut cela que fondre en larmes et me précipiter vers la fenêtre pour effectuer le saut de l'ange.

Dans quoi me suis-je embarquée ? Comment faire en sorte que notre famille survive ?

Deux excellentes questions auxquelles je suis, pour l'instant, incapable de répondre.

3

Ce vendredi-là, une petite pluie était tombée toute la matinée sur la marina de Goat Island, dans la localité très huppée de Newport, Rhode Island. Et vers midi, la brume avait pris le relais.

Voilà qui est de circonstance, songea Jake Dunne en étirant son corps long et mince – il mesurait près d'un mètre quatre-vingt-cinq – sur le pont de teck du bateau de son frère disparu. Peut-être parce qu'il était encore dans le flou, qu'il se demandait ce que cette croisière lui réserverait, de quelle manière la situation évoluerait.

Tout ce qu'il savait, c'était que Katherine, sa belle-sœur, l'avait appelé quelques semaines plus tôt, désespérée mais déterminée. Elle voulait – non, elle devait – absolument partir en croisière avec les enfants. À l'entendre, c'était son dernier espoir.

Comment refuser lorsqu'elle lui avait demandé s'il voulait bien être leur skipper ? Impossible, bien évidemment. Il avait toujours dit oui à Katherine.

Jake s'apprêtait à reprendre sa dernière inspection du bateau lorsqu'une voix familière s'adressa à lui.

— Alors, comment ça va, JD ? Ça fait plaisir de te voir !

Il se retourna. Darcy Hammerman, qui pilotait la navette de la marina, se tenait debout sur le quai. Comme le reste du personnel, elle portait un polo bleu frappé du logo Goat Island, mais le sien, partiellement délavé, trahissait son ancienneté et son statut hiérarchique. Ce qui était assez logique puisqu'elle et son frère étaient propriétaires des lieux. Mince, séduisante, éternellement bronzée, elle allait sur ses quarante ans.

— Salut, Darcy, quoi de neuf? lança Jake, d'un ton toujours aussi décontracté.

— Pas grand-chose, lui répondit-elle en souriant. Comme d'habitude, je vais passer la journée à emmener des gens pleins aux as sur des bateaux qui valent plus cher que ma baraque.

Jake se mit à rire. Darcy contempla le *Famille Dunne*.

— Prêt à prendre la mer?

— Un peu rouillé, peut-être, mais assurément bon pour le service.

Jake parlait en connaisseur. Benjamin d'une famille de passionnés de voile, il avait passé toute sa jeunesse à Newport. En mer, il était dans son élément. De tous les Dunne, c'était lui le marin le plus accompli. Il avait par deux fois remporté la course au large Newport-Bermudes, aussi prestigieuse que difficile.

Darcy ne semblait toutefois pas totalement convaincue par le commentaire désinvolte de Jake. Elle continua d'examiner le voilier d'un air vaguement inquiet.

— Qu'y a-t-il? lui demanda Jake. Tu as remarqué quelque chose qui m'aurait échappé?

— Non, non, rien du tout.

— On se connaît depuis quand? Une dizaine d'années? Je vois bien que quelque chose te chiffonne. Dis-moi de quoi il s'agit.

Darcy plissa les paupières.

— Non, c'est juste une superstition idiote, voilà tout.

Jake hocha la tête et n'insista pas. C'était inutile. Il savait parfaitement que Darcy faisait allusion à une croyance bien connue des marins expérimentés et à laquelle lui-même prêtait foi, à son corps défendant. Cette croyance qui le plombait comme une ancre de deux tonnes.

Un bateau qui perd son capitaine en mer est à jamais un vaisseau fantôme.

Le frère de Jake, Stuart, avait trouvé la mort lors d'un accident de plongée pendant une sortie à bord du *Famille Dunne*. Un problème de bouteille, et il s'était retrouvé privé d'air. On avait découvert son corps quelque temps plus tard. Pour Jake, superstition ou pas, ce bateau évoquait immanquablement la disparition de son frère aîné, une tragédie qu'il aurait voulu effacer de sa mémoire. Si cela n'avait tenu qu'à lui, il l'aurait vendu avant même que la première pelletée de terre ne tombe sur le cercueil de Stuart.

Mais Katherine avait beaucoup insisté pour le garder. Pour des raisons sentimentales, apparemment.

Qu'on conserve une alliance ou une montre comme souvenir, d'accord, mais pas un Morris de dix-neuf mètres avec une coque en titane !

Le pire, c'était que le bateau avait passé les quatre dernières années dans un hangar. Katherine et les enfants ne l'avaient pas sorti une seule fois. Elle n'était même pas venue l'inspecter.

Darcy grimaça.

— Excuse-moi, Jake. Je suis vraiment idiote. Je ne voulais pas te saper le moral avec mes conneries. C'est bien moi, ça. Maintenant, je ferme ma grande gueule. Il n'est jamais trop tard.

— Ne t'inquiète pas, Darcy. Tout va bien se passer.

— J'en suis sûre, ce sera une belle croisière.

Elle arbora un grand sourire avant de poursuivre :

— Puis-je aider en quoi que ce soit avant que vous ne larguiez les amarres ?

— Non, merci, je n'ai besoin de rien. Donne le bonjour à ton frère Robert.

Jake regarda sa TAGHeuer. Les Dunne de Manhattan étaient en retard. Forcément.

— Je n'attends plus que mon équipage.

4

Quatre minutes plus tard, les Dunne arrivaient enfin. Tout au moins les plus jeunes. Au cœur de cette marina toujours noyée dans la brume, Jake entendit sa nièce et ses deux neveux avant de les voir.

Et il fallait les entendre, ces gosses. Un vrai cauchemar. Cette croisière allait sûrement leur faire le plus grand bien.

La dernière fois que Jake les avait côtoyés, c'était lorsque Katherine s'était remariée, onze mois plus tôt. Les festivités avaient eu lieu à Cape Cod, au très chic Chatham Bars Inn. Katherine lui avait paru heureuse avec Peter Carlyle, pour ne pas dire radieuse. Mais pendant tout le week-end, il avait eu l'impression que Carrie, Mark et Ernie Dunne n'étaient bons qu'à se chamailler.

Lorsque les éclats de voix se rapprochèrent, il comprit que rien n'avait changé. Ses futurs équipiers restaient égaux à eux-mêmes.

— Vous voyez, je vous avais bien dit que c'était par ici, bande d'imbéciles. J'ai toujours raison. J'aperçois le bateau.

Jake hocha la tête. C'était bien Mark, le roi des fainéants. Holden Caulfield, le personnage de Salinger, transporté au XXIᵉ siècle.

— Qui est-ce que tu traites d'imbécile, imbécile ? Moi, au moins, je ne me suis pas fait choper dans ma piaule du campus avec un joint aux lèvres !

Et ça, c'était bien Carrie, la petite étudiante de Yale très perturbée, d'après les nouvelles qu'il avait eues d'elle.

— Ah, ouais ? rétorqua Mark. Toi, tu as peut-être arrêté de fumer de l'herbe, mais c'est uniquement parce que tu bouffais n'importe quoi quand t'étais en manque, et que ça te faisait grossir ! Y a qu'à voir ton cul énorme.

— Va te faire foutre !

— Toi aussi !

Une troisième voix se fit entendre, beaucoup plus aiguë, presque agréable.

— Désolé d'interrompre cet échange passionnant entre mes aînés, mais je me pose une question.

— Quoi, ballot ? demanda Carrie.

— Comment se fait-il qu'oncle Jake ne se soit jamais marié ? Vous croyez qu'il est homo ? Ça ne serait pas un problème, cela dit.

Jake se mit à rire. Ça, c'était Ernie tout craché ! Il fallait toujours qu'il pose une question incongrue, en toutes circonstances.

Les trois jeunes émergèrent finalement des lambeaux de brume et sourirent à leur oncle dès qu'ils l'aperçurent. S'ils se méprisaient mutuellement, ils adoraient Jake. Lui, c'était le parent cool. En fait, s'ils avaient fini par accepter de venir, c'était uniquement pour lui.

Cela dit, ils n'avaient aucunement l'intention de l'avouer à leur capitaine. Ça n'aurait pas été cool.

— Comment vas-tu, Carrie ? demanda Jake en prenant la jeune fille dans ses bras.

La pauvre lui paraissait encore plus maigre que lors de leur dernière rencontre. Beaucoup trop maigre. Avec un peu de chance, tout cela s'arrangerait peut-être bientôt.

Carrie posa la main sur sa hanche osseuse.

— J'ai fait une croix sur tout un été à Paris, au bord de la Seine, pour ce cauchemar censé ressouder la famille. Comment je vais, à ton avis ? Paris ou le *Famille Dunne* ? T'aurais choisi quoi, tonton ?

— Moi aussi, je suis content de te voir, répondit-il sans se démonter. Pour l'été, le *Famille Dunne*, c'est l'idéal.

Puis il se tourna vers Mark et ils se saluèrent, poing contre poing.

— Et toi, camarade, à quoi as-tu renoncé pour venir ?

— À Valerie d'Alexander, répondit Mark en passant la main dans sa tignasse châtain qui n'avait pas dû voir de coiffeur depuis des mois.

— Valeriiie ! couina Ernie. Ta petite copine d'Exeter, toute chaude et toute ronde ? Non, en fait, elle n'est pas ronde, poursuivit-il en s'adressant à Jake. Ils ne sont pas mariés, mais ils couchent ensemble.

— Navré d'avoir posé la question, regretta Jake. Je ne voulais pas te mettre mal à l'aise…

Ernie, toujours potelé comme un bébé, haussa les épaules.

— Tu sais, oncle Jake, je crois que j'étais le seul à avoir vraiment envie de venir. Désolé pour toi !

— Bon, un sur trois, c'est déjà ça…

— J'ai lu dans l'une des revues médicales de ma mère qu'un changement de décor est essentiel pour des enfants élevés dans un environnement principalement urbain.

Jake n'en revenait pas. Les gosses ne lisaient-ils plus de BD de nos jours ?

— Rappelle-moi ton âge, Ernie. Neuf ans, c'est bien ça ?

— Dix ans, mais en années Manhattan, ça revient à seize.

— J'en prends bonne note. Dites-moi, où est votre mère ?

— Avec le grand avocat et les bagages, répondit Carrie. Elle arrive.

— Le grand avocat ? Il me semble déceler un brin d'hostilité à l'égard de votre nouveau beau-père. Mais c'est votre problème. Ils ont besoin d'aide pour les bagages ?

— Hé, à quoi il sert, à ton avis, le chauffeur de la limousine ? ricana Mark.

Jake n'en croyait pas ses oreilles. Ce morveux pensait-il vraiment ce qu'il venait de dire ?

Alors que la brume commençait enfin à se lever, Jake ne savait toujours pas comment cette petite aventure en bateau allait se passer, mais une évidence venait de lui apparaître. Ces gosses étaient gâtés, pourris. Ils ne manquaient sûrement pas d'amour, mais de savoir-vivre.

Nous allons remédier à cela, se dit-il. Deux mois à bord du *Famille Dunne* suffiraient largement. Gréer le bateau, hisser et régler les voiles, étarquer le foc, nettoyer le pont… Il allait les dresser, ces petits morveux qui se croyaient tout permis.

5

— Kat, tu es sûre que tu ne veux pas que je vous accompagne ? demanda Peter.

— Voyons…, s'interrogea Katherine en se grattant le menton. Tu as un procès très important qui va s'ouvrir à Manhattan, ton avion t'attend à l'aéroport, prêt à décoller, et tu n'as aucun vêtement de rechange. Mais comment donc, mon chéri, monte à bord !

Ils se trouvaient sur le parking de la marina. Le chauffeur de la limousine, un Italien massif aux bras énormes, avec un accent à couper au couteau, avait à déplacer une montagne de sacs de voyage, mais ça ne lui posait aucun problème. Il était prêt à faire des efforts pour les clients généreux, et ce Peter Carlyle en faisait indubitablement partie. Il était propriétaire d'un Cessna Skyhawk qu'il pilotait lui-même et était remarquablement poli ; pas une once d'égocentrisme chez lui, jamais il n'aboyait ses ordres, comme certains le faisaient. Un cadeau, ce type.

Katherine prit la main de Peter et joua avec son alliance en platine.

— Merci pour ce petit vol, lui dit-elle. Nous avons tous apprécié ton geste, chéri.

— C'était la moindre des choses. Tu vas vraiment me manquer, Kat. Tu me manques déjà.

Elle l'embrassa doucement sur la bouche, à deux reprises.

— Je suis gonflée, hein ? Ça ne fait pas un an que nous sommes mariés et je m'absente déjà deux mois.

— Ne t'inquiète pas, je comprends. Je t'assure. Tes enfants traversent une passe difficile. C'est formidable, ce que tu t'apprêtes à faire.

— Tu me comprends, toi. C'est pour ça que je t'aime autant. Ce voyage est si important pour moi, Peter.

— Et moi, je suis fier de toi. Tu as eu une excellente idée. Tu es quelqu'un d'épatant, Katherine Dunne.

Il se pencha et lui murmura à l'oreille :

— En plus, tu es tellement sexy. On a un peu de temps ? Dans la limousine ?

Katherine rougit très légèrement, ce qui lui arrivait rarement.

Comment ai-je pu avoir la chance de le rencontrer ? se demanda-t-elle. Après la mort de Stuart, elle avait cru ne plus jamais connaître le grand amour, et pourtant il était bien là, Peter Carlyle, le célèbre avocat new-yorkais.

Certes, fidèles à leurs habitudes, ces imbéciles de journalistes écrivaient n'importe quoi sur son compte. Ils le surnommaient « le carnassier des prétoires » ou « le fils de Gengis Khan et de la sorcière du *Magicien d'Oz* », mais Katherine savait que ce n'était qu'un personnage, un rôle qu'il endossait pour défendre au mieux ses clients.

À la ville, l'homme qu'elle aimait était doux, tendre, presque toujours à l'écoute de ses besoins. Et, ce qui ne gâte rien, il était terriblement sexy.

Le plus important, c'était qu'il ne voulait manifestement rien de Katherine, hormis son amour. N'importe quel lecteur des chroniques *people* des magazines savait que Stuart lui avait laissé une jolie fortune – plus d'une centaine de millions de dollars – et c'était Peter, pourtant, qui avait insisté pour qu'ils signent un contrat de mariage.

— De l'argent, j'en ai, lui avait-il dit. Ce qu'il me manquait, jusqu'à ce que je te rencontre, Kat, c'était le bonheur.

Comme deux jeunes amoureux, Katherine et Peter s'embrassèrent sans retenue au milieu du parking, sans prêter attention aux regards réprobateurs des passants, que Katherine interpréta comme des signes de jalousie. Ce qui n'avait rien de surprenant. Qui n'aurait pas été jaloux de ce couple merveilleux ?

Il fit brusquement un pas en arrière, comme s'il venait de se rappeler quelque chose.

— Bon, maintenant, dis-moi si je dois m'inquiéter au sujet de Jake.

— Pas du tout ! C'est un navigateur chevronné. Il est extrêmement compétent. Il fait de la voile depuis qu'il sait marcher.

— Ce n'est pas vraiment ce que je voulais dire, Kat.

Katherine sourit et lui enfonça un doigt dans le ventre.

— Je sais bien que ce n'est pas ce que tu voulais dire, gros malin. Et, pour répondre à ta question, je te rappelle que c'est mon beau-frère, chéri.

— Peut-être, mais j'ai bien vu sa façon de te regarder, répondit Peter en la dévisageant comme si elle était un témoin de la partie adverse.

— N'essaie pas de me faire croire que tu es jaloux de Jake, ou de qui que ce soit.

Peter haussa les épaules.

— Non, je n'irai pas jusque-là, mais je me sentirais un peu mieux s'il n'avait pas l'air de sortir d'un catalogue de mode. Je me méfie un peu des types qui sont toujours bronzés.

Katherine croisa les bras.

— Et si on parlait de toi? Le bel étalon qui va se retrouver tout seul à New York pendant deux mois?

— Tout seul? Tu n'oublies pas Angelica?

— Ce n'est pas notre bonne guatémaltèque, autiste et légèrement obèse, qui m'inquiète.

Peter prit de nouveau Katherine dans ses bras et la plaqua contre lui.

— Il ne se passera rien. J'ai passé la moitié de ma vie à t'attendre, je peux bien attendre deux mois de plus. Surtout si tu t'absentes pour accomplir une noble mission.

— Bien répondu, maître. Vous êtes vraiment un grand professionnel. Allez, je te laisse, mon bateau m'attend.

6

À une trentaine de mètres à peine du *Famille Dunne*, en polo turquoise Brooks Brothers et short kaki Tommy Bahama, un autre plaisancier de Newport s'affairait à laver, tuyau d'arrosage à la main, le pont d'un beau Catalina Morgan 440.

En fait, cet homme n'était pas vraiment de Newport.

Et il ne s'agissait pas non plus de son bateau.

Gérard Devoux l'avait juste momentanément « emprunté » pour se fondre dans le décor. Aux yeux de n'importe qui, il passait pour un multimillionnaire en train de bichonner son jouet. Mais personne ne le regardait. Devoux savait si bien passer inaperçu qu'il devenait comme invisible.

Il était passé maître dans l'art de créer ce genre d'illusion.

D'ailleurs, il se surnommait lui-même le Magicien.

Derrière ses lunettes noires Maui Jim, achetées pour cette seule occasion, Devoux regardait les Dunne se préparer à prendre la mer. Il les identifia, l'un après l'autre, pour s'assurer que tout le monde était présent. C'était important, car il maîtrisait tous les aspects de son plan sauf un : qui participerait à cette croisière ?

Heureusement, ils étaient tous là. La jolie maman médecin, les enfants, entre dix et dix-huit ans, mignons eux aussi, mais indisciplinés, et l'oncle rebelle qui ressemblait à George Clooney.

Un petit sourire se dessina sur le visage de Devoux. Planquer, c'était d'ordinaire la partie de son travail qui l'intéressait le moins. Elle était indispensable mais fastidieuse, et il avait le sentiment de gâcher ses innombrables talents durant ces heures d'observation.

Aujourd'hui, pourtant, c'était différent. Devoux ne s'ennuyait pas. Il profitait de l'instant et, surtout, se délectait à l'idée de ce qui l'attendait.

Ce n'était pas une mission comme les autres. Jamais encore il n'avait entrepris une opération d'une telle envergure et aussi audacieuse, jamais il ne s'était lancé un tel défi. Tous ses fameux talents allaient enfin être mis à contribution. Tout était en place pour un chef-d'œuvre, de la conception au dénouement final.

Devoux jeta un coup d'œil à sa montre, une Panerai tout acier, étanche jusqu'à mille mètres, qui complétait parfaitement sa panoplie de marin. C'était le seul objet qui lui appartenait vraiment. Il adorait les montres. Les meilleures, uniquement. Il les achetait comme Carrie Bradshaw achetait ses chaussures dans *Sex and the City*. Dix mille, vingt mille ou cinquante mille dollars, peu lui importait le prix.

Ce qui comptait, c'était la précision, l'orchestration sans faille de plusieurs mouvements différents et compliqués, que garantissaient uniquement les meilleures montres. À ce jour, il n'avait encore rien découvert de plus beau.

Sur le cadran de sa Panerai, il lut 14 h 01. Bientôt, Devoux quitterait discrètement la marina. Il s'évaporerait, comme les brumes matinales.

Il demeurerait à son poste, aux aguets, en attendant que le *Famille Dunne* fasse voile vers l'horizon.

Pour ne jamais revenir.

Car Gérard Devoux, *alias* le Magicien, ne pratiquait qu'un seul et unique tour de passe-passe.

Il faisait disparaître les gens.

7

Debout à la proue, comme Kate sans Leo dans *Titanic*, je respire à fond. Je remplis mes poumons d'air frais puis, la bouche en cœur, j'expire lentement comme si je soufflais une bougie au ralenti.

Ça me fait un bien fou.

À dire vrai, pour l'instant, je le sens vraiment bien, ce voyage. Qui l'eût cru ? Peut-être ne suis-je pas folle, finalement. Ou alors, c'est tout bonnement mon cerveau qui est suroxygéné. L'ivresse du grand large, comme disent les marins.

Nous sommes en mer depuis une heure à peine, mais à mesure que la terre s'estompe derrière nous, tandis que le vent nous pousse vers le large, cette aventure m'inspire un sentiment étrange et nouveau.

Je crois qu'on appelle ça l'espoir et c'est, indéniablement, une vibration très positive.

L'humour de Jake est venu à bout de la mauvaise humeur des enfants – tout au moins en ce qui concerne Mark et Ernie. Carrie a toujours l'air aussi abattu, et elle m'inquiète.

En tout cas, Jake est très gentil avec eux. Pourquoi suis-je incapable de laisser libre cours à mes sentiments ? Moi qui les aime plus que tout…

Laisse du temps au temps, Katherine. Sois patiente.

Jake est un peu différent, pourtant. Il est on ne peut plus zen d'habitude, et c'est encore le cas la plupart du temps, mais quelque chose a changé, et je n'arrive pas à déterminer précisément ce que c'est. Peut-être est-ce dû au fait que nous sommes sur le bateau de Stuart.

Quoi qu'il en soit, il a l'air plus concentré. Non, ce n'est pas le mot. Responsable, peut-être ?

En tant que capitaine, il est effectivement responsable du voilier et de ses passagers. Il l'a d'ailleurs fait savoir dès que nous avons largué les amarres. Il a donné aux enfants environ une heure pour s'installer, défaire leurs bagages et s'habituer aux mouvements du bateau. Quand ce sera fait, il leur expliquera les règles de vie à bord.

Les règles ?

Je ne savais même pas que Jake Dunne connaissait la signification de ce mot.

Cet homme-là ne s'est quasiment jamais plié à aucune règle, il n'a suivi que les vents. Il n'a jamais été propriétaire, ne fût-ce que d'une voiture, n'a jamais voté et, pour autant que je sache, n'a jamais payé l'impôt sur le revenu. Ses biens se résument à un sac de voyage rempli de vêtements et à une Harley-Davidson millésime 1968. Il se l'est achetée le jour où il a décidé d'interrompre ses études en deuxième année au Dartmouth College pour aller travailler sur le voilier d'un milliardaire.

— Une longue classe de mer, disait-il.

Son père, lui, faisait une analyse différente.

— C'est la plus grosse connerie que tu aies jamais faite, Jake. Retiens bien ce que je te dis. C'est le début de la fin, pour toi.

Mais Jake s'en fichait. Ses parents avaient déjà Stuart, le *golden boy*, l'aîné, qui suivait à Wharton une voie étroite et bien droite. Jake, lui, préférait de loin « le chemin le moins fréquenté », pour reprendre les mots d'un autre étudiant qui, lui aussi, avait renoncé à Dartmouth : le poète Robert Frost.

Une pensée inavouable me traverse l'esprit.

Pas étonnant qu'il m'ait toujours attirée.

C'est à ce moment-là que je l'entends m'appeler.

— Hé, Katherine ?

Peut-être a-t-il des dons de voyance. Cela ne me surprendrait aucunement.

Je le rejoins à la barre du bateau, l'endroit de la planète où il se sent le mieux. Il me l'a dit une fois. Une seule fois, car il ne se répète jamais.

— Tu pourrais rassembler les enfants ? me demande-t-il. Je voudrais leur expliquer les règles. Je sais bien que ça ne les intéresse pas, mais il faudra bien qu'ils m'écoutent.

— Sans problème. Et je suis curieuse d'entendre ça.

Je me penche pour inspecter le cockpit et j'aperçois immédiatement Carrie et Ernie assis dans le carré. Mon benjamin est en train de se gaver de biscuits fourrés à la crème – rien de surprenant – et Carrie le contemple comme s'il n'était qu'un gros porc. Rien de surprenant non plus.

Ma fille est encore trop maigre, mais au moins elle n'a pas disparu aux toilettes pour aller vomir son déjeuner, « se purger », comme elle dit. J'ai remarqué qu'elle n'a plus les dents tachées et que ses cheveux reprennent du volume, ce qui est bon signe. À Yale, la psychologue et la nutritionniste m'ont toutes deux affirmé qu'elle faisait des progrès et que je devais la laisser s'alimenter comme elle le voulait. Ce que je fais.

Mais est-ce que ça lui arracherait la bouche de sourire un peu?

Ma petite, tu es coincée avec nous sur ce magnifique bateau, alors autant prendre cela avec le sourire! Et je suis là pour toi, Carrie. Je suis là.

— Oncle Jake veut vous parler, les enfants. Où est Mark?

Carrie et Ernie indiquent les cabines. Je me dirige vers l'avant pendant qu'ils montent sur le pont en faisant une tête d'enterrement, comme si ce brave oncle Jake allait les écarteler.

— Mark?

Il ne répond pas, conformément à son habitude. J'ouvre les portes de toutes les cabines, mais ne le trouve nulle part.

— Mark?

Il finit enfin par répondre.

— Je suis aux toilettes. Une minute.

Je m'apprête à lui dire de monter nous rejoindre quand il aura fini, et là, j'entends ce bruit caractéristique.

Pschiiit.

Et je pète les plombs.

8

Je frappe à la porte des toilettes, si fort que je me dis que je vais finir par casser les gonds.

— Ouvre cette porte ! Mark, ouvre cette porte tout de suite ! Je ne plaisante pas !

J'entends le hublot se refermer brutalement, et un nouveau *pschiiit*. Je sens des effluves de désodorisant. Mille fleurs.

Ce n'est plus l'arbre qui cache la forêt, mais les fleurs qui cachent l'herbe.

Mark finit par ouvrir la porte. Il voudrait avoir l'air aussi innocent qu'un nouveau-né, mais il a le regard vitreux. Je ne maîtrise plus mes paroles, je le traite de tous les noms. Il mériterait de prendre mon poing dans la figure. L'aîné, et le plus immature de mes enfants, réussit encore à me mettre hors de moi.

Et quand il essaie de nier avoir fumé, je hurle encore plus. Je n'ai plus envie d'entendre ses conneries. Ça ne passe plus.

— Holà, holà ! s'exclame derrière moi Jake, suivi par Ernie. Que se passe-t-il ?

Je croise les bras et tente de respirer un grand coup en essayant de brider ma colère, mais le combat est perdu d'avance.

— Pourquoi ne poses-tu pas la question au petit roi de la défonce ? Nous sommes sur ce bateau depuis une heure, une heure seulement, et monsieur est déjà en train de fumer un joint !

Ça le fait sourire, Mark.

— Oh, m'man, excuse-moi. Tu as raison, j'aurais dû attendre la fin de la journée.

— Ne fais pas le malin, Mark, le prévient Jake. Tu as suffisamment de soucis comme ça.

— Quoi ? Parce que toi, t'as jamais fumé d'herbe quand t'étais plus jeune ?

Ah, la voilà, la fameuse question piège des ados. Et Mark regarde sa balle lobée retomber dans le court adverse, en affichant toute son arrogance.

Mais Jake ne se laisse pas surprendre si facilement.

— Oui, j'ai fumé de l'herbe, petit mec, et tu sais ce que ça m'a fait ? Je suis devenu, pendant un temps, un gros con et un crétin, un peu comme toi en ce moment.

Jeu, set et match.

Mark ne renvoie pas la balle. Il n'a pas l'habitude de subir les retours de Jake, et il reste sans voix. J'entends juste Ernie étouffer un ricanement.

— Règle numéro un sur le bateau : on ne se défonce pas. Donne-moi ton herbe. Tout, précise-t-il en tendant la main, paume ouverte.

Mark lâche le soupir du vaincu, plonge la main dans sa poche et en sort une petite boîte en fer-blanc qui, cela va sans dire, ne contient plus les redoutables pastilles à la menthe dessinées sur le couvercle.

— Tiens, dit-il, l'air mauvais. Évite de tout fumer d'un coup.

Jake esquisse un sourire en glissant la boîte dans sa poche revolver. J'ai vraiment de la chance qu'il ait accepté de venir avec nous.

Soudain une pensée m'effleure.

— Qui est à la barre ?

— Je l'ai passée à Carrie, répond Jake. Elle se débrouille très bien. C'est comme conduire une voiture dans un parking désert.

À peine les mots ont-ils quitté sa bouche que le bateau vire brutalement à tribord !

Je perds l'équilibre et ma tête heurte le plancher. Je suis au bord de l'évanouissement.

— Carrie ! hurle Jake en se relevant. Qu'est-ce que tu fiches, là-haut ?

Pas de réponse.

Le bateau roule violemment à bâbord et cette fois, en perdant l'équilibre, Jake écrase Mark qui en a le souffle coupé.

— Carrie ! hurle-t-il de nouveau.

Elle ne répond toujours pas.

Le bateau finit par se redresser et nous nous précipitons sur le pont, Jake en tête. Nous regardons partout, affolés. Carrie n'est plus à la barre. Et nulle part sur le pont.

Jake pointe alors le doigt vers l'océan et hurle à pleins poumons :

— Un homme à la mer !

Mon cœur se serre dans ma poitrine. Je me retourne et j'aperçois à tribord la tête blonde de Carrie ballottée par les vagues, qui disparaît par intermittence sous l'eau.

Pendant une fraction de seconde, c'est la panique totale. Jake et moi nous regardons. Puis ses réflexes prennent le dessus.

— Prends la barre et fais demi-tour !

Il attrape une bouée de sauvetage, plonge, puis remonte à la surface et commence à nager. Ernie me rappelle alors à l'ordre.

— Maman, la barre !

À mon tour, je retrouve mes réflexes. J'ai tout de même passé deux étés en colonie de vacances à Larchmont, État de New York, durant lesquels je barrais des dériveurs. Et j'ai beaucoup appris sur ce même bateau en tant que premier équipier de Stuart lorsque nous sortions en mer, un week-end sur deux.

Une expérience suffisante pour me permettre de manœuvrer un bateau long de dix-neuf mètres comme le *Famille Dunne*. Je crie à Ernie et Mark de prendre garde aux coups de bôme et mets la barre à tribord toute. Je ne vois pas Carrie, mais je suis la progression de Jake qui essaie de la rejoindre. Ses bras puissants hachent la surface.

Mon Dieu, faites qu'elle ne se noie pas !

Elle a dû se blesser, me dis-je, *c'est forcément ça.* Elle était excellente nageuse à Choate, son école préparatoire. Elle faisait toujours partie de la première équipe, qui remportait coupe sur coupe. Elle était capable de nager pendant des heures si nécessaire, et là, elle n'arrive même pas à garder la tête hors de l'eau.

— Plus vite, Jake !

Comme s'il pouvait m'entendre…

Mark et Ernie regardent la mer, aussi impuissants que moi. Aucun de nous n'est bon nageur, et je m'en veux terriblement. Pour ça et tout le reste.

Jake finit par atteindre l'endroit où Carrie a disparu, même s'il est difficile d'en être sûr, à cause du déplacement des vagues. Je le vois inspirer à fond puis plonger en laissant la bouée derrière lui. Il me fournit ainsi un repère vers lequel mettre le cap.

Je crie aux garçons :

— L'ancre ! Jetez l'ancre !

Même si l'herbe a dû lui embrumer le cerveau, Mark bondit et actionne d'un geste preste le guindeau électrique qui permet de mouiller l'ancre, freinant ainsi immédiatement le bateau.

Toujours aucun signe de Jake et Carrie.

N'en pouvant plus, j'arrache mon pull en hurlant aux enfants :

— Je les rejoins !

— Non ! s'écrie Mark. Ce sera encore pire !

Que peut-il y avoir de pis que la disparition de Carrie ?

Mark a probablement raison, mais je m'en fiche. Je suis au bord, prête à plonger, quand Ernie crie :

— Maman, regarde ! Regarde !

C'est Jake !

Et, dans ses bras, Carrie !

Comme lui, elle essaie de reprendre son souffle. Il attrape la bouée.

— Ouaiiiis ! s'exclame Ernie.

Il veut taper dans la main de Mark, mais celui-ci l'ignore. Il regarde autre chose. Je suis son regard. Et je comprends. Jusque-là, je n'avais quasiment rien remarqué.

Quelque chose ne va pas. Quelque chose ne va pas du tout.

Jake ressentait une douleur terrible dans tout le corps. Son cœur battait comme un marteau-pilon. Ses bras, ses jambes, ses poumons, tout lui faisait mal.

Du bateau, Carrie lui avait pourtant paru si proche ; un plongeon, puis un crawl puissant pour parcourir l'équivalent d'une longueur de piscine, et c'était fait. Mais une fois dans l'eau, elle lui avait semblé beaucoup plus éloignée. À des dizaines de milles nautiques !

Mais c'était sans importance, à présent.

Il avait réussi à la rejoindre, il la tenait ! Le drame de son frère ne se reproduirait pas. Non, Carrie ne serait pas la deuxième Dunne emportée par la mer. Elle était vivante.

Peut-être était-elle même beaucoup trop vivante.

Pendant qu'il s'efforçait de lui maintenir le nez et la bouche hors de l'eau, elle se débattait de toutes ses forces et poussait des hurlements.

— Carrie, je te tiens, détends-toi, dit-il aussi calmement que possible pour rassurer la jeune fille.

Mais Carrie semblait toujours en proie à la panique. Il répéta donc, plus fort :

— Carrie, c'est moi, oncle Jake ! Arrête de te débattre !

Elle allait sans doute très vite comprendre qu'elle était sauvée, et alors, elle se calmerait.

Mais rien n'y faisait. C'était même de pire en pire. Elle se tortillait, elle se débattait dans tous les sens. Une vraie anguille. Pourtant, elle ne pesait même pas cinquante kilos ! Où trouvait-elle une telle force ?

Et de la force, Jake n'en avait plus guère. Ses muscles étaient épuisés, ses cuisses et ses chevilles commençaient à se tétaniser. La crampe guettait. Pour la première fois en quarante-quatre ans, il sentait son âge.

Au diable la gentillesse.

— CARRIE ! ARRÊTE ÇA TOUT DE SUITE !

Il n'eut pas le temps d'en dire plus : il venait d'avaler une gorgée d'eau de mer, et le sel lui brûlait la gorge.

Il parvint cependant à maintenir Carrie d'un bras et, de l'autre, à s'accrocher à la bouée. Avec ses gestes désordonnés, la jeune fille l'éclaboussait tellement qu'il ne voyait quasiment plus rien. Impossible d'apercevoir le bateau. Devait-il appeler à l'aide ?

À peine cette idée lui avait-elle traversé l'esprit que Carrie lui échappait et sombrait immédiatement, sans même se débattre. Que se passait-il ?

Jake respira à fond et plongea pour la récupérer. Hélas, l'eau était si trouble qu'il ne distinguait rien. Il ne pouvait la retrouver qu'à tâtons. Elle allait finir par se noyer, comme Stuart.

Dix secondes, vingt, trente.

Et ses poumons sur le point d'exploser…

Puis, deux ou trois mètres sous la surface, alors que la pression commençait à se faire sentir sur ses tympans, il toucha un bout de peau, doux, glissant. Le bras de Carrie.

Il le tira de toutes ses forces, comme s'il devait faire démarrer une tondeuse à gazon du premier coup. Ils remontèrent à la surface, émergèrent en hoquetant. Jamais l'air ne lui avait paru plus précieux qu'en cet instant.

Jake parvint même à rattraper la bouée. Il avait sauvé Carrie pour la deuxième fois. Et cette fois encore, il avait l'impression que…

Non, c'était impensable.

Pourtant, quelle autre hypothèse envisager ? Carrie ne faisait pas que se débattre et hurler, elle tentait de le repousser !

Elle savait très bien ce qu'elle faisait. Depuis le début.

Pour Jake, le doute n'était plus permis.

Sa nièce ne voulait pas qu'il la sauve.

Elle essayait de se noyer.

11

Mark lève les mains au ciel, écœuré, incrédule. Je le suis autant que lui.

— Qu'est-ce qu'elle fout, Carrie ? Elle tente de le noyer ?

— Tais-toi ! S'il te plaît, Mark, pas maintenant.

Sa question me paraît en effet tellement judicieuse qu'il me serait trop pénible d'y répondre. Car ma fille donne effectivement cette impression. Pis, elle semble avoir le dessus. Jake doit peser une quarantaine de kilos de plus qu'elle, mais rien n'y fait. Elle s'acharne sur lui avec une telle force qu'il a du mal à garder la tête hors de l'eau.

— Carrie, ça va aller ! Laisse oncle Jake t'aider ! Carrie !

Et c'est là que l'horrible vérité sort de sa bouche. Elle hurle :

— Laissez-moi tranquille ! Je ne veux pas qu'on m'aide ! Lâchez-moi !

Mes genoux flanchent brusquement. *Oh, mon Dieu !* Carrie n'est pas tombée par-dessus bord, elle a sauté. Elle a voulu se suicider. Et elle essaie encore.

Je me prépare de nouveau à plonger pour aider Jake. Je ne peux pas rester là, comme ça, à regarder. Il faut que je fasse quelque chose ! Mais le hurlement de Jake me fige sur place. Du sang apparaît sur son front. Carrie a dû le griffer avec ses ongles.

Soudain, son visage ensanglanté change d'expression. Fini, l'oncle sympa. Il pousse un énorme rugissement et passe son bras autour du cou de Carrie. Une clé d'étranglement. J'ai déjà vu les policiers la pratiquer aux urgences de l'hôpital.

Jamais je n'aurais imaginé être un jour aussi heureuse de voir quelqu'un infliger ce traitement à l'un de mes enfants.

Carrie donne encore des coups de pied, mais Jake réussit à la ramener contre le flanc du bateau. Mark, Ernie et moi l'attrapons par les poignets et les chevilles et la hissons à bord comme un gros poisson.

— Arrêtez, gémit-elle. Laissez-moi tranquille ! Laissez-moi !

Mon cœur se brise en mille morceaux.

Nous la déposons sur le pont, où elle pique une crise monstrueuse en se retournant dans tous les sens, avant de se recroqueviller en position fœtale et de sangloter misérablement. Je me mets moi aussi à pleurer, totalement désemparée. Que puis-je faire pour ma fille ?

Nous entendons alors la voix de Jake, essoufflé.

— Quelqu'un veut bien me donner un petit coup de main ?

Il est toujours dans l'eau, accroché au bateau. Nous avons bien besoin de nos six bras pour le hisser à bord.

— Merci, Jake, lui dis-je. Merci infiniment.

Pendant quelques secondes très étranges, nous nous bornons à échanger des regards perturbés, sans rien dire. C'est lui qui brise le silence.

— Règle de bord numéro deux, lâche-t-il entre deux halètements. Pas de tentative de suicide.

Ça ne fait sourire personne, mais ce n'était de toute façon pas son intention. Il ne plaisante pas. Ce qui vient de se passer est grave.

Pour l'instant, Carrie est gelée, elle grelotte de la tête aux pieds.

— Mark, va chercher des serviettes.

Il disparaît aussitôt dans le cockpit et réapparaît, quelques secondes plus tard, l'air affolé. Sans les serviettes.

— On est dans la merde, lâche-t-il. Et je ne rigole pas.

Quoi encore? C'est la question qu'il peut lire dans mon regard fatigué. Je n'ai pas la moindre idée de ce que Mark a découvert, mais au timbre de sa voix, je comprends qu'il y a un gros problème.

— Ernie, tu restes là avec ta sœur.

J'emboîte le pas à Jake qui titube comme s'il remontait sur le ring après le cinquantième coup de cloche. Nous descendons dans la cabine pour découvrir ce qui préoccupe Mark.

De l'eau !

Une dizaine de centimètres, dans tout le compartiment, et qui monte rapidement.

— Ça vient d'où ?

— Ça ne peut venir que d'en dessous, répond Jake. J'y vais.

Il bouscule Mark, traverse le carré et s'arrête au niveau de la petite trappe rectangulaire qui permet d'accéder au compartiment moteur. L'Atlantique est littéralement en train d'essayer d'en faire sauter les gonds alors que Jake s'accroupit et met la main sur la poignée. Je le regarde, la gorge serrée. Dieu sait ce qu'il va découvrir.

— T'es sûr que tu veux ouvrir ? lance Mark.

— C'est ça ou on coule, mon bonhomme, lui répond calmement Jake.

— Je peux t'aider ?

— Je te dis ça dans une minute.

Mais il lui suffit d'une seconde pour constater l'étendue des dégâts et donner les consignes d'urgence.

— Katherine, j'ai besoin du masque et du tuba qui sont dans le coffre de survie.

— Le quoi ?

— C'est la caisse rouge qui se trouve sous la bôme, avec tout le matériel nécessaire pour les situations d'urgence.

Puis Jake se tourne vers Mark.

— Trouve tout ce qui peut ressembler à un seau.

Mark opine, perplexe, sans bouger d'un centimètre. Moi aussi, je reste clouée sur place.

— Allez ! crie Jake. ALLEZ !

Ça y est, le message est arrivé jusqu'à notre cerveau. Mark et moi remontons en un éclair.

— Qu'est-ce qu'il se passe en bas ? demande Ernie.

Mark, plus rapide que moi, résume parfaitement la situation.

— Le bateau va couler, putain !

Je ne l'aurais pas formulé ainsi, mais l'heure n'est pas au chipotage.

— Ernie, aide ton frère à trouver des seaux. On ne va pas couler. Mon Dieu, faites qu'on ne sombre pas.

— Et Carrie ? s'inquiète Ernie.

Nous la regardons, roulée en boule sur le pont, la tête dans les mains.

Une fois de plus, Mark me vole la réplique.

— T'en fais pas. Si ça se trouve, on va tous bientôt devoir sauter du bateau !

Ernie me regarde, les yeux grands comme des soucoupes, remplis de stress et de peur. Lui qui a toujours fait preuve d'une maturité étonnante pour ses dix ans réagit alors comme n'importe quel gamin de son âge. Il reste immobile, arrivant tout juste à balbutier :

— C'est... vrai... dis, maman ?

— Tout va bien se passer, lui réponds-je. Donne juste un coup de main à ton frère, tu veux bien ? Euh... Non, non. Surveille Carrie.

Je me retourne pour courir chercher le masque et le tuba lorsque j'entrevois le seul élément positif du drame qui est en train de se jouer.

Carrie se relève lentement, en essuyant ses larmes.

— Je vais vous aider, murmure-t-elle.

Il semble qu'elle n'ait plus envie de mourir aujourd'hui, finalement.

Je fais un pas vers elle, pour me comporter comme la mère que je voudrais tellement être, quand j'entends la voix de Jake, en bas. Et ce qu'il hurle m'oblige à remettre les câlins à plus tard.

— On se dépêche, les enfants ! Dans moins de dix minutes, le *Famille Dunne* va couler !

14

J'ai l'impression de me retrouver dans le service des urgences d'un hôpital sous-équipé. Je farfouille dans le coffre de survie, tombe sur une trousse de secours, un radeau gonflable et je ne sais quoi encore avant de trouver le tuba et le masque, que je rapporte à Jake.

Il a déjà monté la pompe manuelle et plonge le tuyau d'aspiration dans l'eau.

— La pompe électrique de la cale moteur doit être déjà noyée, m'explique-t-il.

Je regarde mes jambes nues. L'eau monte à vue d'œil. Il y avait une dizaine de centimètres dans la cabine tout à l'heure, et maintenant facilement quinze. Et elle est froide. J'ai l'impression d'avoir les chevilles prises dans un bloc de glace.

— Tu crois qu'on a heurté quelque chose ?

— Si c'est le cas, moi, je n'ai rien senti, me répond-il en mettant le masque sur son visage.

— Ça s'est sans doute passé quand tu étais dans l'eau avec Carrie. On était peut-être tellement absorbés, en vous regardant, qu'on n'a rien remarqué.

— Ça m'étonnerait, fait Jake en s'asseyant au bord de la trappe. Si quelque chose déchire une coque pareille, tu le sens, je peux te le garantir. On n'a rien heurté.

— Ce serait quoi, alors, à ton avis ?

— Je vais bientôt le découvrir. Juste au cas où, tu sais toujours te servir de la radio et utiliser la fréquence d'urgence ?

— Oui, je m'en souviens. Au cas où quoi ?

— À tout hasard, je voulais juste m'en assurer, me répond-il avec un sourire pas très convaincant. On ne sait jamais. Bon, souhaite-moi bonne chance.

Il mord l'embout du tuba et s'introduit dans la cale moteur inondée. En le regardant disparaître comme un nageur de combat, je reste plantée là, dans un état second, avant de me rappeler que j'ai également une mission. J'attrape la pompe manuelle et l'actionne, sans parvenir à me défaire d'un pénible sentiment : la bataille est perdue d'avance.

Si nous voulons rester à flot, il faut que Jake localise très rapidement la voie d'eau et réussisse à la colmater.

Sinon, les Dunne figureront dans *Le Livre Guinness des records*.

« Les vacances en famille les plus courtes. »

15

— Où est oncle Jake ? demande Carrie.

C'est le premier membre de la brigade des seaux à descendre dans la cabine, suivie de Mark et Ernie. Il y a longtemps que je ne les avais pas vus réunis par un projet commun.

— Il est dans la cale, en train d'essayer de nous sauver, réponds-je en indiquant la trappe. Pendant ce temps, il faut qu'on écope.

Je leur demande de mettre en place une chaîne jusqu'au pont en leur expliquant que c'est la meilleure façon de procéder : j'écope, tends mon seau à Carrie qui le tend à Ernie qui le tend à Mark qui le vide par-dessus bord.

C'est aussi simple que ça. Comme je dis en salle d'op, c'est PC. Pas Compliqué.

Au bout de deux seaux, les jérémiades commencent. Notre harmonie familiale est vraiment très fragile !

— Ernie, tiens ton seau droit ! fulmine Carrie. Tu renverses plein d'eau !

— Oh, Carrie, faut que t'accélères un peu ! fait Mark. Suis le mouvement.

— Tiens, le défoncé qui me donne des conseils, maintenant ! Elle est bonne, celle-là !

— Moi, au moins, je ne cherche pas à mourir.

— Hé, Mark, si tu la fermais ? intervient Ernie.

— Vas-y, petite merde, fais-moi taire ! Essaie !

Et voilà qu'Ernie balance tout un seau d'eau glacée au visage de Mark, en ricanant.

— Oh, zut, j'ai encore renversé de la flotte !

Mark percute Ernie et lui fait une clé au cou. Mon benjamin tente de se dégager, et tous deux se mettent à valdinguer dans la cabine. Ma belle chaîne, modèle d'efficacité, se transforme en pugilat général.

— Ça suffit ! Arrêtez tout de suite !

J'essaie de m'interposer, mais parviens juste à me faire renverser. Ces gamins sont trop violents pour moi. Ils se battent pour de bon. Seul Jake pourrait les séparer.

Au fait, ça fait un bout de temps qu'il est descendu !

16

Je me retourne, regarde la trappe, mais ne vois que l'eau glacée en train de monter. Je n'ai pas consulté ma montre, mais cela fait bien quelques minutes qu'il est là-dessous. Comment peut-il tenir aussi longtemps sans respirer, avec un simple tuba ?

J'attrape un balai dans le placard, près du réfrigérateur, et me sers du manche pour frapper le plancher, sous l'eau, de toutes mes forces. Le bruit attire immédiatement l'attention de Mark et Ernie qui s'interrompent pour me regarder.

Mais ai-je réussi à attirer l'attention de Jake ?

— Ça fait longtemps qu'il est dans l'eau, hein ? constate Carrie.

Au moins, elle a les idées claires.

Je hoche la tête. Nous sommes tous là, à guetter Jake par le panneau ouvert. Il va bien falloir qu'il respire ! Et, pendant ce temps, pour la première fois, je sens le poids de l'eau en train d'envahir le bateau. Comme si l'océan nous aspirait, lentement mais sûrement.

Du coin de l'œil, j'aperçois la radio et je pense à ce que Jake m'a dit, à propos de la fréquence d'urgence. « On ne sait jamais. »

Bon, Jake, où es-tu ? Remonte à la surface, tu as besoin d'air. S'il te plaît.

Brusquement, l'eau refoule de la trappe. Une main apparaît, puis une tête.

Jake se hisse hors de la cale. Avec son masque, son tuba. Et rien d'autre sur le corps.

— Que s'est-il passé ? Où sont tes vêtements ?

— Je m'en suis servi comme bouchon, répond-il.

— Comment ça, comme bouchon ?

— Le problème vient du circuit qui pompe l'eau de mer pour refroidir le moteur, explique-t-il. Ne me demande pas comment il s'est déchiré, mais c'est ce qui s'est passé, et j'ai dû utiliser tout ce que je portais sur moi pour colmater la brèche. Dès que nous aurons évacué l'eau, je m'arrangerai pour le réparer plus solidement.

— Génial ! Mais…

— Quoi ?

— Jake, tu es à poil.

Il baisse les yeux et constate, avec un sourire penaud :

— Ah, oui, c'est vrai. Mais bon, en tant que toubib, tu en as vu d'autres…

— Je pensais aux enfants.

— Moi aussi, j'en ai vu d'autres, marmonne Carrie qui, pour la première fois depuis que nous avons levé l'ancre, esquisse un sourire.

— Ah, bon ? rétorqué-je, goguenarde. Dans ce cas, il n'y a pas de raison pour que tu gardes les yeux braqués dessus !

Carrie pique un fard, et ses joues rouges font plaisir à voir. Quant à Ernie et Mark, ils éclatent de rire, tandis que Jake me prend le seau des mains pour se couvrir.

— Je crois que je vais tout de même aller m'habiller, déclare-t-il.

Écoper les deux mille litres d'eau de mer glacée qui clapotent dans le bateau apparaît aussi long que pénible.

Nous passons tout l'après-midi et une bonne partie de la soirée à vider nos seaux par-dessus bord, en attendant vainement que la pompe électrique s'enclenche et prenne le relais. Selon Jake, son moteur doit être irrémédiablement noyé.

Quant à nous, nous sommes tellement lessivés qu'une fois le *Famille Dunne* au sec, Carrie, Mark et Ernie ne peuvent prononcer que deux mots.

Bonne nuit.

Trop fatigués pour manger, ils se traînent jusqu'à leurs couchettes et ferment sans doute l'œil avant même d'avoir posé la tête sur l'oreiller.

J'en ferais bien autant si Jake n'était pas toujours en train de trimer dans le compartiment moteur. Il doit en effet y avoir mieux qu'une boule de tissu pour colmater un circuit de refroidissement endommagé.

Nous avons tous passé une journée infernale, mais Jake, qui a dû sauver Carrie puis le bateau, est indéniablement notre héros. Le moins que je puisse faire est donc d'attendre qu'il ait terminé pour aller dormir.

D'ailleurs, sur le pont, la nuit est magnifique. Toutes ces étoiles, ce ciel si paisible, si calme. Je repense à l'époque où j'étais catholique pratiquante, et quelques prières de remerciements me reviennent subitement en tête.

Puis je m'installe sur la banquette, derrière le poste de pilotage, emmitouflée dans un duvet, et j'observe toutes les constellations, les unes après les autres. Orion, la Lyre, Cassiopée. Quand j'arrive à la Grande Ourse, je ne peux m'empêcher d'esquisser un petit sourire un peu triste.

« Tu sais, ma chérie, en réalité, la Grande Ourse n'est pas vraiment une constellation, n'arrêtait pas de me dire mon père quand j'avais huit ou neuf ans. C'est un astérisme, ce qui signifie que ce n'est qu'une partie d'une constellation plus grande. »

Homme d'une grande éloquence, conteur hors pair, mon père était un astronome amateur averti, et c'était également lui qui nous emmenait à la messe tous les dimanches, car ma mère, infirmière urgentiste, était souvent d'astreinte. Les nuits d'été, pieds nus dans l'herbe bien fraîche, je passais des heures avec lui. Tour à tour, nous collions notre œil au télescope. L'une des charnières du trépied était cassée, et je le revois encore aller chercher un bout de chatterton noir dans son atelier, au sous-sol, pour la rafistoler.

« D'une certaine manière, poursuivait-il, nous sommes tous des Grande Ourse, parce que nous faisons partie de quelque chose qui est beaucoup plus grand que nous. Et j'espère que c'est comme ça que tu verras le monde plus tard. »

C'est pour cela qu'il aimait tant observer les étoiles. Mon père était persuadé qu'il existait quelque chose, là-haut, une puissance supérieure. Et je crois que c'est lui qui avait raison, finalement.

Il me manque toujours autant, en permanence. Lorsqu'on me demande pourquoi je suis devenue cardiologue, pourquoi j'ai choisi une spécialité largement dominée par les hommes, je réponds toujours la même chose. Une phrase, qui se suffit à elle-même : mon père est mort d'une crise cardiaque quand j'avais seize ans.

18

— Ah, tu es là, constate Jake, comme si les choses reprenaient leur cours normal.

Toujours plongée dans mes souvenirs et la contemplation des étoiles, je ne l'ai pas entendu monter. Derrière l'arceau du poste de pilotage, il me sourit.

— Comment ça se passe ? Tu t'en es sorti ?

— Oui, ça y est. J'ai réussi à couper un bout du tuyau d'arrivée du gas-oil et à l'insérer à l'endroit où le circuit de refroidissement a lâché. C'est un peu ce que tu appellerais un pontage…

— Navigateur et chirurgien. Tu m'épates.

— Il n'y a pas de quoi fanfaronner. En tout cas, pas pour l'instant. Il faut voir si ça tiendra.

— Et si ça ne tient pas ?

— On passe au plan B.

— C'est-à-dire ?

— J'espérais que tu saurais. D'habitude, tu as toujours une solution de rechange pour toutes les situations.

— En salle d'opération, oui. Dans le monde réel, pas toujours.

Nous rions. Il fait le tour du poste pour venir me rejoindre. Dans ses mains, il y a deux verres et une bouteille de vin blanc. Quelle bonne idée !

— Je me suis dit que ça ne pourrait que nous faire du bien. Nous méritons bien une petite récompense.

— Ça, tu l'as dit, camarade.

Il s'assoit sur la banquette d'en face et sort de sa poche un tire-bouchon. Il a passé des vêtements chauds. Un pull ras du cou rouge et un jean délavé déchiré à plusieurs endroits et criblé de taches de peinture blanche, qui me rappelle ceux qu'on voit à Manhattan dans certaines boutiques branchées de SoHo, à cinq cents dollars pièce. Mais le sien, évidemment, c'est un vrai de vrai. Authentique, comme son propriétaire.

Lorsqu'il débouche la bouteille pour nous servir, j'entrevois l'étiquette toute noire et reconnais immédiatement le vin. C'est un La Scolca Gavi di Gavi, l'un de nos crus préférés.

— Il y a longtemps que je ne l'ai pas dégusté, celui-là, dis-je. En fait, la dernière fois, c'était sûrement avec toi.

À peine les mots ont-ils quitté ma bouche qu'un silence gêné s'installe. Comme si le même souvenir venait de nous effleurer, au même instant.

La dernière fois que nous avons partagé une bouteille de La Scolca Gavi di Gavi, c'est la dernière fois que nous avons fait l'amour.

19

Jake brise le silence en me tendant un verre.

— Je nous souhaite une croisière moins mouvementée à partir de maintenant et d'excellentes vacances. Tu vas voir, Kat, tout se passera bien.

— À nos vacances !

Nous trinquons et goûtons le vin. Je le fais glisser sur ma langue ; il est sec, vif, délicieux. Mes connaissances dans ce domaine sont réduites, et je serais probablement incapable de différencier un syrah d'un shiraz ou un pinot grigio d'un pinot gris, mais je sais reconnaître un bon vin, et celui-ci est très, très bon.

— Hé, tu entends ça ? me dit Jake.

Je tends l'oreille.

— Non, je n'entends rien.

Il sourit.

— Justement ! Rien, absolument rien. Quel calme, quelle paix !

Il a raison, c'est merveilleux. Pourtant, au lieu de jouir de l'instant, je ne peux m'empêcher de me dire que ça ne va pas durer. Dès que les enfants se réveilleront, demain matin, c'en sera fini du calme. Le mouvement de folie caractéristique de ma famille reprendra.

Que Mark passe son temps à fumer des joints, c'est une chose. Que ma fille veuille se suicider en est une autre.

— Jake, comment résoudre le problème de Carrie ? Certains détails m'avaient alertée, mais je ne m'imaginais pas que c'était aussi grave.

Il réfléchit un instant avant de hausser ses larges épaules.

— De deux choses l'une. On fait demi-tour et on l'emmène dans un hôpital psychiatrique où ils la garderont quelques jours en observation en veillant à ce qu'elle n'ait pas accès à des objets pointus, coupants, ni à aucun vêtement avec lequel elle pourrait se pendre. Après quoi, ils la bourreront de médicaments et l'interneront, ou bien ils la bourreront de médicaments et ils la renverront chez toi. Dans un cas comme dans l'autre, tu n'auras jamais la certitude qu'elle n'essaiera plus de se suicider. Et tu ne sauras jamais, non plus, si elle serait allée au bout de sa tentative. N'oublie pas qu'elle est excellente nageuse.

— Je trouve ça un peu glauque.

— Parce que ça l'est.

— Et l'autre solution ? Ça ne peut pas être pire…

Il se penche vers moi, et sa voix se réduit à un murmure.

— On navigue tout l'été et on lui montre que la vie vaut la peine d'être vécue.

— Tu crois que ça marchera ?

— Sincèrement, je ne peux pas te le promettre. Tout ce que je sais, c'est que si nous ne tentons pas le coup, si tu ne te jettes pas à corps perdu dans la bataille, tu le regretteras toute ta vie. Je pense que Carrie s'en sortira. Tout à l'heure, au bout d'un moment, elle a arrêté de me repousser. C'est elle qui a décidé de rester en vie.

Jake boit une autre gorgée de son Gavi di Gavi, pendant que les mots qu'il vient de prononcer se déposent lentement au fond de mon crâne et y prennent racine. C'est vraiment stupéfiant. Je connais beaucoup d'hommes qui ont plus d'argent, plus de biens et évidemment des métiers plus prestigieux que celui de Jake, mais aucun qui puisse l'égaler sur le plan du bon sens.

Mes idées noires disparaissent momentanément et j'apprécie enfin ce silence, ce sentiment de paix. Bien sûr, cela ne durera pas, mais peut-être est-ce justement ce qui rend l'instant si délicieux. Il est fugace, comme la vie.

La suite est logique. Je commence à penser à Stuart, mort en plongeant de ce bateau. Aux péripéties de notre couple, aux erreurs que nous avons commises, l'un comme l'autre. Et je ne suis pas la seule.

— Tu veux que je te raconte un truc dingue ? me demande Jake.

— Plus dingue que la journée que nous venons de vivre ?

— Oui, aussi incroyable que ça puisse paraître.

Il prend le temps de remplir nos verres avant de poursuivre son récit.

— Il y a environ une demi-heure, quand j'étais seul dans le compartiment moteur, j'ai cru entendre quelqu'un rire. C'était une voix d'homme que je connaissais bien. Je me suis dit que ce devait être Mark, ou même Ernie, mais quand j'ai ressorti la tête de la trappe pour tendre l'oreille, je n'ai rien entendu. Et puis ça a recommencé.

— Alors, c'était l'un des garçons, finalement ?

— Non. Le rire provenait de l'intérieur du compartiment moteur, et j'ai compris pourquoi j'avais l'impression de le reconnaître. C'était Stuart. C'était son rire. Et quand je me suis retourné pour terminer ma réparation, j'ai…

On dirait qu'il ne peut pas terminer sa phrase.

— Quoi ? Que s'est-il passé ?

— L'espace d'une seconde, j'aurais juré l'avoir vu. Je sais bien que c'est impossible, mais c'est l'impression que j'ai eue. Ça m'a fait peur, Kat ! Il paraissait si réel.

20

Que répondre à cela ? Jake est-il victime d'hallucinations ? A-t-il fumé une partie de l'herbe confisquée à Mark ? S'est-il cogné la tête en réparant la pompe ?

— Je t'avais bien dit que c'était dingue.

— Non, pas tant que ça, tenté-je de le rassurer. À New York, quand je suis au restaurant ou dans la rue, j'ai parfois l'impression de voir Stuart.

— Tu veux dire que tu vois des gens qui lui ressemblent. Moi, je te parle d'un…

Cette fois encore, il n'arrive pas à terminer sa phrase. Je la conclus à sa place.

— Un fantôme ?

Je ne suis pas psychiatre, mais je ne peux m'empêcher de m'imaginer à la place de Sarah, ma meilleure amie. Si Jake lui disait cela, dans son cabinet de Manhattan, que lui répondrait-elle ? Je ne pense pas qu'elle se contenterait d'une réplique toute faite, du style « les fantômes n'existent pas, Jake ».

Et c'est là que je me rends compte que nous n'en avons jamais parlé. Je tente une explication.

— Tu crois que c'est parce que tu culpabilises ?

Il me regarde comme si je venais de lever le voile sur ses pensées les plus intimes.

— C'était mon frère, Kat.

— Et c'était mon mari. Je traversais une période très difficile sur le plan conjugal, et toi, tu étais là pour moi. Nous n'avions ni l'un ni l'autre prévu que cela arriverait. Ce n'était pas une bonne idée, et au bout d'un moment nous nous en sommes tous deux rendu compte.

— Toi la première.

— Il fallait que je pense aux enfants, Jake. Et à Stuart, même si ce n'était pas un ange.

Il hoche la tête, un peu triste.

— Je sais bien. Tu as eu raison.

— Le fait est que nous ne pourrons jamais rien changer à ce qui s'est passé. Mais je ne regrette rien.

— Non, moi non plus.

Sa main effleure la mienne, et se retire aussitôt.

Il se force à sourire, et nous passons à autre chose. Nous terminons la bouteille de vin en réussissant même à rire de notre première journée en mer, qu'on peut légitimement qualifier de désastre total.

Je lui souhaite bonne nuit et me dirige vers mon lit en pensant à notre conversation. Notre liaison nous a culpabilisés, je ne le sais que trop. Elle a ravagé ma conscience, et les dégâts sont encore visibles aujourd'hui.

D'autant plus que Jake lui-même ne connaît pas toute la vérité.

Le seul aspect positif de cette expérience, c'est que j'ai retenu la leçon. L'amour m'a donné une deuxième chance, et il m'attend à Manhattan.

Quelles que soient les circonstances, jamais je ne pourrai tromper Peter. Je l'aime encore plus que ma propre vie.

21

Pour faire durer le plaisir, Bailey Todd ouvrit lentement, très lentement, la porte de son petit deux pièces
de Greenwich Village. Elle arborait un sourire diabolique et, à vrai dire, pas grand-chose d'autre, à part un
soutien-gorge et une culotte noirs.

Et c'était précisément ce que Peter Carlyle espérait
la voir porter.

Bailey mettait parfois des dessous rouge vif, ou
blanc lilas, mais rien ne facilitait autant la circulation
sanguine de Peter, aux endroits stratégiques, que le
noir. Ainsi vêtue, elle faisait vraiment salope, et c'était
ce qu'il préférait.

— Salut, beau mec, roucoula-t-elle.

Il resta un instant sur le pas de la porte, contemplant Bailey comme il aurait jugé une œuvre d'art
imposante et hors de prix. Cette opulente chevelure
auburn, ces yeux gris cendré, ce corps de vingt-cinq
ans, somptueux, encore tendu comme un élastique.
Et ce doux visage, ce regard d'ange qui complétait le
chef-d'œuvre. Il y avait une règle, pour les femmes,
une excellente règle : il fallait qu'elles aient la moitié
de votre âge, plus sept ans. Bailey n'était pas loin du
compte.

— Je n'ai pas arrêté de penser à toi toute la journée, murmura-t-il, haletant.

C'était quasiment la vérité.

Bailey inclina la tête sur le côté.

— Même quand tu as embrassé ta femme pour lui souhaiter une bonne croisière ?

— Surtout à ce moment-là, répondit-il sans la moindre hésitation.

Bailey avait vingt ans de moins que Katherine. Pour lui, il n'y avait pas photo, même si sa femme était encore canon pour son âge.

Il pénétra dans l'appartement et referma la porte derrière lui d'un coup de talon. Bailey s'approcha alors et lui murmura à l'oreille :

— J'ai trop envie de te baiser. Je veux te sucer, et te baiser après.

Peter était dans un tel état d'excitation qu'il en avait presque la tête qui tournait. Il se pencha pour embrasser Bailey, dont les lèvres pulpeuses n'étaient plus qu'à quelques centimètres de lui, mais la jeune femme se déroba au dernier moment, avec un petit rire, et lui fit signe de l'index.

— Suis-moi. Pénètre sur mon territoire.

Elle le conduisit dans la chambre, mais évita le lit et le fit asseoir dans un fauteuil de cuir havane, près de la fenêtre qui donnait sur les maisons pittoresques du quartier.

Que manigançait-elle ? Bien des hypothèses se bousculaient dans l'esprit de Peter, toutes relatives à des pratiques hédonistes sans doute interdites dans dix-sept États. Quoi qu'il en soit, il devrait un de ces jours aller brûler un cierge pour la fac de droit de l'université de New York !

C'était là qu'il avait fait la connaissance de Bailey, quelques mois plus tôt. Il faisait partie des orateurs invités à un colloque de première année sur le rôle des droits Miranda – l'obligation de lire ses droits à une personne interpellée – dans le système judiciaire. Bailey était venue le voir après son intervention pour lui demander timidement, et très respectueusement, si elle pouvait lui demander conseil pour un texte qu'elle devait rendre.

Peut-être cherchait-elle à le draguer, peut-être pas, mais il avait une certitude : cette fille était à tomber par terre. Depuis, il n'avait vraiment pas eu le temps de s'ennuyer.

En l'espace d'une semaine, ils s'étaient retrouvés au lit.

Et à l'arrière de sa limousine.

Et dans les toilettes pour hommes du Guggenheim.

Et dans l'ascenseur du Marquis Plaza, avec une vue plongeante sur Times Square.

Mais pour le moment, alors que la jeune étudiante en droit allumait quelques bougies sur la commode et, lentement, fermait les rideaux sur la ville, il devait se rendre à ses arguments : on n'est jamais aussi bien que chez soi.

— Tu aimes les Supreme Beings of Leisure? lui demanda Bailey en effleurant la touche *Play* de son iPod Nano. Mais tu ne sais sûrement pas de qui il s'agit, ou ce qu'ils font, hein, vieux machin?

Peter se dit qu'en toute logique ce devait être le groupe dont la musique commençait à envahir la pièce, *via* deux petites enceintes Bose. Certes, c'était la première fois qu'il l'entendait, mais il aimait bien le côté hypnotique de leurs morceaux. Quant au nom, « Les êtres suprêmes de l'oisiveté », il était vraiment de circonstance…

— C'est mon groupe préféré, ces temps-ci, prétendit-il. Et ne me traite pas de vieux machin, espèce de gamine.

Bailey sourit, exhibant sa dentition parfaite. Puis elle se mit à danser, juste pour le plaisir. Au rythme des pulsations lourdes et sensuelles des Supreme Beings of Leisure, elle commença à ondoyer des bras et des hanches. Sa douce peau luisait à la lueur des bougies.

Peter s'accrocha au fauteuil en gardant les yeux bien ouverts pour ne pas rater une fraction de seconde de cette prestation improvisée.

— Tu danses merveilleusement, finit-il par lâcher.

— Tu veux dire, pour une juriste?

Puis elle leva lentement son index, l'introduisit dans sa bouche et le suça.

Peter aurait tant aimé être à la place de ce doigt.

Patience, patience !

L'index ressortit bientôt de la bouche. Et entama sa descente.

Il suivit le cou, s'attarda sur la courbe des seins qui débordaient du soutien-gorge, juste comme il fallait.

Dégringola de côte en côte, comme si Bailey se livrait à une sorte d'inventaire.

Traversa le nombril.

Atteignit le haut de la culotte, effleura un petit nœud sur le côté gauche.

Puis disparut sous la dentelle noire quand Bailey écarta largement, très largement, ses longues jambes. Elle ferma les yeux et, la tête rejetée en arrière, se caressa en gémissant doucement.

Finalement, l'être suprême de l'oisiveté, je l'ai sous les yeux ! songea Peter.

Il n'avait plus qu'une envie : bondir de ce fauteuil et allonger Bailey sur le lit. Ou bien la prendre là, sur le parquet.

Au moment où il s'apprêtait à se jeter sur elle, Bailey lui fit signe de sa main libre de ne pas bouger. Il allait devoir patienter encore un peu.

Peter se renfonça dans son fauteuil en souriant. Cette fille était décidément parfaite. Il se sentait comme un chien auquel son maître apprend à s'asseoir avec une friandise posée sur la truffe. Plus elle le forçait à attendre, plus il avait envie d'elle. C'était d'ailleurs le but de ce petit spectacle, non ?

Il était peut-être aussi docile qu'un chien, mais il avait tout de même beaucoup de chance d'avoir une maîtresse pareille.

23

Au sud de Greenwich Village, une petite vingtaine de rues plus loin, Gérard Devoux était installé au bar de sa piscine, au dernier étage d'un immeuble de SoHo. Il se versa deux doigts d'un Glenlivet 1964. Un whisky pur malt quasiment introuvable, à plus de deux mille dollars la bouteille, offert par un ancien client très satisfait.

Comme tous les autres.

Verre à la main, Devoux retourna à l'intérieur de son appartement et se dirigea vers la bibliothèque encastrée dans la cloison séparant sa chambre du séjour. Sur chaque étagère se trouvait une édition originale, signée par l'auteur. La collection comptait plus de trois cents romans, dont *Catch 22* de Joseph Heller et *Les Raisins de la colère* de Steinbeck. Il y avait également un exemplaire relié plein cuir de *Pour qui sonne le glas*, et, à en juger par la dédicace, Hemingway s'était manifestement accordé, lui aussi, quelques verres de scotch bien tassés avant de sortir son stylo.

Si ces éditions originales avaient une valeur inestimable, ce n'était rien, pourtant, en comparaison de ce qui se trouvait derrière. La main droite de Devoux s'approcha d'un ouvrage : *Chambre avec vue*, d'E. M. Forster, pouvait-on lire sur le dos. Mais au lieu de le prendre, il le poussa jusqu'à ce qu'il semble disparaître dans le mur. Comme par magie.

Patiemment, Devoux guetta le petit sifflement hydraulique de la porte étanche, puis, lentement, la bibliothèque coulissa d'un mètre vingt sur la gauche. Gérard aimait le petit côté James Bond du mécanisme.

La porte de son bureau venait de s'ouvrir.

La pièce ne mesurait que trois mètres sur trois, mais elle renfermait du matériel informatique et de surveillance hautement sophistiqué, de quoi espionner presque n'importe quelle conversation, pirater presque tous les sites Internet, ou semer la pagaille sur les places boursières, de New York à Shanghai en passant par Tokyo.

Le matériel d'un ancien de la CIA qui avait été, autrefois, au sommet de son art.

Ce soir, son programme se limitait à retracer le parcours en mer d'un voilier.

Alors, comment s'est déroulée cette première journée, chers amis, chère famille à problèmes ? Que vous est-il arrivé d'intéressant ? Une fuite dans le circuit de refroidissement, peut-être ?

Devoux pianota sur son clavier. Il gloussait en imaginant ce pauvre oncle Jake en plein travail.

Tu n'es pas rentré au port pour réparer, en bon marin que tu es, hein ? Ce n'est pas ton genre. Je parie que tu as coupé un bout de tuyau d'arrivée du gas-oil pour faire le raccord. Oui, forcément.

Il tapa encore quelques instructions, et la position exacte du *Famille Dunne* s'afficha sur l'écran. La balise qu'il avait dissimulée la veille sur le bateau fonctionnait parfaitement.

DEUXIÈME PARTIE

Au secours

24

Ricardo Sanz, *alias* Hector Ensuego, entre autres identités falsifiées ou volées, regardait un vieil épisode de *Friends* doublé en espagnol sur l'immense écran plasma de la suite présidentielle du Bellagio, à Las Vegas. Il était seul. Le soleil venait de se coucher mais il n'avait pas dormi depuis deux jours, et une troisième nuit blanche se profilait. Voilà ce qui arrivait quand il goûtait ses propres produits.

Soudain, on frappa à la porte.

Sanz posa la main sur son arme. Il n'attendait personne, mais, si ça avait été le cas, il aurait pris la même précaution. Dans ce métier, mieux valait être prudent.

— Qui est-ce?

Il se leva du canapé. Il portait la tenue officielle des trafiquants de drogue comme on peut les voir dans *Boogie Nights*: sous-vêtements collants, peignoir ouvert, et des chaînes en or un peu partout.

— Service de chambre, annonça une petite voix féminine derrière la porte.

Il s'en approcha.

— Que voulez-vous? Je n'ai besoin de rien.

— C'est pour préparer le lit.

Il regarda par l'œilleton. Tenue de femme de chambre ? Oui. Chariot de serviettes et produits de toilette ? Oui.

D'accord, mais il n'avait pas besoin qu'on vienne faire son lit.

Cela dit, il avait adoré les petits chocolats qu'il avait trouvés sur l'oreiller en arrivant. En forme de coquillages, fourrés à l'alcool. Du rhum, peut-être ? En tout cas, une chose était sûre : une fois qu'on les avait goûtés, on ne pouvait plus s'arrêter.

Il jeta encore un coup d'œil par le judas. *Mmmm.* Peut-être lui donnerait-elle une deuxième boîte de chocolats. Il réussirait bien à l'amadouer. Cette femme de chambre était plutôt mignonne. Et jeune. Sans cette affreuse tenue grise et en laissant tomber ses cheveux, elle devait même être super sexy.

— Une seconde, répondit Sanz.

Il glissa l'arme dans son dos, noua son peignoir et ouvrit la porte à la jolie femme de chambre.

C'est ainsi que l'agent Ellen Pierce, de la Drug Enforcement Agency, pénétra dans la suite.

— Je vous ai également apporté des serviettes supplémentaires, annonça-t-elle.

Ellen avait parfaitement mémorisé le plan de la suite. Les bras chargés d'une pile d'épaisses serviettes, elle tourna immédiatement à gauche pour se diriger droit vers la chambre de maître. Une femme de chambre n'était-elle pas censée connaître les lieux par cœur ?

C'était en négligeant les détails de ce genre qu'un agent risquait de se trahir. Et de se faire abattre, s'il avait affaire à un dealer sans scrupules comme Ricardo Sanz.

De ce côté-là, Ellen n'avait pas de souci à se faire. Elle travaillait sur cette enquête depuis trop longtemps pour se laisser aller à commettre une erreur stupide qui ficherait tout en l'air. Aucun risque, ni aujourd'hui ni demain. Elle savait à quel point Sanz pouvait être dangereux.

Il lui lança :

— Hé, mademoiselle, vous avez les chocolats, là, ceux que vous mettez sur le lit ?

— Oui, ils sont sur le chariot, répondit-elle sans se retourner.

Satisfait, le trafiquant retourna regarder son feuilleton. C'était l'épisode dans lequel Phœbe chante la chanson du « Chat qui pue ». En espagnol, cela devenait « Un gato que huele mal ».

Il resta un moment debout avant de se rasseoir. Il se souvint de l'arme glissée dans la ceinture de son caleçon. Il la retira et la mit délicatement dans la poche de son peignoir, en pensant à la célèbre phrase de Mae West : « C'est un pistolet qu'il y a dans votre poche, ou vous êtes juste content de me voir ? »

Pendant ce temps, dans la chambre, Ellen se mettait à l'œuvre.

Elle et son équipe avaient passé une bonne partie de l'année à pister Sanz. Ils avaient failli le coincer dans le Spanish Harlem de New York, où il avait lancé son business, mais sans doute avait-il flairé quelque chose, car il s'était subitement volatilisé.

Il était réapparu quelques jours plus tôt à Las Vegas avec deux valises Samsonite noires vraisemblablement remplies de cocaïne colombienne pure. La valeur de revente de la drogue était estimée à quatre millions de dollars, mais devant la presse la DEA gonflerait sans doute ce chiffre à dix. Ellen détestait ces mensonges et ces magouilles politiciennes, mais pour l'instant elle ne pouvait pas y faire grand-chose.

Avant que la DEA ne fasse irruption dans la suite, elle devait être sûre du coup. Aussi était-elle partie en éclaireur.

Elle déposa les serviettes au bord du lit et commença par fouiller les placards. Rien, hormis quelques chemises en soie peu discrètes, et un pantalon or à gerber. Elle inspecta ensuite les tiroirs du bas de l'armoire qui abritait un autre grand écran plasma. Rien d'intéressant non plus. Pas de coke.

Là, Diablo, tu nous aurais été bien utile ! C'était le meilleur berger allemand de l'agence, pour ce qui était de flairer la drogue. Malheureusement, une femme de chambre ne pouvait pas se présenter pour le room-service accompagnée d'un chien !

Un léger reflet sous le lit attira le regard d'Ellen.

C'était une poignée métallique. Accrochée à une Samsonite noire.

Immédiatement, Ellen s'agenouilla et tira la valise.

Pourvu qu'elle ne soit pas fermée à clé.

Elle ne l'était pas. Aussi silencieusement que possible, l'agent Pierce ouvrit les serrures. Le premier déclic fut quasiment inaudible. Le deuxième également.

La valise était bourrée de sacs remplis de poudre blanche.

En entendant le troisième déclic, Ellen sentit son sang se glacer.

C'était Sanz, qui venait d'armer le chien de son pistolet.

Elle se releva aussitôt.

— Qu'est-ce que vous foutez ? cria Sanz, à l'entrée de la pièce, son arme braquée sur la tête d'Ellen.

— Il me faut des serviettes, dit-elle.

— Il vous faut quoi ?

Cette réponse paraissait absurde à Sanz, mais les types de la DEA en planque dans une chambre voisine reçurent le message cinq sur cinq. Il signifiait qu'Ellen, qui portait un micro, était en difficulté.

Quelques secondes plus tard, une nuée d'agents faisait irruption dans la suite. Quand Sanz se retourna pour ouvrir le feu, Ellen prit le Glock calibre .40 qu'elle avait glissé au milieu des serviettes posées sur le lit et abattit de deux balles le trafiquant, qui s'écroula.

Elle regarda, pétrifiée, le sang rouge vif de Sanz imbiber le peignoir. Elle était connue pour son sens de l'humour décalé, mais cette fois, quand ses collègues débarquèrent dans la chambre, elle s'abstint de toute saillie. L'heure n'était pas aux bons mots. On n'était pas dans un film ou une série policière débile.

C'était la vraie vie, et Ellen y exerçait un métier qui avait failli lui coûter la vie. De plus, elle venait de tuer un être humain.

Elle baissa son arme, respira profondément, et fondit en larmes.

26

Avant que je n'embarque pour ma prétendue « croisière sabbatique », au moins une dizaine de collègues, à l'hôpital, m'ont conseillé de tenir un journal de bord. Écrire mon propre *Deux mois sur le gaillard d'avant*, faire concurrence à Sebastian Junger, l'auteur à succès de *En pleine tempête*… Un collègue cardiologue, deux infirmières, l'un des gardiens de nuit, et même une petite bénévole très fière de son appareil dentaire, tous et toutes m'encourageaient vivement à consigner par écrit les réflexions que pourrait m'inspirer ce voyage.

Quand j'y pense… J'ai bien failli suivre leur conseil. Heureusement que je ne l'ai pas fait. Je l'aurais sûrement déjà jeté à la mer à l'heure qu'il est. Toutes les pages auraient débuté par la phrase suivante : « Aujourd'hui, j'ai envie de tuer mes gosses. »

Voilà six jours que nous sommes en mer, à deux jours d'accoster dans notre premier port, aux Bahamas, et c'est toujours le même cirque.

Carrie n'a pas fait de nouvelle tentative de suicide, mais elle est encore loin de respirer le bonheur. Nous la surveillons en permanence, ce qui n'arrange rien, puisqu'elle est en train de devenir parano. Pis, elle a recommencé à ne plus s'alimenter, mais elle me jure qu'elle se sent bien.

Mark vit aussi des moments difficiles. Son herbe lui manque, manifestement, et cela commence à le faire souffrir physiquement. Il ne s'en plaint pas mais je le vois bien. Fumer de l'herbe était pour lui le seul moyen de s'échapper de ce bateau, de fuir la vie elle-même. À présent, je le vois déambuler du matin au soir, l'air hagard, comme s'il se sentait pris au piège. Quand il se donne la peine d'ouvrir la bouche, c'est en général pour balancer des vacheries dont Carrie ou moi faisons les frais. Je connais les symptômes du sevrage : agressivité, anxiété, maux d'estomac, diminution de l'appétit. Alors, je ne quitte pas Mark des yeux.

Quant à Ernie, le pauvre, il est pris entre deux feux. Tantôt il essaie de calmer le jeu, tantôt il se met à pleurnicher. Normal, puisque c'est encore un gamin. Le problème, c'est qu'il grignote en permanence. Il en est parfaitement conscient, d'ailleurs.

— Le stress joue un rôle déterminant dans mon obésité, affirme-t-il comme un grand professeur, un doigt boudiné en l'air.

Peut-être deviendra-t-il médecin plus tard.

Reste Jake.

Le malheureux fait ce qu'il peut. Il a confié des tâches à chacun des enfants pour tenter de les responsabiliser, ou au moins faire en sorte que le calme et la paix règnent à bord. J'imagine à quel point il doit regretter d'avoir accepté d'être notre skipper. Si Carrie ne se jette pas encore une fois à l'eau, j'ai peur que ce soit lui qui le fasse.

Du coup, j'ai bien du mal à me tenir éloignée du téléphone satellitaire. J'ai pourtant juré à Peter que je ne l'appellerais pas lors des deux premières semaines. Ne me demandez pas pourquoi, mais j'ai juré. Je crois que je voulais lui montrer que j'étais forte, que je n'allais pas craquer au premier petit pépin. Et, bien entendu, depuis six jours, je n'ai qu'une envie : l'appeler. J'ai épuisé mes réserves de volonté. Six jours, ça fait pratiquement deux semaines, non ? Qui plus est, Peter me manque vraiment.

Peter entretenait une liaison avec Bailey Todd depuis plus de trois mois déjà, et celle-ci ne lui avait jamais posé de questions sur Katherine. Elle n'avait pas même cherché à connaître son nom. D'ailleurs, la seule fois où ils avaient évoqué sa situation conjugale, c'était le soir de leur rencontre sur le campus de la faculté de droit de l'université de New York. Peter lui avait demandé de but en blanc :

— Vous savez que je suis marié, n'est-ce pas ?

— Oui, lui avait-elle répondu. Votre alliance vous trahit.

Et elle avait ajouté, avec le rire désinvolte de la jeunesse :

— Cela dit, ce que votre femme ignore ne peut pas lui faire de mal, n'est-ce pas ?

Ce n'était pas tant ce qu'elle avait dit, mais la manière dont elle l'avait dit. Il avait alors compris qu'il était accro.

Il avait été rapidement séduit par son aplomb, sa capacité à dominer la situation, à prendre l'ascendant. Effrontément. Sans pudeur.

Aussi fut-il très surpris d'entendre Bailey lui demander à brûle-pourpoint, alors qu'ils étaient au lit, encore en sueur au terme d'ébats aussi intenses qu'acrobatiques :

— Dis-moi, tu quitterais ta femme pour moi ? C'est juste pour savoir.

Il en resta sans voix, ce qui, pour un avocat de sa stature, tenait de l'événement. Que répondre ? Heureusement pour lui, Bailey lui accorda un instant de répit.

— C'est bon, Peter, tu peux invoquer le cinquième amendement. Je sais qu'elle pèse des milliards. Ton silence est suffisamment éloquent. Ne t'inquiète pas, ça ne me pose aucun problème.

Ben voyons !

Il se demanda alors, avec une pointe d'inquiétude, si leur belle histoire ne venait pas de franchir un tournant.

Bailey était trop jeune, trop belle, elle avait toute la vie devant elle. Il y avait gros à parier qu'elle cesserait de perdre son temps avec lui si elle se rendait compte que leur relation n'avait pas d'avenir.

Oui, mais...

Elle faisait preuve d'une telle assurance, elle était tellement belle, surtout là, sous cet angle, couchée à côté de lui...

Elle se retourna, titilla les côtes de Peter.

— N'empêche. Si je me donne un peu de mal, quelque chose me dit que je suis capable de te faire changer d'avis. On parie ?

Il l'attrapa, tira son corps nu contre le sien, lui mordilla un sein.

— Peut-être, peut-être...

Il allait l'embrasser quand son téléphone portable sonna sur la table de chevet. Ce pouvait être n'importe qui, mais Peter sut que ce n'était pas le cas.

Bailey le comprit également.

28

— C'est elle, hein? dit-elle. Madame pense à toi. C'est adorable. Je suis drôlement contente d'être là à un moment aussi touchant.

Peter se pencha, regarda le numéro qui s'affichait sur son Motorola 1000. Évidemment.

— Ouais, c'est le téléphone satellitaire du bateau.

La deuxième sonnerie résonna dans toute la pièce. Puis la troisième. Cela devenait franchement désagréable.

— Tu ne réponds pas? fit mine de s'étonner Bailey. Allez, Peter, sois sympa. Montre-moi que tu peux être un ange.

— Pas maintenant. Pas ici.

Elle sourit.

— Ne me dis pas que tu as peur qu'elle m'entende rire au téléphone? Ou gémir de plaisir?

— Non, bien sûr que non. Tu ne ferais pas une chose pareille.

Quatrième sonnerie. Cinquième.

— Décroche, alors, lui dit-elle en le mettant clairement au défi. On ne sait jamais, elle pourrait avoir des soupçons. Ce serait dommage, non?

Non, en effet, ce n'était pas ce que voulait Peter. D'autant qu'il décrochait toujours quand Katherine appelait. Sauf durant les audiences, bien sûr. Mais, à cette heure de la soirée, il n'y avait jamais d'audience.

Et puis merde...

Il prit le téléphone, l'ouvrit d'une pichenette.

— Bonsoir, ma chérie.

Avec un naturel confondant, il se fondit dans son personnage d'époux aimant et fidèle. Il était excellent. Ce qui expliquait la vénération que lui vouait Katherine.

Bailey alluma une cigarette, inhala lentement la fumée et écouta Peter demander comment ça se passait à bord.

Mal, manifestement, car Bailey entendait Katherine pleurer. La liaison avec ce téléphone satellitaire était d'une qualité extraordinaire. Pas un mot ne lui échappait.

— Je crois que je ne vais pas y arriver, expliquait Katherine. Je suis à nouveau en train de tout foutre en l'air avec les enfants.

— Écoute, chérie, lui répondit Peter, tu as dit toi-même que cette croisière ne serait pas une partie de plaisir, mais tu vas y arriver. Tu es forte. C'est pour ça que je t'aime autant.

En achevant sa phrase, il décocha un clin d'œil à Bailey. Il jouait son rôle avec une facilité déconcertante, il le savait. Et il en était plutôt fier.

Bailey eut alors une idée.

Elle lui rendit son clin d'œil, version espiègle, et commença à déposer des baisers sur son torse. Ses cheveux lui chatouillaient la peau. Tout doucement, elle descendit plein sud, sous les draps. Peter se tortilla, tenta même de la repousser du pied, mais elle refusait de s'arrêter. Elle insistait, et il la laissa faire, en se disant qu'elle voulait juste le taquiner, qu'elle n'irait pas jusqu'au bout.

Tandis que Bailey, du bout de la langue, traçait des petits ronds sur son ventre, Peter pensait à ce qu'elle lui avait répondu lorsqu'il lui avait annoncé qu'il ne quitterait jamais Katherine. « Si je me donne un peu de mal, quelque chose me dit que je suis capable de te faire changer d'avis. »

Et elle se donnait beaucoup de mal.

Ses lèvres, sa langue, sa bouche tout entière dépassèrent le nombril. Ce n'était pas simplement pour tester sa résistance. Dès qu'il songeait à l'arrêter, le plaisir qu'elle lui procurait l'en dissuadait.

Peter avait toutes les peines du monde à se concentrer sur la conversation téléphonique, mais il n'avait pas le choix. Le bateau, la croisière, tout le reste… Il fallait qu'il écoute Katherine, qu'il lui dispense les encouragements dont elle avait désespérément besoin.

— Si tu savais comme c'est dur, lui disait-elle.

— Je sais, chérie, répondit-il. C'est très dur.

Cette fois, Peter ne mentait pas.

Bailey pouvait le confirmer.

Quelle gourmande ! C'était une qualité qu'il appréciait particulièrement chez les femmes.

29

Jake sentit la tempête avant qu'elle n'arrive.

Au cours des vingt dernières années, il avait passé plus de nuits en mer qu'à terre. Même dans son sommeil, il percevait les moindres changements de vent et de houle.

Et là, c'était du sérieux. Compte tenu des récents événements à bord du *Famille Dunne*, il se demanda quand le cauchemar allait s'arrêter.

À l'instant même où il ouvrit les yeux, peu après 4 heures du matin, il comprit qu'un monstre était peut-être en cours de formation. Comment était-ce possible ? Il avait vérifié la météo avant d'aller se coucher. La seule tempête présente sur l'écran radar se trouvait à bonne distance, et elle s'éloignait.

Et pourtant, il ne rêvait pas.

Il se leva aussitôt et se précipita vers la cabine de Katherine.

— Réveille-toi, réveille les enfants ! Il faut qu'ils se lèvent, tous, Kat. Et qu'ils soient prêts à donner un coup de main.

Avant qu'elle n'ait le temps de demander pourquoi, elle sentit le bateau se soulever, et l'océan les ballotter comme s'ils étaient à bord d'un jouet, dans une baignoire.

— Oui, confirma Jake en voyant son regard affolé. Et ça va bientôt nous tomber dessus !

— Bon, dis-moi ce que je dois faire, et je le ferai.

À cet instant, le premier coup de tonnerre fit trembler le verre du hublot, pourtant épais. Quelques secondes plus tard, ce fut comme si, dans le ciel, un barrage venait de lâcher. Une pluie drue, battante, incessante déferla sur l'embarcation.

Katherine réveilla les enfants en leur expliquant rapidement la situation, tandis que Jake, dans la cabine principale, s'informait de la météo *via* le canal d'urgence de la VHR

— Saloperie… murmura-t-il en prenant connaissance du dernier bulletin.

Tous les Dunne étaient à présent regroupés autour de lui.

La tempête se révélait encore plus puissante qu'il ne le pensait, et le *Famille Dunne* se trouvait juste en dessous. Ce n'était peut-être pas la tempête du siècle, mais il y avait de quoi s'inquiéter.

— On fait quoi ? demandèrent les enfants à l'unisson.

Ernie se frottait encore les yeux pour se réveiller.

— La seule chose, Ernie, est d'essayer de filer d'ici aussi vite que possible.

Le plan était d'une simplicité enfantine : quitter la zone en catastrophe.

— Il faut qu'on relève l'ancre à la proue, dit Jake.

— Je vais le faire, proposa Katherine.

— Non, elle est trop lourde et c'est trop dangereux. Qui plus est, j'ai besoin de toi à la barre pour garder le bateau nez au vent. Mark, tu aideras ta mère.

— Et moi ? demanda Ernie.

— Je veux que Carrie et toi restiez en bas pour fixer tout ce qui risque de bouger. Et je dis bien fixer. Ce que vous sentez maintenant, ce n'est rien comparé à ce qui nous attend.

— Je veux être sur le pont, grommela Ernie.

— Pas question, mon bonhomme. Crois-moi, tu le regretterais.

30

Jake s'arrêta quelques secondes, le temps de se préparer à affronter les éléments. Ils n'avaient vraiment pas de chance, mais l'heure n'était pas aux lamentations. Sous la violence du vent, le panneau de descente, bien que fermé, vibrait bruyamment. Des démons s'emparaient du bateau !

Jake se tourna vers Katherine et Mark occupés à attacher leurs gilets de sauvetage.

— Vous m'attendez, d'accord ? Personne ne monte sur le pont pour l'instant. Il faut que j'aille chercher les harnais.

— Les quoi ? demanda Mark.

Mais Jake avait déjà ouvert le panneau et disparu.

Vingt, trente secondes plus tard, il était de retour, trempé de la tête aux pieds, grelottant de froid, mais toujours aussi combatif.

— Tenez, enfilez ça ! cria-t-il pour couvrir le hurlement du vent.

Katherine et Mark passèrent aussitôt les jambes dans les harnais en nylon qui évoquaient des strings géants. Pendant ce temps, à l'aide de mousquetons, Jake attacha deux longes aux anneaux de ceinture. Puis il accrocha les extrémités des deux longes au câble qui faisait le tour du bateau, un garde-fou appelé filière.

Il effectua ensuite les mêmes gestes pour s'assurer lui-même.

— Voilà. Les harnais de sécurité, c'est pour le cas où l'un de nous irait faire trempette accidentellement.

Mark hocha la tête, inquiet, mais son regard demeura étonnamment vif. Il avait fini par assimiler sa première leçon de navigation.

— Maintenant, poursuivit Jake, essayez de garder la barre aussi droite que possible pendant que je remonte l'ancre, d'accord ?

À peine les mots avaient-ils quitté sa bouche qu'une énorme vague percuta le bateau et les envoya tous trois valdinguer. Katherine poussa un cri de douleur en tombant lourdement sur le pont et en se cognant le côté du visage.

Jake la prit sous les épaules pour l'aider à se relever.

— Kat, ça va ?

Elle aurait voulu répondre que non, qu'elle voulait retourner se coucher, mais quand la vague suivante lui fouetta le visage de son eau glacée, elle se ravisa. Il y avait plus important.

— Je dois absolument remonter cette ancre ! insista Jake. Et tout de suite !

Il partit en direction de la proue tandis que Katherine et Mark prenaient place au poste de pilotage en s'efforçant, tant bien que mal, de maîtriser la barre. Sous la pluie battante, l'éclairage du pont ne servait plus à rien. C'était tout juste s'ils parvenaient à distinguer leur capitaine qui oscillait comme un spectre le long du bateau.

Et pourtant, ils voyaient bien que quelque chose n'allait pas. Jake avait un problème. La chaîne de l'ancre était-elle coincée ?

Ils l'entendirent hurler.

— Mark, j'ai besoin de toi ici ! Vite !

Le garçon se précipita aussitôt vers la proue sans laisser à Katherine le temps de dire un mot. Sur son visage, on lisait, outre l'angoisse, une vraie motivation.

Jusqu'à ce jour, sa quête de sensations ne s'était faite qu'à travers la drogue. Cette tempête dangereuse lui offrait une expérience nouvelle et entièrement différente.

Malgré la peur qui l'étreignait, tandis qu'il se rapprochait de la proue du bateau secoué en tous sens, Mark commençait à trouver cette expérience assez excitante.

Jusqu'au sixième pas.

Une vague plus haute que toutes les autres s'écrasa largement au-dessus de la bôme et engloutit littéralement le jeune homme.

En le voyant disparaître, Katherine lâcha involontairement la barre. Un réflexe naturel dont les conséquences, elle s'en rendit immédiatement compte, furent dramatiques.

Le bateau vira brutalement à bâbord, et elle se retrouva une fois de plus au sol.

Quand elle parvint à se relever, impossible d'apercevoir Mark. Il était passé par-dessus bord, elle en était quasiment certaine.

— Jake ! Mark n'est plus là !

Pas de réponse. Jake avait disparu, lui aussi ! Apparemment, la vague géante l'avait également balayé.

Katherine ne savait que faire. Il n'y avait plus personne pour lui donner des instructions. À cet instant, elle perçut, venant de l'océan, comme un cri, un gargouillement.

Mark !

Il devait être à six ou sept mètres d'elle. Les vagues giflaient le bateau, et elle arrivait à peine à tenir debout, alors rejoindre Mark…

Elle avança à quatre pattes. C'était le seul moyen. Elle s'accrochait à tout ce qui lui tombait sous la main pour avancer plus vite, et finit par atteindre le bord. Les mains crispées sur la filière, elle se pencha.

Il était là !

Toujours relié au bateau grâce à sa longe de sécurité, mais ballotté par la formidable houle, Mark tentait désespérément de garder la tête hors de l'eau. La force des vagues était telle qu'elles le submergeaient régulièrement malgré son gilet de sauvetage.

— Mark, tiens bon ! lui hurla sa mère. On va te remonter !

Je vais essayer...

Elle savait que Mark était incapable de se hisser à bord tout seul. Il fallait qu'elle l'aide, mais comment ? Et où était Jake ?

Des deux mains, elle s'empara de la longe et tira de toutes ses forces, mais elle ne parvint à ramener que quelques dizaines de centimètres.

Plus elle insistait, plus elle avait l'impression que ses muscles allaient se déchirer, se détacher de ses os. C'était sans espoir. Elle ne pouvait y arriver seule, il fallait absolument que quelqu'un l'aide.

32

Je suis fichu, songea Jake, suspendu au balcon avant, sur le côté. *C'est fini.*

Il avait tout juste réussi à se retenir d'une main quand la vague l'avait éjecté, et maintenant, cette main – quatre doigts, pour être exact – était en train de lâcher prise.

À bâbord, à l'arrière, à tribord, n'importe où, son harnais et sa longe de sécurité auraient pu le sauver. Mais pas à l'avant, pas au milieu d'une tempête pareille, pas sur un bateau secoué si violemment. C'était la mort assurée. À la seconde où il lâcherait, il serait littéralement englouti par la houle, puis broyé par le poids de la coque.

Si seulement il réussissait à attraper quelque chose de son autre main…

Hélas, c'était impossible, pour une raison très simple : le flanc du voilier, parfaitement lisse, n'offrait à ses pieds aucun point d'appui.

— Mark ! hurla-t-il vainement. Katherine !

Où étaient-ils passés ? Avaient-ils remarqué qu'il n'était plus à bord ? La gorge en feu, il les appela désespérément, imaginant que le fracas des vagues et du tonnerre devait noyer ses hurlements. Il arrivait à peine à s'entendre lui-même…

Puis, comme pour le narguer, alors que le vent lui battait les joues et lui perçait les tympans, il reconnut un son familier.

Le rire de son frère Stuart. Une fois de plus.

— La ferme ! hurla Jake, en pure perte. Je sais très bien ce que j'ai fait. C'est pour ça que je suis là. J'essaie de ressouder ta famille.

Une autre vague lui percuta le dos et le ramena à la raison. Il sentait le bateau lui échapper. La douleur fusait, de l'épaule jusqu'aux doigts. Un comble : il avait le bras en feu, alors qu'il était trempé.

Puis, soudain, la solution vint à lui.

Les vagues commençaient à s'espacer. C'était le moment de répit qu'il attendait.

Du haut de la dernière crête, le bateau plongea brutalement dans un creux et, très brièvement, sa proue et Jake se retrouvèrent complètement submergés.

S'il pouvait tenir encore quelques secondes sous l'eau, les lois découvertes par sir Isaac Newton allaient peut-être lui sauver la vie.

Toute action entraîne une réaction, de force égale, en sens opposé.

La proue du voilier se redressa en effet, telle une catapulte, et Jake put profiter de cet élan providentiel pour agripper, de sa main libre, le bord du bateau. De justesse.

Disposant à présent d'un appui suffisant, il réussit à se hisser sur le pont avec ce qu'il lui restait de force.

Aussitôt, il aperçut Katherine périlleusement penchée au-dessus de la filière, à bâbord.

Il était sauvé, mais il comprit que Mark, lui, ne l'était pas.

33

Jake traversa le pont en manquant de perdre l'équilibre à chaque pas et de passer une nouvelle fois par-dessus bord. Alors qu'il baissait la tête pour éviter la borne, une autre vague assassine le balaya, et il eut tout juste le temps d'agripper un taquet pour éviter de repartir à la mer.

Étalé de tout son long sur le ventre, il se cramponna, les mâchoires serrées. Il voyait Katherine s'épuiser à tenter de remonter Mark. Elle tirait et tirait sur la longe, sans parvenir à le soulever. Son corps svelte était tellement crispé qu'elle en paraissait bossue. Quelle énergie chez cette femme !

On est mal barrés, songea Jake. Il était à bout de forces. Mais il ne pouvait pas laisser Kat se débrouiller seule avec son fils.

— J'arrive ! hurla-t-il. Tiens bon, Katherine !

Il se releva tant bien que mal, franchit les quelques mètres qui les séparaient et s'empara immédiatement de la longe. La tête émergeant à peine de l'eau, Mark était en train de boire la tasse.

— Jake, je t'en supplie, gémit Katherine.

Elle avait les paumes en sang mais n'avait pas l'intention d'abandonner.

Jake non plus. Il mobilisa le peu de forces qui lui restait et se mit à tirer, gagnant chaque fois quelques centimètres. Mais c'était bien insuffisant pour espérer ramener Mark.

Il se retourna pour explorer le pont du regard et, malgré le voile de la pluie battante, vit quelque chose qui pourrait l'aider.

— Le winch! cria-t-il. Le winch électrique!

Jake se précipita à l'arrière sans jamais lâcher la filière pour ne pas tomber. Lorsqu'il rejoignit Katherine, il tenait à la main une bonne longueur de bout, qu'il s'empressa d'attacher à la longe de Mark à l'aide d'un nœud coulant qu'il fit glisser le plus bas possible.

Puis il prit les mains de Katherine.

— Dès que le bout commencera à s'enrouler, fais glisser le nœud vers Mark. Vers l'extérieur.

Elle acquiesça.

Il mit en marche le winch qui se mit à grincer, à gémir, risquant à tout instant de casser. Mais l'appareil tint le coup et, lentement mais sûrement, arracha Mark aux éléments déchaînés. L'adolescent se retrouva enfin sur le pont, grelottant de froid, mais vivant. À voir son visage, on aurait dit qu'il était redevenu un petit garçon.

Sa mère le prit dans ses bras en l'étreignant aussi fort qu'elle avait serré la longe entre ses doigts, et Jake en eut les larmes aux yeux.

— Voilà ce que j'appelle une belle prise! plaisanta-t-il, visiblement soulagé. Maintenant, allons voir ce qui se passe en bas!

— Et l'ancre? s'inquiéta Katherine.

— On oublie, répondit Jake. Il est trop tard pour échapper à la tempête. Il va falloir attendre qu'elle passe.

Jake avait encore une manœuvre importante à effectuer sur le pont : ariser la grand-voile. Il réduisit la voilure d'une bonne moitié, espérant ainsi empêcher le vent de retourner le bateau.

La houle, en revanche, c'était une tout autre histoire. À part croiser les doigts, que pouvait-il faire contre la fureur de l'océan ?

— Bon, on y va ! cria-t-il. Tout le monde en file indienne, et on se tient par la ceinture !

Katherine et Mark opinèrent sans poser de questions. Le trio louvoya ainsi jusqu'à la cabine principale, telle une chenille de danseurs ivres, au ralenti. À défaut d'être élégante, la méthode leur permit d'atteindre leur destination. Une fois dans la descente, hors de danger, ils décrochèrent leur harnais de sécurité.

— Il vous en a fallu, du temps ! râla Ernie dès qu'ils se posèrent dans le carré.

Pâle comme un linge, il était manifestement mort de peur, mais avait eu le bon sens de ne pas monter sur le pont.

— On a cru entendre des cris, ajouta-t-il.

En vieil amateur de reparties ringardes, Jake lui rétorqua :

— Ton frère a voulu se baigner.

— Très drôle, grogna Mark en enlevant son gilet de sauvetage.

Ce qui ne l'empêcha pas d'esquisser un sourire.

— Ho! ho! le réprimanda Jake. Tu gardes ça sur toi, même ici. Et vous, vous enfilez les vôtres! lança-t-il à Carrie et Ernie. Tout de suite.

— On va couler, oncle Jake? demanda Ernie d'une voix tremblante.

— Certainement pas, petit gars. Tout va bien se passer. La partie *Indiana Jones* de la croisière est terminée.

En son for intérieur, Jake n'en était pourtant pas totalement convaincu. Le *Famille Dunne* était un gros bateau, réputé robuste, mais il n'avait encore jamais navigué dans des conditions aussi extrêmes. Et cette tempête constituait une épreuve décisive.

Jake décida alors de contacter les garde-côtes par radio, pour leur communiquer la position du bateau. Ce n'était pas un appel de détresse, pas encore. D'ailleurs, ni les garde-côtes ni la Navy n'auraient pu faire grand-chose pour eux en cet instant. Les Dunne étaient livrés à eux-mêmes.

— Pan-pan, pan-pan, pan-pan, annonça Jake, micro en main. Ici le voilier *Famille Dunne*.

Pendant qu'il attendait la réponse, Mark vint lui demander s'il y avait d'autres couvertures. Il frissonnait et son teint était bleuâtre. Il semblait littéralement congelé.

Jake désigna un coffre, au-dessus des banquettes, quand la radio se mit à crachoter. Les garde-côtes avaient capté son appel.

— Oui, *Famille Dunne*, on vous reçoit.

Mais Jake ne les entendait pas. Toute son attention était dirigée vers Katherine qui, après avoir pansé ses mains, aidait Mark à trouver une serviette. Elle était en train d'ouvrir le mauvais coffre, celui qui renfermait les bouteilles de plongée. Ernie et Carrie avaient-ils vérifié qu'elles étaient bien arrimées ?

À cet instant, une autre vague souleva le bateau, qui gîta brutalement. Jake eut juste le temps de crier :

— Katherine, non, ne fais pas ça !

Trop tard. La porte du coffre s'ouvrit violemment, et les deux bouteilles jaillirent. Le premier projectile manqua de quelques centimètres à peine la tête d'Ernie.

Le second, en revanche, fit mouche et pulvérisa sa cible.

La radio était hors d'usage.

35

Peter Carlyle s'approcha du box des jurés d'un pas qui se voulait humble, ce qui n'était pas chose facile pour un homme arborant un costume Brioni à six mille dollars taillé sur mesure et une cravate Hermès à trois cents dollars.

De but en blanc, il demanda au jury :

— Comment appelle-t-on un car plein d'avocats qui tombe dans un ravin ?

Devant les regards perplexes, il partit d'un rire tonitruant et communicatif.

— Un bon début ! Voilà comment ça s'appelle !

Tout le monde se mit à rire, y compris le vieux grincheux assis au bout du premier rang, qui faisait une tête d'enterrement, manifestement peu satisfait d'être obligé d'accomplir son devoir de citoyen.

Peter poursuivit :

— Et connaissez-vous le seul pays où il n'y a pas d'avocats marrons ? Non ? C'est le Guacamole.

Une autre salve de rires secoua l'air un peu vicié de la salle d'audience la plus ancienne et la plus vaste, disait-on, du 100 Centre Street, siège de la cour d'assises de Manhattan.

Bien entendu, cette petite séance d'autodérision, comme disait Peter, ne visait pas uniquement à détendre l'atmosphère. C'était le fameux zigzag à la Carlyle. *Quand ils s'imaginent que tu t'orientes dans telle ou telle direction, fais en sorte de les persuader du contraire.*

Il fallait commencer par changer l'image qu'on avait de lui.

D'innombrables articles dans la presse et de nombreuses apparitions télévisées avaient scellé sa réputation de ténor du barreau. Si Peter parvenait à délester ces jurés potentiels de leurs idées préconçues, en leur montrant que l'individu n'avait rien à voir avec le personnage, il pourrait aussi les faire changer d'avis dans bien d'autres domaines.

Et notamment les convaincre de l'innocence de sa cliente.

Une cliente de premier choix, en l'occurrence. Candace Kincade, grande figure des soirées mondaines new-yorkaises et ancienne rédactrice en chef des pages mode de *Vogue*, était accusée d'avoir tenté de tuer son mari, le roi de l'immobilier, Arthur Kincade. Aux procédés traditionnellement utilisés dans ce genre de circonstances – pistolet, couteau, tueur professionnel, œufs brouillés empoisonnés –, Candace avait préféré un coupé Mercedes SL 600 d'une valeur de cent quarante mille dollars.

Depuis le début de l'affaire, pourtant, elle était prête à jurer sur une pile de *W magazine* qu'elle n'avait jamais eu réellement l'intention de tuer son mari. Elle voulait juste faire peur à Arthur, le secouer un peu. C'était une plaisanterie, ni plus ni moins. Il y avait simplement eu un petit imprévu. Au moment de freiner, elle s'était trompée de pédale et avait accéléré.

« Mes amis, l'histoire que vous allez entendre est incroyable », aurait dit Johnny Carson dans son émission de fin de soirée.

Peter s'apprêtait à gratifier les jurés potentiels d'une autre blague d'avocat quand son adversaire se leva pour faire objection. Avec ses lunettes à monture en fil d'acier et son costume trois-pièces gris béton, ce substitut prétendument en pleine ascension avait l'air de débarquer d'un tribunal de Cleveland.

— Votre Honneur, sommes-nous dans une salle d'audience ou sur une scène de café-théâtre ? s'étonna-t-il, les bras en l'air.

Peter réprima un sourire. Quel amateur ! Ce type avait appris son boulot en regardant *Perry Mason* ou quoi ?

Les juristes plus expérimentés ne tombaient jamais dans le panneau. Ils laissaient simplement Peter achever son petit one-man show. S'ils l'interrompaient, ils ne pouvaient que s'attirer les foudres des jurés potentiels qui, après avoir passé des heures à s'ennuyer mortellement, n'étaient pas fâchés de se détendre un peu. En les privant de quelques rires anodins, le substitut risquait de passer pour un pisse-froid, voire un *loser*.

Et c'est ce qui arriva, précisément : quelques-uns des jurés fusillèrent du regard le plouc et son costume mal coupé.

Peter s'empressa de réagir, permettant ainsi au juge de faire l'économie d'une décision.

— Je vous demande pardon, Votre Honneur, et je prie l'accusation de bien vouloir excuser ces digressions volontairement légères. Je me suis dit que ces personnes, qui ont passé beaucoup de temps à attendre, avaient le droit de rire un peu. Le moment est venu de passer aux choses sérieuses.

Sur ce, Peter se tourna vers le premier juré potentiel, une jeune femme d'origine japonaise qui portait une robe à fleurs et des baskets. Elle se redressa aussitôt, contractant ses petites épaules.

Peter allait lui demander de décliner son identité lorsqu'on l'interrompit de nouveau. Cette fois-ci, la coupable n'était autre qu'Angelica, sa bonne guatémaltèque.

Angelica ?

Que fichait-elle ici, en plein tribunal ?

Peter marqua un temps d'arrêt en entendant la voix suraiguë provenant du fond de la salle.

— Excusez-moi, excusez-moi, j'ai message très urgent pour M. Carlyle.

Angelica fonça droit vers Peter.

— Veuillez pardonner ce contretemps, Votre Honneur, s'excusa l'avocat avec un petit sourire. Les producteurs de la *Nouvelle Star* ont dû recevoir ma vidéo de candidature.

La blague obtint un franc succès auprès des jurés potentiels. Le juge lui-même s'autorisa à sourire.

Peter rejoignit Angelica à mi-chemin. Tous les regards étaient braqués sur eux. Ce qu'elle lui murmura à l'oreille, de toute évidence, n'avait rien d'amusant.

36

L'anglais d'Angelica était rudimentaire et parfois
même inexistant, mais la jeune femme parvint néanmoins à prononcer suffisamment de mots et de phrases
clés pour se faire comprendre. Ou plutôt, transmettre le
message laissé une demi-heure plus tôt par les garde-
côtes sur le répondeur de Peter et Katherine.

Tempête.

Bateau disparu.

Pas nouvelles de Mme Katherine ou M. Jake.

Elle avait également réussi à noter un numéro que
Peter pouvait appeler pour en savoir plus. Mais il fallait auparavant terminer la sélection des jurés, avant
l'un des procès les plus médiatiques de ces dernières
années. Peter s'approcha du juge.

Évidemment, dans la salle, tout le monde – et notamment les journalistes, reconnaissables à leur petit badge
brillant – aurait aimé connaître l'objet de cet aparté. Un
murmure remplit bientôt la salle. Avant même d'avoir
commencé, ce procès pour meurtre faisait couler beaucoup d'encre. Fallait-il s'attendre à un premier rebondissement ?

Tout aussi surpris, le jeune substitut se demanda,
avec une certaine inquiétude, si Carlyle n'était pas

en train de farfouiller dans son fameux sac à malices pour faire tourner à son avantage la sélection du jury. Il s'empressa donc de se joindre à la messe basse.

Le sténotypiste et la greffière se regardèrent, perplexes. Que se passait-il ? Quel stratagème Peter Carlyle avait-il encore imaginé ?

À cet instant, le juge prit son marteau en chêne et frappa trois grands coups. Le silence revint rapidement, mais la déclaration du magistrat ne fit pas le bonheur de la salle. D'une voix rocailleuse, il se contenta d'annoncer que l'audience de sélection des jurés dans le procès Kincade était suspendue « jusqu'à nouvel ordre ».

Puis il reprit son marteau comme s'il s'agissait d'une masse.

Trois coups rapides et Peter quitta précipitamment les lieux, sans un regard pour le public, ni même pour Angelica, laissant derrière lui le souvenir d'un costume à fines rayures et de chaussures Derby aux perforations fleuries.

L'avocat se réfugia dans un bureau vide proche de la salle d'audience pour sortir son téléphone mobile. Il composa le numéro des garde-côtes. Indicatif 305. Pour avoir à deux reprises apporté son concours dans des affaires de trafic de stupéfiants, il savait que cela correspondait à la région de Miami.

Angelica avait griffonné le nom du capitaine qui avait appelé. Andrew Toten. Ou bien était-ce Tatem ? Difficile à dire, mais c'était sans importance. Ce Toten, Tatem, lui donnerait tous les renseignements nécessaires.

Au bout de trois sonneries, une femme répondit sèchement :

— Bureau du capitaine Tatem, j'écoute.

Une question de moins à poser !

— Bonjour. Peter Carlyle. Je vous appelle de New York. Le capitaine Tatem a laissé un message à mon domicile, ce matin, en demandant qu'on le rappelle d'urgence.

— Je ne sais pas s'il est disponible, monsieur Carlyle. Je vais voir. Un instant, s'il vous plaît.

Avant qu'il n'ait le temps de rétorquer, il fut mis en attente. Il crut tout d'abord qu'on lui avait raccroché au nez, mais, apparemment, les garde-côtes avaient le bon goût de préférer le silence radio à la musique d'ambiance.

Il finit par entendre une voix d'homme étonnamment jeune.

— Capitaine Tatem.

Peter se présenta à nouveau et lui demanda ce qui était arrivé au *Famille Dunne*.

— C'est là le problème. Nous ne savons pas trop. On sait que le bateau a été pris dans une grosse tempête qui est repartie sur l'Atlantique hier soir après avoir touché les terres. On a perdu le contact après 4 h 30, ce matin, heure locale. Leur radio est peut-être tombée en panne.

— Oh… mon Dieu…, murmura Peter.

— Vous avez toutes les raisons de rester optimiste, monsieur Carlyle. Il y a environ deux heures, nous avons reçu un signal EPIRB.

— Qu'est-ce que c'est ?

— Il s'agit du signal de la balise de détresse qui permet de localiser le bateau. C'est d'ailleurs comme ça que nous vous avons retrouvé. La propriétaire du bateau, le Dr Katherine Dunne, a indiqué que Me Peter J. Carlyle était la personne à joindre en cas d'urgence. Êtes-vous son avocat ?

— Non, je suis le mari de Katherine. Dites, je ne comprends pas tout. Est-ce que ma famille va bien ?

— Je ne peux rien affirmer, monsieur Carlyle, mais cette balise s'active manuellement. Quelqu'un l'a donc mise en marche. Nous lancerons une opération de recherche et de sauvetage dès que possible.

Peter durcit le ton.

— Comment ça, dès que possible ? Vous attendez quoi ?

— La tempête, monsieur Carlyle, répondit Tatem sans se départir de son calme. Elle n'a pas encore totalement quitté la zone d'où provient le signal. Je ne peux pas envoyer une équipe sur place avant d'être sûr qu'elle pourra intervenir et qu'elle n'aura pas, elle-même, besoin d'être secourue.

— Quand le ferez-vous, alors? l'implora Peter. Pouvez-vous me donner au moins une estimation?

— Très rapidement, comme je vous l'ai dit.

— Et moi, pendant ce temps, je fais quoi?

— Je suis désolé, mais vous ne pouvez pas faire grand-chose, à part attendre. Je vous rappellerai dès que la situation évoluera et que nous en saurons plus.

Pour Peter, demander à quelqu'un d'attendre revenait à l'envoyer paître. Il avait le sentiment d'être manipulé, et il détestait qu'on le manipule.

Pour autant, montrer à ce Tatem de quoi il était capable quand il s'énervait n'aurait servi à rien. Il savait pertinemment qu'il n'avait pas intérêt à se mettre les garde-côtes à dos, bien au contraire.

— Capitaine, il doit bien y avoir un moyen de faire plus, insista-t-il calmement.

Tatem poussa un long soupir.

— Écoutez, monsieur Carlyle, je ne sais pas si vous êtes croyant, mais la seule chose à faire pour l'instant, ce serait de prier.

— Merci, capitaine, c'est un excellent conseil, répondit Peter, qui ne se souvenait pas d'avoir prononcé la moindre prière depuis une vingtaine d'années.

38

— Oh, merde ! grommela Jake en émergeant du cockpit dès que la tempête se fut éloignée. On a vraiment dégusté.

Juste derrière lui, Katherine et les enfants, toujours vêtus de leurs gilets de sauvetage, ne furent pas en reste. Un vrai concours de jurons. Mark, notamment, répétait, façon disque rayé : « Oh, putain ! »

On aurait dit que le bateau avait été bombardé. Des lattes avaient éclaté un peu partout, certains des instruments de navigation du poste de pilotage étaient hors d'usage, et le pont était jonché de bouts et de coussins.

Ils découvrirent le pire en levant les yeux.

— Oh, putain ! lâcha encore une fois Mark. J'y crois pas.

La formidable secousse qu'ils avaient ressentie au plus fort de la tempête était bien due à la foudre, comme l'avait soupçonné Jake. Le mât avait vraisemblablement été frappé de plein fouet, ce qui expliquait la deuxième secousse, juste après.

La partie supérieure, littéralement sectionnée, s'était abattue sur le pont.

La fureur des éléments, au cours de la nuit, avait conduit Jake à activer la balise de détresse. Il savait que, même s'ils réussissaient à survivre à la tempête, sans mât, ils pouvaient dire adieu à leur croisière. Finies, les vacances à bord du *Famille Dunne*. Mais c'était peut-être aussi bien.

Maintenant qu'il faisait jour et qu'il pouvait constater l'étendue des dégâts, Jake comprit qu'il avait pris la bonne décision.

— Oncle Jake, ils arriveront quand, les secours ? demanda Ernie. Bientôt ?

— Je pense que les garde-côtes ont attendu que la tempête s'éloigne de la zone, répondit-il. Ils arriveront dès qu'ils pourront.

— Tu es sûr ? s'inquiéta Carrie, peu convaincue, et un peu plus pâle qu'à l'accoutumée.

— Oui, je suis sûr qu'ils vont venir. Ils savent qu'il y a un problème. Ce sont des pros, ils savent ce qu'ils font et ils le font bien.

— Y a intérêt ! s'exclama Mark.

Il était toujours en arrêt devant ce qui subsistait du mât, un moignon à l'extrémité noircie, évoquant une allumette géante consumée.

Jake rassura une nouvelle fois les enfants, tout en épiant Katherine d'un air inquiet. S'ils avaient tous craint pour leur vie au plus fort de la tempête, c'était elle qui paraissait la plus secouée.

— Ça va ? lui demanda-t-il.

Elle acquiesça. N'importe qui aurait pris ce hochement de tête pour argent comptant, mais Jake savait lire entre les lignes. Non seulement elle avait eu très peur, mais elle se sentait coupable. Ce voyage, c'était son idée, c'était sa faute.

Et Jake comprit alors autre chose.

Il lança un regard en direction des enfants, tous plus renfrognés les uns que les autres.

Je ne fais pas mon boulot, se dit-il.

Il était toujours le capitaine de ce bateau, responsable de leur bien-être, et il leur donnait le mauvais exemple. Après ces huit heures d'émotions fortes, après avoir frôlé le drame, ils n'avaient aucune raison de faire grise mine. Ils devaient se réjouir. Et, même, fêter la fin de la tempête.

Le voilier était presque réduit à l'état d'épave, et alors ? Ils étaient tous sains et saufs. Bientôt, grâce au signal émis par la balise, on viendrait à leur secours et ils fêteraient leur retour sur la terre ferme.

— Alors, on fait quoi, maintenant ? demanda Ernie.

Pour toute réponse, Jake arbora un grand sourire.

Il se rua sur Ernie avec un rire machiavélique, l'attrapa par le gilet de sauvetage et le souleva dans les airs.

— Ce qu'on fait maintenant, mon bonhomme ? On va nager, voilà ce qu'on va faire ! À la une… à la deux…

Et il jeta Ernie par-dessus la filière.

— Noooooooon ! hurla l'enfant jusqu'à ce qu'il touche l'eau avec un *splash* retentissant.

Mark et Carrie éclatèrent de rire. Katherine, elle, se précipita vers le bord, persuadée de voir Ernie en larmes, fâché contre son oncle.

Mais l'enfant allait bien, très bien même. Souriant de toutes ses dents dont le blanc tranchait avec l'orange fluo du gilet de sauvetage, il regarda Jake en le menaçant du poing, pour rire, puis se mit à barboter joyeusement en faisant le plus de bruit possible.

Jake se retourna vers Katherine, Mark et Carrie, l'œil malicieux.

— À qui le tour ? L'un ou l'une de vous trois, forcément. Qui vais-je pouvoir attraper le plus facilement ?

Ils se dispersèrent en tous sens tels des crabes sous un rocher. Jake les traqua un à un, tout en chantonnant – faux – le refrain d'un classique de Blondie :

« One way, or another

I'm gonna get you, get you, get you[1]… »

Il captura d'abord Carrie, qui se tortilla désespérément pour tenter de se libérer.

— Je ne comprends pas, s'étonna Jake en la soulevant. Je croyais que tu aimais les expériences extrêmes.

Carrie était prise d'un fou rire. La première journée de croisière et sa tentative de suicide paraissaient bien loin.

— Geronimo ! hurla Jake en la jetant par-dessus bord.

Mark profita de cet instant pour essayer de prendre le dessus sur son oncle farceur. Une initiative, enfin.

Il se glissa derrière Jake et le ceintura en criant :

— Et moi, je dis que le prochain, c'est toi !

Jake, hélas, était beaucoup trop lourd pour lui. Impossible de le soulever, et encore moins de le flanquer à la mer.

— Bien tenté, l'ami, approuva Jake avant de se libérer et d'immobiliser son agresseur d'une prise digne d'un catcheur de haut niveau.

Deux secondes plus tard, Mark passait par-dessus bord.

— Et il n'en reste plus qu'une ! s'exclama Jake en regardant Katherine qui essayait vainement de se cacher à l'avant du bateau.

— Bon, ça suffit, dit-elle, paumes levées. J'ai mon compte. Je suis la maman, je déclare la fin des hostilités !

— La fin des hostilités ?

---

1. D'une façon ou d'une autre, je vais t'avoir, t'avoir, t'avoir… *(N.d.T.)*

Jake obliqua lentement vers elle, lui interdisant toute possibilité de retraite. Elle était prise au piège, et elle le savait.

— Non, j'abandonne. Jake !

Il secoua la tête.

— Tu t'imagines vraiment pouvoir t'en sortir aussi facilement, toubib ?

— Je me suis fait mal à la jambe, hier soir. À la cheville.

— L'eau lui fera du bien.

Les enfants s'étaient joyeusement rapprochés de la proue en nageant, sans faire mystère de leurs attentes : ils avaient hâte d'assister à l'apothéose.

— Allez, oncle Jake, balance-la ! cria Ernie. Et moi, je la rattrape.

— Ouais, renchérit Mark. Katherine Dunne, viens nous rejoindre !

Jake haussa les épaules en riant.

— Désolé, Kat, mais tu as entendu les gosses !

Il se jeta sur elle, la souleva et la fit tournoyer. L'espace d'un instant, quand leurs regards se croisèrent, ils ne purent empêcher leurs souvenirs secrets de remonter à la surface, mais les cris des enfants, qui pressaient Jake de faire vite, les ramenèrent aussitôt à la réalité.

Jake s'exécuta, au milieu des rires et des piaillements de joie. Et dire que quelques heures auparavant, tous se demandaient si leur dernière heure n'était pas arrivée ! À la proue du voilier, en plein élan, il lâcha Katherine en clamant d'une voix de stentor :

— Je suis le roi du bateau ! Le roi du…

BOUM !

Soudain, le *Famille Dunne* explosa dans une immense boule de feu orange.

40

— Il est là ! s'écria un journaliste, le bras tendu comme une lance. C'est Carlyle !

Et dans l'immense couloir du palais de justice, où tout résonnait, lui et ses confrères se ruèrent sur l'avocat avec l'élégance d'une meute de hyènes.

À certains égards, la scène évoquait ces vieux films dans lesquels les intrépides reporters rongent leur frein en attendant que l'homme du moment daigne montrer le bout de son nez. À peine sorti du bureau d'où il avait appelé les garde-côtes, Peter se retrouva littéralement encerclé.

Du *Washington Post* au *Wall Street Journal* en passant par le *Daily News* et le *New York Times*, tous les journalistes étaient convaincus que le message reçu par Peter en cours d'audience avait un rapport avec l'affaire Kincade. Il s'agissait forcément d'une excellente nouvelle ! Sinon, pourquoi aurait-il quitté l'audience de sélection des jurés ?

Peter n'avait pas l'intention de satisfaire leur curiosité avant d'en savoir davantage sur la santé de sa famille. Ils étaient collés à lui comme des trombones sur un aimant, ils le harcelaient de questions, mais il ne lâcha rien. Pas même un « je ne ferai aucun commentaire ».

Il avait suffisamment de métier pour savoir les faire languir.

Sans un mot, donc, il se fraya un chemin dans la forêt des enregistreurs de poche et s'éclipsa par une porte vitrée dont le verre dépoli était frappé de quelques mots magiques bien utiles dans des circonstances de ce genre :

« INTERDIT À LA PRESSE. »

C'était la porte des services administratifs. Ensuite, Peter n'eut plus qu'à emprunter un petit escalier et descendre deux étages pour déboucher à l'arrière du bâtiment.

Une fois dans la ruelle, il jeta un bref coup d'œil à l'angle du palais de justice aux briques noircies, scruta le trottoir : pas de journalistes à gauche, pas de journalistes à droite, la voie était libre.

Peter se mêla discrètement au flot des piétons qui inondaient le sud de Manhattan. Il ne savait pas où il allait, mais c'était sans importance. Il avait simplement besoin d'être seul pour réfléchir, après les nouvelles inquiétantes qu'il venait de recevoir.

Deux rues plus loin, il avisa un marchand de journaux. Si ces charognards de journalistes, au tribunal, étaient déjà en train d'imaginer les titres du lendemain, lui n'avait toujours pas vu ceux du jour. Il se fichait pas mal des guerres, du terrorisme, de la faim dans le monde, du dernier gosse adopté par une star en mal de publicité. Que disaient les experts au sujet du procès Kincade ? Et surtout, que disaient-ils de lui ?

Peter s'empara de quelques journaux locaux puis désigna le petit réfrigérateur à couvercle coulissant, juste derrière l'enturbanné qui se trouvait à la caisse.

— Et une Red Bull, dit-il.

Quand le vendeur lui tourna le dos pour ouvrir le réfrigérateur, Peter plongea prestement la main dans le bocal à pourboires qui se trouvait sur le comptoir et y prit une poignée de billets d'un dollar qu'il fourra dans sa poche. Tout cela alors que son portefeuille renfermait plus de six cents dollars.

L'homme se retourna, une cannette de Red Bull bien fraîche à la main. Il fit rapidement le total et marmonna, avec un accent vaguement pakistanais :

— Cinq vingt-cinq.

L'avocat sortit de sa poche les dollars qu'il venait de voler et en tendit six.

— Tenez. Gardez la monnaie.

Du pur Peter Carlyle !

41

Je suis vraiment un salopard, se dit-il en souriant. Bien pis que ce que certaines personnes imaginent.

Il repéra un banc désert un peu plus loin, près d'une aire de jeux, et s'y assit pour feuilleter la presse tout en savourant sa Red Bull, ravi du petit larcin qu'il venait de commettre au nez et à la barbe du vendeur.

Tous les journaux parlaient de lui. Comme prévu, on s'intéressait de près à la sélection des jurés du procès Kincade. Et donc à Peter.

« Le requin », « le pitt-bull », « le gorille ».

Seul le *New York Times* avait réussi à éviter le sempiternel bestiaire et les commentaires tendancieux sur sa réputation à la barre. Il lui consacrait un court article, dans les pages locales, intitulé : « Peter Carlyle, le pire cauchemar des procureurs. »

Voilà qui sonnait plutôt bien. Un grand merci au *New York Times* et à son patron, Arthur Sulzberger.

Peter lut et relut plusieurs fois le titre. Dans sa tête, les mots dansaient la farandole.

C'est alors qu'une voix d'homme, mesurée, cultivée, l'arracha à ses rêveries.

— Quelle surprise de vous trouver ici, maître.

Peter baissa son journal et découvrit un visiteur inattendu assis sur le banc, juste à côté de lui. Il venait de se matérialiser là, comme par magie.

— Ne devriez-vous pas être au tribunal, en ce moment ? demanda Devoux.

— Et vous, ne devriez-vous pas être ailleurs qu'ici ? rétorqua sèchement Peter.

Ils étaient l'un et l'autre sur la mince ligne de front séparant le respect du mépris, et Peter savait que ces quelques instants allaient être cruciaux.

— Rien ne nous empêche d'être vus ensemble, dit Devoux. Après tout, nous n'avons rien fait de mal.

— Vous avez raison, convint Peter. En fait, nous n'avons même rien fait du tout, me semble-t-il.

Devoux sourit derrière ses lunettes de soleil, griffées Armani, tout comme son costume droit noir trois boutons.

— Voilà une remarque digne d'un avocat.

— L'avocat qui vous a jadis sauvé la peau, si je ne me trompe.

— Et je vous renvoie l'ascenseur, non ?

— Peut-être, mais à quel prix !

— Je vous ai consenti une énorme réduction sur mon tarif habituel. Ah, ce que les gens peuvent être ingrats…

— Je suis touché, dit Peter.

— Évidemment, si vous aviez su que la nature était disposée à faire le travail gratuitement…

— Donc, vous êtes au courant, pour…

— Oui, coupa Devoux. Je suppose que les garde-côtes vous ont déjà appelé ?

— Il y a quelques minutes à peine, pour tout vous dire. Le capitaine que j'ai eu au téléphone m'a dit qu'ils avaient perdu le contact radio avec le bateau, mais qu'ils recevaient une sorte de signal.

— Émis par une balise de détresse.

— Oui, c'est ça. D'après lui, cette balise est activée manuellement.

— Absolument.

— Cela signifie que Katherine et les gosses sont toujours en vie.

— Pas nécessairement. Je vous aurais cru plus logique.

— Mais les garde-côtes savent où trouver le bateau, grâce à cette balise.

Un sourire large comme l'Atlantique barra le visage de Devoux.

— C'est ce qu'ils croient.

— Que voulez-vous dire ?

— Je veux dire qu'ils n'ont pas reçu les bonnes coordonnées.

— Comment avez-vous fait ?

— Oh, ce fut un jeu d'enfant. Je suis doué pour ce genre de manipulation.

— Bien, approuva Peter, n'ayant nul besoin de savoir comment la balise avait été trafiquée. Donc, les garde-côtes ne pourront pas les retrouver.

— Je n'ai pas dit cela. Ils finiraient par les retrouver si je n'avais pris certaines précautions.

Peter avait parfaitement saisi l'allusion. C'était une évidence, mais Devoux ne résista pas au plaisir de s'écouter parler.

— Croyez-moi, si la tempête n'a pas tué vos proches, ma bombe a terminé le boulot. Badaboum ! C'est plié. On peut parler du *Famille Dunne* à l'imparfait.

Devoux était vraiment un type givré.

Et c'était précisément la raison pour laquelle Peter Carlyle lui avait confié le soin d'assassiner sa famille.

TROISIÈME PARTIE

L'explosion

42

La première chose que je ressens, c'est une chaleur intense qui grille mes cheveux et ma peau alors que je valse dans les airs. J'ai l'impression d'être en feu !

Et quand je retombe, ça empire.

Parce que je ne touche pas l'eau. Non, je retombe sur une plaque de titane aux bords acérés, un débris de la coque du bateau.

Mon tibia droit craque avec un bruit sec ! Je sais exactement ce qui s'est passé. Je le sens transpercer ma peau.

Quand je glisse du bout de coque dans l'eau, mon corps entre immédiatement en état de choc. Mes bras, mes mains, ma jambe valide ne me servent plus à rien. Je suis incapable de bouger un muscle. Sans mon gilet de sauvetage, je serais en train de me noyer.

Je n'arrive pas à y croire. Que s'est-il passé ? Je cherche le bateau. Il a disparu.

À sa place, une épaisse fumée noire s'élève au-dessus de l'eau. Des débris sont en flammes. Je ne vois ni Carrie, ni Mark, ni Ernie, et mon angoisse et ma panique augmentent de seconde en seconde. Mon Dieu, où sont les enfants ? Où est Jake ?

Ballottée par la mer, impuissante, je les appelle entre deux quintes de toux qui m'arrachent les poumons.

L'air que je respire est saturé de fumée, je me sens faiblir rapidement. Ma blessure à la jambe me fait perdre trop de sang. Je suis sur le point de m'évanouir.

Mais je dois retrouver les enfants.

— Carrie ! Mark ! Ernie !

Je hurle, mais ils ne se manifestent pas. Je n'entends d'ailleurs rien autour de moi, hormis ce bourdonnement dans mes oreilles. Le contrecoup de l'onde de choc. Un blast auriculaire, comme disent les spécialistes.

Il y a maintenant un véritable rideau de fumée autour de moi, et j'ai de plus en plus de mal à respirer. Dès que j'essaie d'appeler, je me mets à tousser. Et c'est du sang qui sort de ma bouche. D'où vient-il ? Me suis-je cassé une côte, qui serait en train de me perforer le poumon ? Ou me suis-je simplement mordu la langue au moment de ma chute ?

Et Jake ?

Il était à bord du voilier quand celui-ci a explosé. Il a disparu.

Ont-ils tous disparu ? Suis-je la seule survivante ?

Non ! Non ! Je vous en supplie, non ! C'est une idée si ignoble, si horrible qu'elle dépasse mon entendement.

J'ai perdu tous les miens.

43

J'appelle encore.

Et je finis par entendre une voix de l'autre côté du rideau de fumée, un petit mot, le plus beau mot que je connaisse.

— Maman !

C'est Ernie, il est en vie.

Je commence à retrouver mon ouïe. Je vois mon fils nager vers moi. Il a le visage noirci par l'explosion et il a l'air absolument terrorisé, mais il est vivant.

J'oublie alors ma jambe et décide d'aller à sa rencontre, mais une douleur fulgurante me rappelle que je ne suis pas en état de nager. Je ne puis qu'attendre qu'il me rejoigne, les larmes aux yeux.

Je le prends dans mes bras.

— Tu vas bien ?

— Je crois, me répond-il. Et toi, maman ?

Je m'apprête à lui mentir, pour ne pas l'affoler davantage, quand il remarque le sang autour de ma bouche. Son regard reflète l'inquiétude.

— Ça va aller.

Il ne me croit pas vraiment.

— Qu'est-ce qu'il y a ? Je peux faire quelque chose ?

— Ce n'est rien, lui dis-je en m'efforçant de paraître convaincante.

Mon champ de vision commence à rétrécir. Je sens que mes yeux se révulsent. Mauvais signe. Je risque de perdre connaissance, et Ernie va se retrouver seul en pleine mer. Je me mets à frissonner, je claque des dents. Très mauvais signe.

— Maman ! crie-t-il. Maman !

Je cligne des yeux, de toutes mes forces, pour rester consciente. Il faut que je reste lucide, comme doit l'être un médecin. Je dois arrêter l'hémorragie de ma jambe. Il faut que je réussisse à me faire un garrot.

Le toubib qui est en moi reprend alors le dessus. Rapidement, j'enlève l'une des sangles de mon gilet de sauvetage et la noue autour de ma cuisse, juste au-dessus du genou, en serrant autant que je le peux. Quelques secondes plus tard, je sens une légère amélioration.

— Ah, voilà une bonne chose de faite, annoncé-je à Ernie. Et toi, tu n'as pas mal ? Dis-moi.

— Non, moi, ça va.

— Tu es sûr ?

— Oui, oui.

Je lui demande s'il a vu son frère et sa sœur. J'ai peur de ce qu'il va me répondre.

— Non, toujours pas. Et oncle Jake ?

— Je ne sais pas, mon chéri. Pour l'instant, je n'ai vu que toi.

Je m'apprête à mentir une nouvelle fois. Je voudrais lui dire que tout se passera bien, que tout le monde s'en sortira. Je voudrais qu'il me croie, je voudrais y croire moi-même. Et pourtant, je n'y arrive pas. Ce n'est pas ma nature.

140

Il pose sa main sur mon épaule. Il a l'air si petit, dans son grand gilet de sauvetage.

— T'inquiète pas, maman. Tout va bien se passer, je te le jure.

C'est le plus joli mensonge que j'aie jamais entendu.

44

Putain, mais c'était quoi, ça?

Dès qu'elle rouvrit les yeux, Carrie sentit la morsure glacée, salée, de l'eau de mer. Elle redressa la tête et se mit à tousser violemment pour évacuer la fumée qui avait envahi ses poumons. Mais de la fumée, il y en avait partout.

Elle ne se sentait pas particulièrement vernie, et pourtant, elle l'était. Elle était restée inconsciente, le visage couché sur le côté du gilet de sauvetage. Si elle avait eu le nez dans l'eau, elle ne se serait jamais réveillée.

Elle ne comprit pas tout de suite où elle se trouvait. Même lorsqu'elle aperçut Mark, à quelques mètres. Une seule chose lui parut évidente : son frère avait besoin d'aide.

Lui aussi avait été assommé par l'explosion, mais il n'avait toujours pas repris ses esprits.

Carrie se rapprocha de lui aussi vite qu'elle le put, empêtrée dans son gilet. À chaque mouvement, la mémoire lui revenait, par bribes. Jake qui les pourchassait sur le bateau… qui les jetait à l'eau, l'un après l'autre… leur mère en dernier… Mais, au fait, est-ce qu'elle avait sauté, elle ?

Après, elle ne se souvenait plus de rien. Elle ne savait toujours pas ce qui s'était passé. Où se trouvait le bateau? Où étaient les autres?

Elle rejoignit son frère.

— Mark! Réveille-toi! Réveille-toi!

Pas de réaction. Elle l'attrapa par le gilet de sauvetage, le gifla.

— Allez, Mark, Mark. Réveille-toi, merde!

Il finit par ouvrir lentement les paupières. Son regard se stabilisa.

— C'est quoi, ce bordel? demanda-t-il d'une voix pâteuse.

Carrie se posait exactement la même question.

— Il y a peut-être eu une explosion, avança-t-elle.

Mark regarda autour de lui. Les flammes dévoraient encore les débris épars du voilier. Il avait les cheveux roussis, une vilaine entaille au front inondait son visage de sang, mais son goût pour le sarcasme était resté intact.

— Ah bon, tu crois?

Carrie allait rétorquer quelque chose de désagréable lorsqu'un bruit attira leur attention.

— Tu as entendu ça? demanda Mark.

Carrie acquiesça.

— C'est maman!

Il y avait également une autre voix. Ernie! Jamais elle n'avait été aussi heureuse d'entendre son bavard de petit frère.

Mark et Carrie les appelèrent, se rapprochèrent en traversant la fumée, au milieu des restes du voilier.

— Par ici! cria leur mère. Nous sommes là!

Une petite minute plus tard, les trois enfants avaient retrouvé leur mère.

— Regardez ! s'écria bientôt Ernie, le doigt pointé. Regardez tous, là-bas !

L'épaisse fumée formait comme un tapis de brume qui les empêchait de distinguer nettement ce qui se trouvait autour d'eux, mais à la faveur d'un changement d'orientation du vent, ils aperçurent ce qu'Ernie avait vu.

Jake.

À une quarantaine, une cinquantaine de mètres peut-être.

— Oncle Jake ! hurla Carrie.

Ils comprirent très vite, horrifiés, que Jake ne risquait pas de répondre. Il flottait sur le ventre, inerte, les bras écartés. La position du cadavre en mer.

— Oh, mon Dieu, non ! gémit Katherine.

Mark décida alors de prendre la direction des opérations.

— Carrie, Ernie, restez ici avec maman. Moi, je vais chercher oncle Jake.

— Non, attends, je viens aussi ! lui cria Carrie alors qu'il s'éloignait déjà.

Elle ne pouvait pas oublier que Jake s'était jeté à l'eau, le premier jour, pour venir à son secours.

— Dépêche-toi, alors, lui répondit Mark par-dessus son épaule.

Son frère nageait vite, mais Carrie était plus rapide encore. Dans son école préparatoire, elle détenait toujours deux records de natation, dont celui du cinquante mètres nage libre. Elle fut donc la première à atteindre Jake.

D'énormes brûlures s'étendaient sur ce qu'elle distinguait des bras et des jambes de son oncle, des brûlures d'où suintait du sang. La peau, à vif, était couverte de cloques, comme une couche de peinture passée au chalumeau. La jeune fille se sentit brusquement mal.

Luttant contre la nausée, elle essaya de retourner son oncle, mais il était trop lourd. Heureusement, Mark la rejoignit enfin et, à deux, ils réussirent à sortir son visage de l'eau.

— Il ne respire plus, hein? dit Carrie d'une voix tremblante. Il est mort, Mark.

Son frère ouvrit le gilet de sauvetage de Jake et posa la tête sur le torse de son oncle.

— Je n'entends pas le cœur. Mais il bat peut-être encore un petit peu...

Carrie était pétrifiée de peur mais une voix, venue du passé, résonna dans sa tête : celle de son instructeur de réanimation cardio-respiratoire. Tous les membres de l'équipe de natation, à Choate, devaient avoir leur brevet de secouriste.

Tout lui revint d'un coup à l'esprit.

— Relève-lui la tête! dit-elle à son frère. J'ai pris des leçons de secourisme, on va le réanimer.

Mark prit Jake par le cou pour le redresser tandis que Carrie lui relevait le menton pour dégager les voies respiratoires. Elle lui pinça le nez, plaqua sa bouche contre la sienne et commença à souffler.

Un… deux…

— Allez, oncle Jake ! implorait-elle entre deux insufflations. Allez !

Trente secondes au moins s'écoulèrent. Carrie n'avait plus de forces, ses poumons brûlaient. Mais pas question d'abandonner.

— Oncle Jake, respire, merde !

Et il obéit.

Un souffle infime, suivi d'un autre, plus flagrant. Et un autre encore. Puis il se mit à respirer régulièrement.

Jake n'avait pas ouvert les yeux, il était toujours inconscient, mais il était revenu à la vie.

Mark colla une nouvelle fois l'oreille contre son cœur. Les battements étaient de plus en plus forts, de plus en plus réguliers. Il brandit le poing en l'air.

— Tu as réussi, Carrie ! T'es trop forte !

Ils saisirent Jake sous les bras, chacun d'un côté, et le ramenèrent lentement vers leur mère et Ernie.

L'équipage du *Famille Dunne* était enfin au complet.

— Et maintenant, on fait quoi ? s'inquiéta Ernie. Quelqu'un a une idée ?

— On attend, lui répondit Mark. Jake a dit que les garde-côtes devaient bientôt arriver. Ils ne devraient pas avoir trop de mal à nous trouver, conclut-il en regardant l'énorme nuage de fumée qui planait au-dessus de leurs têtes.

46

Au bord de l'immense bassin d'entraînement de la base de l'US Coast Guard, à Miami, le capitaine Andrew Tatem surveillait d'un œil impavide les évolutions des six nageurs sauveteurs qui s'entraînaient en combinaison.

Ils étaient jeunes, vigoureux et plutôt intelligents, mais terriblement inexpérimentés.

Et c'était le boulot de Tatem de faire en sorte que cela change.

Mais il ne savait pas encore si ce nouveau job lui plaisait vraiment.

Deux ans plus tôt, il comptait parmi les meilleurs sauveteurs de l'équipe avant de se fracasser la jambe droite lors d'une mission au large des Grenadines. Grâce à une douzaine de broches, elle avait fini par se ressouder, et il marchait aujourd'hui sans problème. Courir, en revanche, était une autre paire de manches. Quant à sauter en pleine mer depuis un hélico, mieux valait oublier.

Il passait désormais la moitié de ses journées derrière un bureau. Le reste du temps, il essayait de se trouver un digne successeur *via* l'école d'entraînement des nageurs sauveteurs. Et il souffrait énormément de ne plus être sur le terrain.

— On n'attend plus que vous, capitaine ! plaisanta l'une des jeunes recrues.

Le groupe était à l'eau depuis une bonne vingtaine de minutes. Les types avaient eu le temps de s'échauffer, de se fatiguer. Ils étaient mûrs.

Tatem lança en direction de la cabine :

— C'est parti !

Son premier lieutenant, Stan Millcrest, leva les deux pouces. Message reçu. D'une pichenette, il mit en marche l'un des plus gros ventilateurs de plafond du monde. Les lames longues de plus de six mètres commencèrent à tourner au-dessus de la piscine, et il ne leur fallut que quelques secondes pour atteindre la vitesse de rotation maximale. Trois mille tours à la minute simulant des conditions d'intervention en pleine tempête, par vent violent. *Apocalypse Now*, comme disait affectueusement Tatem.

— J'adore cette odeur de chlore, le matin ! hurla-t-il à l'adresse de ses jeunes élèves. Pas vous ?

Il regarda les recrues, parmi lesquelles deux jeunes femmes, s'évertuer à garder la tête hors de l'eau. S'il voyait quelqu'un en réelle difficulté, il ferait signe à Millcrest d'arrêter le rotor, et accorderait peut-être à la personne une dispense d'épreuve.

Tatem regarda de nouveau sa montre.

— Encore deux minutes ! hurla-t-il.

Tout en surveillant l'exercice, il ne pouvait s'empêcher de penser à l'autre tempête, bien réelle celle-là, qui avait fait rage à plusieurs centaines de kilomètres au large. Dans l'ensemble, les équipes de recherche et de sauvetage avaient eu de la chance : presque tous les bateaux et navires présents dans la zone avaient réussi à éviter la trajectoire de ce monstre météorologique qui aurait pu les envoyer par le fond.

Seul manquait à l'appel un voilier de croisière baptisé *Famille Dunne*.

Tout, cependant, incitait à un certain optimisme. La balise de détresse du bateau avait envoyé sa position et Tatem avait déjà dépêché sa meilleure équipe SAR[1]. Il attendait d'ailleurs leur premier rapport d'ici la fin de l'heure. Ses hommes devaient être en train d'arriver sur la zone. Ils sauraient ce qui s'était passé.

Soudain, le moteur du rotor s'arrêta.

Son lieutenant avait-il vu quelque chose qui lui avait échappé? L'un des jeunes avait-il commencé à se noyer?

Tatem compta rapidement les têtes. Non, ils étaient tous là. Et il restait encore trente-cinq secondes d'exercice.

Il tourna la tête vers Millcrest, perché dans sa cabine, pour obtenir une explication, mais l'homme ne s'y trouvait plus. Il était déjà en train de longer le bassin, droit vers lui, avec un visage qu'il connaissait. Celui qui annonçait les problèmes.

---

1. *Search and Rescue*, c'est-à-dire « Recherche et sauvetage ». (N.d.T.)

47

— Que voulez-vous dire par « il a disparu » ? demanda Tatem. Je ne vous suis pas.

Stan Millcrest et lui s'étaient retrouvés dans les vestiaires après avoir demandé aux jeunes de faire une pause. Les nageurs avaient obtempéré avec un enthousiasme non dissimulé.

— Tout ce que je sais, répondit Millcrest, c'est que la salle radio vient de m'avertir qu'ils ont perdu le signal de la balise du *Dunne.* Ils le recevaient cinq sur cinq, et il a disparu d'un coup.

— Ils en sont sûrs ?

— Absolument.

— Ce n'est pas un problème matériel qui viendrait de chez nous ? Ça ne serait pas la première fois qu'une parabole déconnerait.

— C'est la première question que j'ai posée. Ils m'ont dit qu'ils avaient tout vérifié deux fois. Pas de bug, rien.

Tatem alluma une Camel. La cigarette et le poker étaient ses deux seuls vices, et d'ordinaire l'un n'allait pas sans l'autre. Sauf quand un gros problème survenait au boulot.

— Je pense qu'il y a deux scénarios possibles, poursuivit Millcrest, qui n'avait jamais peur de donner son avis à son chef, ce que Tatem appréciait. Soit la batterie de la balise du *Dunne* est morte, soit ils l'ont éteinte.

Tatem tira une longue bouffée et exhala lentement la fumée. Les deux hypothèses étaient plausibles. Mais étaient-elles probables ?

Depuis qu'il était entré dans les rangs de l'US Coast Guard, jamais il n'avait entendu parler d'une balise de détresse cessant d'émettre après avoir été activée. Cela dit, il fallait bien un début à tout.

— Dans un cas comme dans l'autre, remarqua Tatem, la position initiale n'a pas changé. Il faut juste qu'on élargisse le périmètre des recherches, compte tenu des courants.

— Pas de beaucoup, précisa Millcrest. La tempête est passée, et il n'y a presque pas de houle.

— Contactez tout de même l'équipe SAR et demandez-lui de mettre pleins gaz. Appelez ça une intuition, si vous voulez, mais plus vite ils retrouveront le bateau, mieux ce sera.

Millcrest acquiesça avant de tourner les talons.

Tatem s'attarda encore une minute dans les vestiaires pour achever sa cigarette, en se sentant vaguement coupable. Curieusement, la voix de Peter Carlyle, l'avocat new-yorkais qui l'avait appelé le matin même, était restée gravée dans sa mémoire. Il y avait quelque chose, dans cette conversation téléphonique, qui le travaillait.

En dix années de service, Tatem avait eu affaire à d'innombrables personnes attendant désespérément des nouvelles, quelles qu'elles soient, de leurs proches perdus en mer. Et Carlyle avait eu la même réaction que les autres. Il s'était montré impatient, un peu nerveux, et extrêmement inquiet. Où donc était le problème ?

Tatem n'arrivait pas à mettre le doigt dessus. Mais il se méfiait des avocats.

— Je suis g-g-gelé, marmonne Ernie.

Ses petites dents claquent, ses lèvres sont bleuâtres. Nous sommes tous gelés. Cela fait des heures que nous marinons. Nos gilets de sauvetage nous ont effectivement sauvé la vie, mais nous sommes vidés, physiquement et moralement épuisés.

Je sens monter en moi un horrible pressentiment. Puis Carrie formule la phrase que personne ne voulait entendre :

— Ils ne vont pas venir nous chercher, hein ?

— Mais si, ils vont venir, affirmé-je pour rassurer tout le monde. Les garde-côtes avaient sans doute énormément de bateaux à secourir. Il faut juste que nous attendions notre tour.

Je n'y crois qu'à moitié, mais je me dois de rester optimiste.

— Viens ici, toi, dis-je à Ernie en le serrant contre moi. Nous allons tous nous blottir les uns contre les autres, en cercle, avec Jake, pour avoir plus chaud.

— Et ta jambe ? me chuchote Ernie à l'oreille.

— Ça va. Pas de problème, bonhomme.

Cas typique de déni, juge le médecin qui est en moi. Ma jambe engourdie me fait l'effet d'être en caoutchouc mais je ne me sens pas capable d'affronter le problème. Je sais, maintenant, ce que doivent penser la plupart de mes patients quand je les tanne pour qu'ils prennent soin de leur cœur. *Bouclez-la, toubib !*

D'ailleurs, Jake m'inquiète beaucoup plus que ma jambe.

Si sa respiration reste régulière, il est à peine conscient. Quant à ses brûlures, il faudrait les panser au plus vite, je crains qu'il ne perde trop de sang et n'entre en état de choc. Ce serait alors fini pour lui. Cependant, le fait d'être dans l'eau froide augmente ses chances de survie, en ralentissant la circulation sanguine.

Pour l'instant, nous sommes en milieu de journée, le soleil nous réchauffe un peu. Mais lorsque le soleil commencera à se coucher, j'ai bien peur que même en nous serrant les uns contre les autres, nous souffrions tous d'hypothermie.

— On pourrait peut-être construire un radeau, suggère Ernie.

Il regarde autour de lui. Des débris du bateau flottent encore un peu partout.

— Peut-être, dis-je.

Mark, d'une voix si rauque que je l'entends à peine, souffle :

— Survie…

Une minute… Ce n'était pas Mark ! Nous nous tournons tous vers Jake.

— Il a repris connaissance ! s'écrie Carrie.

Elle a raison.

— Jake, c'est moi, Katherine. Tu m'entends ? Jake ?

Ses lèvres tremblent en essayant de former des mots. Il répète :

— Survie…

— Jake, c'est moi. C'est Katherine.

Ses yeux sont fermés, son visage inerte, mais ses lèvres bougent encore. Il réussit à marmonner un deuxième mot.

— Coffre… Coffre… survie.

Je finis par comprendre et me tourne vers Mark.

— Le coffre de survie !

Insubmersible, il renferme les objets dont nous avons besoin. Si tant est qu'il ait résisté à l'explosion.

— De quelle couleur est-il ? demande Carrie.

— Rouge.

— Ah, oui, je l'ai vu sur le bateau, se souvient Ernie.

Mark et Carrie décident alors de se lancer à sa recherche, en partant dans deux directions opposées.

Mark dessine un rond dans l'air.

— On fait des cercles, d'accord ?

— Compris.

— Ne vous éloignez pas trop, leur dis-je. Je compte sur vous.

En attendant, j'essaie de faire parler Jake. Peut-être puis-je faire quelque chose pour atténuer sa douleur. Peine perdue. Ses lèvres ne bougent plus.

— Ça va aller, lui dis-je en lui caressant la tête.

C'est tout juste s'il est conscient, mais il n'avait besoin que de deux mots pour nous aider. Coffre de survie.

Notre capitaine est de retour.

49

Une dizaine de minutes plus tard, c'est Carrie qui gagne le concours. Elle jubile, même si sa voix trahit son épuisement.

— Je l'ai trouvé !

J'ai du mal à y croire. J'ai d'ailleurs du mal à apercevoir ma fille, réduite à un petit point noir. Elle est peut-être à deux cents mètres de nous.

— Je l'ai trouvé ! répète-t-elle. Le coffre de survie !

J'appelle Mark qui a parcouru environ la même distance que Carrie, mais de l'autre côté.

— Reviens ! Carrie l'a trouvé !

Il m'entend et rebrousse chemin, en prenant son temps, cette fois. Je m'étonne d'ailleurs que sa sœur et lui soient encore capables d'avancer. Ils sont tous deux en bien meilleure forme physique que je ne l'aurais cru.

— Tu crois qu'il y a à manger, dans ce coffre ? s'inquiète Ernie. J'ai super faim.

Je me revois en train de farfouiller, à la recherche du masque et du tuba dont Jake avait besoin. Et je ne me souviens pas d'avoir vu quoi que ce soit de comestible.

— Nous verrons, Ernie.

Carrie se rapproche. Lentement, très lentement. Elle tire le coffre du mieux qu'elle le peut, et ça ne doit pas être facile. Je commence à distinguer les traits de son visage, marqués par la fatigue. La pauvre, elle est à bout de forces !

Je lui crie :

— Carrie, fais une pause, prends ton temps !

Évidemment, elle ne m'écoute pas.

Je me tourne vers Ernie.

— Ça m'aurait étonné qu'elle m'obéisse !

Mais Ernie ne m'écoute pas non plus. Il ne me regarde même pas. Je ne sais pas ce qu'il a vu, mais le bruit qu'il produit me fait immédiatement comprendre qu'il y a un problème.

Quand il était bébé, lorsqu'il avait peur, il produisait ce petit claquement bizarre avec le coin de sa bouche, qu'on ne pouvait entendre qu'en étant tout près de lui. Comme je le suis maintenant.

— Qu'y a-t-il, Ernie ? Qu'as-tu vu ?

— Je ne sais pas trop, mais il y a quelque chose.

Il tend le bras. Je suis son geste, mais ne vois rien. Si Mark se trouve à trois heures et Carrie à neuf heures, ce qu'il me montre est entre les deux, à six heures.

— Ernie, je ne…

Ma bouche se fige. Maintenant, je le vois.

— Oh, mon Dieu !

Ernie fait son petit bruit plus vite et plus fort que jamais.

Un triangle haut d'une soixantaine de centimètres, gris foncé, est en train de fendre l'eau dans notre direction.

Un requin !

— Il vient droit sur nous, constate Ernie. Qu'est-ce qu'on fait ?

La panique envahit mon corps jusqu'aux os, y compris ceux qui sont cassés. Une panique totale. Mais il faut que je reste calme, comme si j'étais en salle d'opération.

— Maman, insiste Ernie, qu'est-ce qu'on fait ?

— On ne fait rien, justement. On ne bouge pas. Peut-être qu'il ne nous trouvera pas.

— Je crois qu'il nous a déjà repérés. C'est sûr. Regarde.

Je suis son regard. L'eau est rouge. Du sang de ma jambe, et des brûlures de Jake qui suintent. Une véritable invitation à déjeuner pour un squale.

Génial.

La dorsale se rapproche de nous. Soudain, une autre, plus petite, apparaît à cinq mètres derrière. Je pense d'abord à un autre requin, peut-être un bébé, puis je me rends compte avec horreur que c'est bien pire. Il s'agit de la queue du même animal.

Il est énorme !

— Mark ! Carrie !

Mon fils est le premier à répondre, et je n'ai pas besoin de le briefer. Il a vu le danger.

— Oh, putain ! J'arrive !

— Non ! Reste où tu es !

— Mais…

— Il n'y a pas de « mais ». Tu ne bouges pas, tu m'entends ? Tu restes où tu es.

Si le requin a décidé de faire de nous son déjeuner, je ne tiens pas à ce qu'il s'offre Mark en dessert.

Je crie à Carrie :

— C'est valable aussi pour toi !

Elle est suffisamment près pour que je lise la peur dans ses yeux quand elle voit la nageoire se rapprocher. Mes pupilles doivent ressembler aux siennes. Noires, contractées, réduites à des têtes d'épingle.

J'attrape Ernie par le gilet et le tire contre moi. Nos nez se touchent presque. La douleur me vrille la jambe, mais je m'en fiche.

— Bon, voilà ce que nous allons faire. Tu prends oncle Jake et tu te places derrière moi.

Je dois m'interrompre. Les larmes ruissellent sur ses petites joues.

— Maman…, parvient-il tout juste à articuler. Maman…

— Chut, tout va bien se passer. Maintenant, il faut que tu m'écoutes, c'est important. Si ce requin m'attaque, tu n'essaies pas de m'aider, d'accord ? Tu as compris ?

Je sais bien que non. Comment un jeune enfant pourrait-il assimiler une chose pareille ? Il me regarde, interloqué.

159

— Écoute-moi bien, Ernie. Tu n'essaies pas de m'aider. Tu nages rejoindre ton frère aussi vite que tu peux. D'accord ?

— Et oncle Jake ? sanglote-t-il.

Je redoutais cette question.

— Tu le laisses ici, avec moi. Tu t'occupes juste de nager aussi loin que possible, aussi vite que tu peux. Maintenant, dis-moi que tu as compris.

Il refuse de répondre.

— Dis-le-moi !

J'ai dû crier, finalement. Je ne pouvais pas faire autrement. Pas question de l'entraîner avec moi dans la mort.

Au bout d'un moment, il hoche la tête. Je l'aide alors à attraper Jake pour qu'ils se retrouvent tous les deux derrière moi. Ernie a tellement peur qu'il ne pleure même plus. Il ne fait plus un bruit. Tout le monde s'est tu. Je n'entends plus que le clapotis de l'eau.

Je regarde la grande nageoire dorsale se diriger vers moi et respire un grand coup.

En espérant que ce n'est pas la dernière fois.

51

Les yeux bleus de Carrie balayaient désespérément la surface de l'eau. Le requin. Sa mère. Ses frères. Oncle Jake.

Impuissante, elle avait l'impression d'être engluée en plein cauchemar. Il devait pourtant bien y avoir quelque chose à faire.

La solution se présenta quelque peu brutalement.

Le coffre de survie.

Elle ne s'était pas rendu compte qu'elle l'avait lâché, jusqu'à ce qu'il lui cogne la tête, à la faveur d'une petite vague. Un choc qui se traduirait par une grosse bosse, si elle était toujours en vie pour la sentir.

Dans un sursaut d'énergie, Carrie saisit la poignée, tira, rabattit le couvercle et essaya de se soulever pour regarder ce qu'il y avait à l'intérieur.

Ses efforts ne furent qu'à demi récompensés. Elle ne parvint à entrevoir qu'une trousse de premiers soins, quelques couvertures, et un radeau gonflable. Même en inclinant la caisse, elle ne pouvait rien distinguer d'autre.

Et puis merde! se dit-elle. *Je retourne la caisse.*

Oui, mais… Et si une partie du matériel ne flottait pas? Et si le seul objet qui pouvait lui être utile coulait avant qu'elle ne puisse l'attraper?

Elle n'avait aucune idée de ce qui se trouvait à l'intérieur, mais, dans le doute, mieux valait fouiller. Elle se mit à l'œuvre.

Il doit bien y avoir quelque chose…

À tâtons, elle tomba sur ce qui semblait être une bouteille d'eau. Une lampe torche.

Tout en farfouillant, elle jeta un bref coup d'œil derrière elle. Le requin n'était plus qu'à une centaine de mètres de sa mère et d'Ernie.

Sa main passait d'un objet à l'autre. Elle rencontra une surface creuse, le fond, avec un bruit mat des plus déprimants.

Merde! Tous ces efforts pour rien! Elle en avait les larmes aux yeux, quand soudain elle sentit quelque chose, collé dans un coin, tout au fond. C'était froid et métallique.

Une arme à feu!

Elle tira de toutes ses forces et parvint à détacher l'objet. Celui-ci ne ressemblait pas à une arme connue. De grosses cartouches étaient fixées derrière sa poignée. Des balles? Non, des fusées de détresse. Il s'agissait d'un pistolet lance-fusées.

Quelle importance, du moment qu'elle pouvait tirer?

Elle se tourna en direction du requin. Sa main droite tremblait, comme tout son corps. De l'autre, elle s'efforça de se caler contre le coffre de survie. Jamais elle n'avait encore pressé la détente d'une arme.

Elle se mit à hurler à pleins poumons, à battre des jambes. Le requin changea alors de trajectoire pour se diriger vers elle.

Tu peux y arriver! C'est tout simple : tu vises et tu tires. Tu vises et tu tires.

Carrie pointa le canon de l'arme sur le requin et compta à rebours.

Trois…

Deux…

Un…

Elle pressa la détente.

Le coup partit dans un déferlement d'étincelles, avec un dégagement de fumée tel que Carrie fut aveuglée.

Le pistolet lui échappa des mains et coula. Les étincelles lui avaient brûlé les phalanges. Était-ce l'arme qui avait mal fonctionné ? Ces fusées étaient-elles trop anciennes ? Carrie avait l'impression d'avoir la main en feu.

— Saloperie ! hurla-t-elle.

Pendant quelques secondes, elle n'entendit plus rien.

Puis s'élevèrent des acclamations.

Ernie, Mark et Katherine poussaient des cris de joie. Quand la fumée se dissipa, Carrie comprit pourquoi.

Le pistolet lance-fusées avait tout de même rempli son office. Le requin avait pris la fuite. Il déjeunerait plus tard.

Et les Dunne ne seraient pas au menu !

Devoux prit congé de Peter Carlyle et descendit la rue, s'éloignant suffisamment pour que l'avocat ne puisse plus le voir.

Puis il fit demi-tour.

Où vas-tu, maintenant, Peter? Dis-le-moi, s'il te plaît.

Pour Devoux, les clients n'étaient pas seulement une source de revenus ponctuelle. Ils représentaient un investissement, avec des gains largement proportionnels aux risques. Par conséquent, mieux valait les surveiller de près.

Surtout Carlyle. C'était celui qui payait le mieux, mais de là à parler d'argent facilement gagné…

En réalité, c'était le sale travail qui lui posait le moins de problèmes. Devoux excellait dans l'art de tuer. Il en avait fait une spécialité, qu'il exerçait avec un vrai talent. Des meurtres rapprochés, à distance, n'importe où. Évidemment, la CIA n'avait pas apprécié sa défection, mais elle avait dû s'y faire.

C'était ce qui avait conduit Devoux à contacter Peter. Il n'était pas le premier agent de terrain à travailler pour son propre compte, mais il était, en revanche, le premier à avoir engagé un grand avocat qui s'était rendu directement au siège de l'agence, à Langley, pour négocier un contrat de départ aux clauses tout à fait confidentielles : une vie tranquille pour son client en échange de son silence.

Un accord qui pouvait satisfaire les deux parties, puisqu'elles n'avaient pas le choix.

Par pure précaution, il avait confié à son avocat une enveloppe scellée.

— Vous partagez une bonne partie de mes noirs secrets, avait-il confié à Peter. Si un jour vous souhaitez me faire partager l'un des vôtres, n'hésitez pas. J'en serai ravi.

Oui, Devoux considérait le sale boulot comme la partie la plus facile de sa nouvelle carrière. Ce qui l'inquiétait, c'était la suite. Les éventuelles complications postopératoires. Il ne fallait pas que le client commette des erreurs et, du coup, le fasse plonger.

Dans le cas de Carlyle, la grande question était de savoir s'il pourrait résister à la pression médiatique, et combien de temps. Certes, un ténor du barreau avait l'habitude de gérer des situations extrêmement stressantes. Mais cette fois, il ne s'agissait plus d'une plaidoirie.

Les enjeux étaient autrement plus importants.

Durant une vingtaine de minutes, Devoux suivit donc Peter, qui marchait d'un bon pas vers le nord de Manhattan.

Il n'allait tout de même pas rentrer chez lui, dans l'Upper East Side, à pied ?

Non.

Arrivé à proximité de la faculté de droit de l'université de New York, Peter s'arrêta devant un immeuble d'avant-guerre, aux fenêtres étroites. Avant de gravir les hautes marches de pierre du perron, il s'assura rapidement qu'il n'avait pas été suivi.

Du coin de la rue, Devoux l'épiait en ricanant.

Peter, Peter, Peter... Serais-tu en train de faire quelque chose que tu ne devrais pas ? Serais-tu sur le point de te faire quelqu'un que tu ne devrais pas ?

La réponse était oui, bien évidemment.

Devoux l'avait compris dès leur première rencontre, lorsqu'ils avaient étudié son dossier. Peter Carlyle n'était pas accro à l'argent, au sexe ni à quoi que ce soit de ce genre.

Il était accro au risque.

53

Peter frappa à la porte de l'appartement de Bailey, parfaitement conscient du fait que, pour la première fois, ils n'allaient pas faire l'amour. Non pas faute d'en avoir envie, mais parce qu'il avait une autre priorité.

La fortune de Katherine. Le jackpot. Plus de cent millions de dollars si elle et ses insupportables marmots disparaissaient.

Pour parvenir à ses fins, il devait dès à présent endosser le rôle du mari angoissé. Même devant Bailey.

Surtout devant elle.

D'une certaine manière, elle constituait une inconnue, au sens mathématique du terme, et donc un facteur de risque. Elle était entrée dans sa vie du jour au lendemain, mais ne faisait assurément pas partie de ses projets. D'ailleurs, il ne la connaissait pas encore lorsqu'il avait concocté toute l'affaire et conclu un pacte avec Devoux.

Maintenant qu'il la connaissait – et qu'il comptait bien continuer à la fréquenter –, il devait faire en sorte qu'elle ne puisse l'imaginer lié, d'une quelconque manière, au naufrage du *Famille Dunne*. Elle, pas plus que les autres, ne devait soupçonner qu'elle avait affaire au pire des salauds, à un être diaboliquement calculateur.

Peter s'apprêtait à frapper une seconde fois quand il entendit cliqueter d'innombrables serrures. Un bruit tellement new-yorkais… Lorsque la jeune femme ouvrit la porte, il espéra qu'elle n'avait pas mis une tenue trop sexy.

On a beau avoir de la volonté, on n'est pas de bois.

— Peter, quelle merveilleuse surprise ! Quand tu m'as appelée, je n'en revenais pas. Je suis rentrée de cours il y a vingt minutes à peine.

Heureusement, cette fois-ci, elle portait sur ses sous-vêtements un pantalon de jogging et un T-shirt. Elle se jeta immédiatement sur lui pour l'embrasser de ses superbes lèvres pulpeuses. Il fallait qu'il la repousse.

Allez, Peter, courage. Ce n'est pas le moment de baiser.

— Un problème ? demanda-t-elle.

— Tu n'as pas vu les infos ?

Elle secoua la tête, puis afficha un air perplexe.

— Attends un peu. C'est aujourd'hui que tu choisis tes jurés. Tu devrais être encore au tribunal !

— Il s'est passé quelque chose.

— Ne me dis pas que Mme Kincade a essayé de t'écraser, toi aussi ?

Peter s'abstint de rire. Il aurait aimé, pourtant, car cette repartie était vraiment drôle. Belle, intelligente, et le sens de l'humour par-dessus le marché. Décidément, le modèle Bailey Todd était livré avec toutes les options.

L'avocat commença par aller chercher un Coca light dans le frigo, puis il fit à sa maîtresse le résumé des événements de la matinée, de l'irruption d'Angelica en pleine audience à son coup de téléphone aux garde-côtes. Bien entendu, il prit soin d'exclure de ce récit sa conversation avec Devoux.

Éberluée, incrédule, Bailey dut s'asseoir. Elle avoua à Peter qu'elle culpabilisait énormément.

— Pourquoi ? voulut-il savoir.

— Non, oublie. J'ai trop honte.

— Allez, tu sais que tu peux tout me dire.

Elle bafouilla, se mit à rougir, puis répondit enfin :

— Quand tu m'as dit que le bateau de ta femme avait disparu, ma première réaction a été de me dire que j'allais peut-être enfin t'avoir pour moi seule. C'est horrible, non ? Je me sens si nulle…

— Non, c'est humain, tout simplement, lui dit-il en lui caressant la joue. Tu n'as rien à te reprocher.

— Tu le penses vraiment ?

— Oui. Tu n'as rien fait de mal, et tu es tout sauf nulle. Qui plus est, je suis persuadé que les garde-côtes ne vont pas tarder à me rappeler pour m'annoncer qu'ils ont retrouvé ma famille et que tout le monde va bien.

À peine Peter avait-il achevé sa phrase que son portable sonnait. Cette coïncidence les fit tous deux sourire.

— Ce sont les garde-côtes ? demanda Bailey tandis que Peter s'efforçait d'extraire son téléphone de sa poche.

Il regarda le numéro qui s'affichait, fit non de la tête, mais laissa le portable sonner, se contentant de le regarder.

— Qui est-ce, Peter ? Tu as l'air surpris.

Le mot était faible.

Comment avait-elle fait pour être aussi vite au courant ?

Peter savait qu'il lui faudrait tôt ou tard affronter la presse au sujet de la disparition du *Famille Dunne*. Mais il n'imaginait pas que ce serait aussi rapide.

Encore une sonnerie, puis il décrocha et lança, d'un ton sarcastique :

— Vous en avez mis du temps !

Il savait que la personne à l'autre bout du fil ne se serait pas contentée de laisser un message sur sa boîte vocale. Si Peter refusait de décrocher, elle aurait envoyé l'un des pitt-bulls qui lui tenaient lieu d'assistants de production le traquer personnellement. C'était sa manière de fonctionner.

— Peter, je suis vraiment, vraiment navrée, répondit Mona Allen, l'animatrice du talk-show vedette de la journée, sur le câble. Vous devez être mort d'inquiétude au sujet de votre femme et de vos enfants. Je sais que, pour vous, la famille passe avant le reste.

— Je vous remercie, Mona. Oui, c'est une journée très difficile.

Peter articula le nom de son interlocutrice, et Bailey parut immédiatement impressionnée. Mona Allen était un grand nom du petit écran, dont les scores d'audience dépassaient même, depuis peu, ceux de la reine Oprah Winfrey.

Ce succès s'expliquait en partie par son extraordinaire capacité à flairer le scoop. Journaliste tenace avant toute chose, elle chassait l'info avec un véritable sixième sens. Elle avait le plus beau des carnets d'adresses, et Peter y figurait en bonne place.

Ils s'étaient rencontrés à la soirée de l'Association du barreau américain, dans le grand salon du Waldorf Astoria, alors que Mona faisait encore des reportages pour WNBC. Peter, qui venait de défendre avec succès un rappeur superstar accusé de tentative de meurtre, goûtait pour la première fois aux joies de la notoriété nationale.

Naturellement, Mona était venue le trouver et lui l'avait convaincue de passer la nuit en sa compagnie.

L'année suivante, jusqu'à ce qu'elle lance sa nouvelle émission depuis Times Square, ils étaient devenus ce que le *New York Post* appelle, dans sa rubrique mondaine, « de très bons amis ». Les impitoyables bloggueurs couvrant l'actualité des médias préféraient, eux, l'expression *fuck buddies*[1].

Bref, Mona Allen et lui se connaissaient bien. Elle savait qu'il était prêt à lui parler, et que la primeur de l'histoire lui revenait.

Peter compta les secondes avant qu'elle ne lui crache le morceau. Il n'eut pas à attendre longtemps.

— Il faut absolument que tu fasses mon émission cet après-midi, miaula-t-elle. Absolument.

Peter s'apprêtait à lui dire non, que c'était trop tôt, quand elle lui coupa l'herbe sous le pied.

---

1. « Copains de baise ». *(N.d.T.)*

— Peter, avant que tu ne refuses en me disant que tu es encore en train de digérer l'événement, pense à une chose : en balançant le sujet au grand public maintenant, tu es sûr que les garde-côtes ne lésineront pas sur les moyens pour retrouver ta famille. C'est ce que tu veux, n'est-ce pas ? Évidemment !

On était en plein gag. Non, justement, c'était ce qu'il ne voulait surtout pas !

Mais puisque l'important était de faire semblant, que cela lui plaise ou non, il devrait se montrer bon acteur sur le plateau de Mona Allen.

Ce passage à la télévision allait peut-être même lui rendre service. Peter avait tout à gagner à jouer le plus tôt possible, devant le plus grand nombre, son rôle d'époux inquiet, désemparé et, surtout, innocent.

— C'est entendu, Mona, je viens. Je ferai tout pour sauver ma famille.

55

Ellen Pierce songea à la pub qu'on voyait un peu partout.

« Ce qui se passe à Las Vegas reste à Las Vegas. »

Tu parles ! Pas pour les agents de la DEA.

Ce qui se passe à Vegas se transforme en montagne de paperasse à Manhattan, voilà la vérité, pensa-t-elle.

En trois jours, depuis son retour du Nevada, elle n'avait quasiment pas quitté son petit bureau new-yorkais du Lower East Side.

Cet aspect du métier lui paraissait totalement grotesque. Si l'enquête était mal ficelée et qu'on perdait le client, il n'y avait qu'un seul rapport à faire. Si, au contraire, on réussissait à le neutraliser, il fallait s'en taper trois. Un peu comme les toubibs qui passaient leur temps à négocier leurs primes d'assurance. L'analogie lui était venue d'autant plus naturellement à l'esprit qu'avant de se lancer dans les études de droit, à Wake Forest, elle avait envisagé de faire médecine.

Résultat : aujourd'hui, Ellen faisait tout pour ne pas affronter le travail qui l'attendait. Sa dernière trouvaille : les mots croisés du *New York Times*. Elle calait sur le six horizontal, « refus d'alliance » en sept lettres.

La solution finit soudain par lui apparaître. Elle cria « célibat ! » avec un petit sourire jovial. Ce qui l'étonnait, c'était de ne pas avoir trouvé plus tôt. Après tout, sa mère ne lui parlait que de ça.

« Comment se fait-il qu'une fille aussi jolie que toi vive encore seule ? »

Parce qu'elle a épousé son boulot, maman, voilà pourquoi. Et peut-être qu'elle n'est plus si jolie que ça.

Ellen se remit au travail. Il fallait qu'elle réunisse et trie ses notes de frais pour un autre rapport. Elle était en train de vérifier ses calculs lorsqu'elle se figea en entendant, dans la pièce, une voix qu'elle connaissait, et qui lui retournait l'estomac.

Il y avait un petit téléviseur, dans le bureau, uniquement destiné à produire un bruit de fond. Elle ne le regardait quasiment jamais.

À l'écran, l'avocat Peter Carlyle semblait très affecté.

Ses mâchoires se crispèrent. Comment oublier la voix de ce personnage arrogant ? Il lui faisait l'effet d'un ongle sur un tableau noir. Elle avait passé deux longues années à réunir des preuves solides contre un parrain de la mafia accusé de corruption et de racket que Carlyle avait réussi à faire acquitter grâce à ses effets de manches et une série de mensonges caractérisés.

Change de chaîne. Oublie ce connard.

Elle ne put pourtant s'y résoudre. Malgré elle, elle avait envie de savoir pourquoi il était là.

Elle saisit la télécommande et monta le son. Carlyle répondait aux questions de Mona Allen. Ils n'étaient pas sortis ensemble, ces deux-là, ou quelque chose dans le genre ?

174

Elle tendit l'oreille. Qu'était-il venu vendre ? Un nouvel ouvrage excessivement brillant ? Un jugement récent ? Peter Carlyle aimait tellement assurer sa propre promotion...

À peine s'était-elle fait cette réflexion qu'elle s'en voulut. Apparemment, la famille de Carlyle avait disparu. Et même un enfoiré comme lui ne méritait pas de perdre sa femme, sa belle-fille et ses beaux-fils en mer.

Il semblait très affecté. Sa voix, si solide d'ordinaire, tremblait. Il racontait de quelle manière il avait appris la nouvelle, avec une dignité qui touchait presque à la raideur.

— Je veux croire que les garde-côtes les retrouveront. Je garderai espoir jusqu'au bout, il le faut.

— Je crois que c'est la seule solution que vous ayez, lui répondit Mona Allen, qui se tourna vers son public en opinant lentement. En matière de missions de recherche et de sauvetage, la réputation des garde-côtes n'est plus à faire, et je suis certaine qu'ils font tout ce qui est en leur pouvoir pour retrouver votre famille saine et sauve, Peter.

Captivée par cette histoire, Ellen dodelinait malgré elle de la tête, comme l'animatrice. Du drame, du suspense, beaucoup de douleur et juste ce qu'il fallait d'espoir : c'était un grand moment de télévision. Elle avait hâte de connaître la fin.

Et à cet instant, inexplicablement, elle eut comme une curieuse impression. Elle se leva pour se rapprocher du téléviseur. Un détail la troublait, dans la façon dont Peter Carlyle s'exprimait. Il parlait au passé.

Comme s'il connaissait déjà le dénouement de l'histoire.

56

Le temps de tirer sur la lanière noire, et le radeau gonflable se déplie instantanément sous nos yeux fatigués. Dieu merci, nous allons enfin sortir de l'eau. Fini de barboter, adieu les requins.

Mark et Carrie grimpent les premiers à bord, puis aident Ernie à embarquer. Quand vient mon tour, et qu'ils voient ma jambe – ou plutôt le bout de tibia qui dépasse de ma jambe –, ils restent figés.

— Y a-t-il un médecin à bord ? demandé-je en souriant faiblement pour tenter d'alléger l'atmosphère.

Mais mon humour tombe à plat. Ils réussissent, tant bien que mal, à hisser Jake, puis un lourd silence s'installe dans l'embarcation.

Jake est plus mal en point que je ne le pensais. Presque tout son corps est couvert de brûlures au deuxième et au troisième degré. Sa peau ressemble à du papier bulle dont toutes les bulles auraient éclaté.

Carrie ne peut même pas regarder. De toute évidence, elle culpabilise encore après ce qui s'est passé entre elle et son oncle, avant la tempête.

À terre, au service des grands brûlés de Lexington, Jake pourrait bénéficier de tous les soins nécessaires. En pleine mer, je ne peux pas faire grand-chose pour lui.

— Passe-moi la trousse de premiers soins, demandé-je à Mark en luttant contre la douleur.

Le reste du contenu du kit de survie est éparpillé au fond du radeau : la trousse d'urgence, sept bouteilles d'eau, des fruits secs, des crackers et des noix de cajou sous vide, dans des sachets en plastique.

Pas de rames, pas de quoi nous mettre à l'ombre, pas de crème solaire, pas de radio, et pas de téléphone satellitaire.

Nous n'avons plus de lance-fusées, mais personne ne s'avisera de faire des reproches à Carrie qui a sauvé notre peau – et les autres parties comestibles de notre corps – en tirant juste au bon moment pour faire fuir le requin.

— Tiens, dit Mark en me tendant la trousse.

J'y trouve une crème antibiotique que j'applique doucement sur les zones où Jake risque le plus une infection. La tête contre le boudin du radeau, il est immobile, silencieux. Je pense qu'il a de nouveau perdu connaissance ; à moins qu'il n'ait même pas la force d'ouvrir la bouche.

J'enroule de la gaze autour de ses bras et de ses jambes, en prenant soin de laisser la peau respirer.

— Voilà. Ça devrait suffire en attendant l'arrivée des secours.

— Et toi ? s'inquiète Ernie. Ta jambe ?

— Pour l'instant, ça va. Il faudra réduire la fracture, mais, dans les premières vingt-quatre heures, les dommages ne sont pas forcément irréversibles. D'ici là, je serai au chaud dans mon lit d'hôpital et je vous ferai signer mon plâtre.

— Tu crois vraiment que les secours vont venir ? demande Carrie.

— Bien sûr. Pourquoi voudrais-tu qu'ils ne viennent pas ?

57

Dans son petit bureau, sur la base navale de Miami, le capitaine Andrew Tatem raccrocha brutalement le téléphone. Son lieutenant venait de lui communiquer le dernier rapport sur le *Famille Dunne,* et les nouvelles n'étaient pas bonnes. En fait, la situation était incompréhensible.

Il sortit de la pièce en trombe et fila vers la salle de crise, d'où Millcrest venait de l'appeler.

— C'est quoi, ce bordel ? demanda-t-il en poussant la double porte. Je n'y comprends absolument rien.

Dans la pièce, le responsable de mission au sol, le radio et le second maître, dont la seule fonction était de relever la position de l'hélicoptère SAR qui recherchait le bateau, restèrent parfaitement silencieux et se tournèrent vers Millcrest.

— Eh bien, c'est ce que je vous ai dit tout à l'heure, commença-t-il lentement. Quand l'hélico est arrivé sur zone, avec les coordonnées transmises par la balise du *Dunne*, il n'y avait rien. Et aucune trace de la balise elle-même.

— Passez-moi l'équipe SAR, ordonna Tatem. Je veux savoir très précisément ce qu'ils n'ont *pas* trouvé.

Millcrest se tourna vers le radio qui acquiesça sèchement avant de contacter l'hélicoptère *via* son micro, face à une muraille d'écrans et de cartes.

Quelques secondes plus tard, il obtenait la réponse du chef pilote, noyée dans une nuée d'interférences, et la diffusait sur haut-parleur.

— Ici WOLF SAR, un-neuf-un, on vous reçoit cinq sur cinq.

Tatem s'empara du micro.

— Qu'avez-vous à me dire, John ? Pour l'instant, j'ai du mal à comprendre ce qui se passe.

Le pilote lui expliqua qu'ils avaient survolé trois fois le point indiqué et qu'ils n'avaient vu ni le bateau, ni son équipage, ni quoi que ce soit. Ils allaient élargir le périmètre des recherches, mais il fallait auparavant qu'ils rentrent à la base pour ne pas se trouver à court de carburant.

— Vous êtes sûrs que vos coordonnées sont exactes ? leur demanda Tatem.

— Oui. On a déjà vérifié deux fois.

Millcrest haussa les épaules.

— Ça vient peut-être de la balise, John. Elle a peut-être déconné avant de lâcher, et transmis une position erronée.

— Peut-être, acquiesça Tatem. Si c'est le cas, espérons qu'il n'y ait pas trop d'écart, sans quoi, on aura des centaines de milles à couvrir.

— Même si on envoie d'autres hélicos, ça peut nous prendre plus d'une semaine, renchérit Millcrest.

— Effectivement. Autrement dit, il n'y a pas de temps à perdre.

Tatem croisa les bras et rebroussa chemin en lâchant, sans savoir si quelqu'un l'écoutait :

— J'espère que les Dunne ont de l'endurance.

Quel coucher de soleil somptueux ! Mais comment apprécier ce disque orange qui sombre à l'horizon, cet océan indigo aspirant littéralement les nuages pourpres à la dérive ? Ballottés dans le radeau, notre esprit est concentré sur les ténèbres qui nous guettent. La tombée de la nuit. Et, avec elle, le froid qui nous engourdira.

Jamais deux couvertures n'auront eu une aussi lourde mission.

— Je pense que Carrie a raison, déclare Mark, d'une voix grave. Ils ne vont pas venir nous chercher. Personne ne viendra.

— Ça ne sert à rien de dire ça, désapprouvé-je. Nous devons rester positifs, quoi qu'il arrive.

Comme s'il n'avait rien entendu, Mark poursuit :

— Si les garde-côtes avaient notre position, tu ne crois pas qu'ils seraient déjà là ?

— Ouais, y a quelque chose qui cloche, ajoute Carrie.

Ernie, en brave petit bouddha, opine sagement.

— Écoutez, leur dis-je, tout ce qu'on peut faire, pour le moment, c'est attendre leur arrivée.

Ce n'est pas vraiment l'argument le plus persuasif que j'aie jamais avancé, mais il fait mouche malgré tout.

Mark regarde ma jambe, et je lis dans son regard ce qu'il est en train de penser. Il y a une chose qui ne peut pas attendre. Pas longtemps, en tout cas.

Rien de tel qu'une bonne fracture ouverte du tibia pour changer de sujet.

— Il serait peut-être temps de s'occuper de ça, non ? finit-il par demander.

Il regarde à nouveau ma jambe, et je l'imite.

Je hoche la tête.

— Oui. Il faudrait que quelqu'un m'aide.

— Sans moi, prévient immédiatement Carrie. Désolée, maman. Je t'avais dit que je ne pouvais pas faire médecine.

Mark lui décoche un regard contrit.

— Arrête ! Après tout ce que tu as vécu aujourd'hui, tu veux me faire croire qu'un petit os cassé te fait peur ?

— Quand je vois l'os, oui, ça me fait peur.

Hélas, ma fille, toute super-héroïne qu'elle soit, a trouvé sa kryptonite.

— T'inquiète pas, maman, je vais t'aider, propose Ernie.

Cette façon de proposer son aide est tellement adorable que j'ai envie de pleurer, mais je ne peux pas demander à un gamin de dix ans, aussi mature soit-il, de réduire une fracture ouverte, surtout quand il s'agit de la jambe de sa mère et que les chairs sont à vif. Même moi, je ne voudrais pas m'y risquer…

— Merci, mon chéri, mais si ton frère peut le faire, ce sera parfait.

Ton frère et beaucoup, beaucoup de morphine.

Mark plonge alors la main dans son short. Nos vêtements sont secs depuis plusieurs heures, mais j'imagine que ce qu'il a dans la poche est en purée, forcément.

Sauf s'il s'agit d'un sac en plastique, avec un briquet à l'intérieur !

Il le balance du bout des doigts, le secoue un peu, m'adresse un grand sourire.

— T'as vu ça ? Pas une goutte d'eau !

Sur le moment, je ne sais pas si je dois l'embrasser ou lui casser la tête.

— Tu devais tout donner à Jake !

— Je sais, mais bon, qu'est-ce que tu veux que je te dise ? J'en garde toujours un en réserve.

Il me tend alors le joint, déjà roulé, qui accompagnait le briquet.

— Fais comme si c'était sur ordonnance. Dans ton cas, c'est totalement légal, non ?

Pendant quelques secondes, je reste là, à fixer ses mains. Vais-je vraiment fumer l'herbe de mon fils ?

Je regarde à nouveau ma jambe, je pense à la douleur atroce qui m'attend. C'est fou ce que vos convictions peuvent changer en l'espace d'une journée.

— OK, passe-moi le briquet, Mark.

59

L'herbe fait son effet. Enfin, en partie.

Elle atténue effectivement la douleur. Le supplice a laissé place à une torture modérée.

Tout ce que je sais, c'est que, quand je mettrai les pieds hors de ce rafiot, je prendrai tous les anesthésistes de l'hôpital dans mes bras. Je n'ai jamais cru qu'ils avaient la tâche facile, mais je mesure mieux aujourd'hui l'importance de leur rôle.

Quoi qu'il en soit, et pour autant que je puisse en juger, ma jambe a été opérée avec succès. Mark s'est montré très vaillant lors de la remise en place de mon tibia fracassé. Il n'a pas flanché une seule fois.

— On voit bien pis au cinéma, genre *Massacre à la tronçonneuse* et toutes ces conneries, a-t-il constaté.

Il ne me reste plus qu'à espérer que la blessure ne s'infecte pas.

En attendant, je dois affronter un effet secondaire que je n'avais pas prévu : la fringale.

Il y a quatre heures que ma fracture a été réduite, les enfants dorment, blottis les uns contre les autres, et moi, parfaitement réveillée, je fais tout ce qui est en mon pouvoir pour ne pas dévorer nos rations jusqu'à la dernière calorie.

Au fait, ai-je précisé qu'il fait extrêmement froid ? Et qu'il y a du vent ?

Je ne comprends pas pourquoi les garde-côtes sont si longs à venir. Est-ce à cause de la tempête ? S'est-elle déplacée vers la côte et les a-t-elle empêchés de lancer la procédure de secours ?

Est-ce un problème de balise ? Elle fonctionnait, pourtant, j'en suis sûre.

Tout comme je sais que nous ne pouvons pas avoir dérivé bien loin de l'épave du bateau. Nous avons passé tout l'après-midi à ramer à contre-courant, avec nos mains, pour essayer de tenir notre position. Même si nous avons parcouru un ou deux milles, n'importe quel avion ou hélicoptère peut nous repérer facilement.

J'essaie de m'en convaincre, en tout cas.

Je m'adosse contre le boudin et je contemple les étoiles. Je repense à mon père, dans le jardin, avec son télescope. J'entends sa voix, si apaisante.

« Nous sommes tous des Grande Ourse, nous faisons partie de quelque chose qui est beaucoup plus grand que nous. »

Une autre voix se mêle à la sienne. Un filet de voix, à peine audible. Jake ?

Je me rapproche de lui, ses paupières papillonnent. C'est à peine s'il est conscient. Je lui chuchote à l'oreille :

— Jake, tu m'entends ?

Il émet juste un petit gémissement. Je réessaie.

— Jake, c'est moi, Katherine. Jake ?

Il tourne enfin la tête, il me voit. Il forme lentement ses mots.

— Que… s'est-il… passé ?

— Il y a eu une explosion sur le bateau, une énorme explosion. Tu te souviens de quelque chose ?

Apparemment, non. Je le vois à son regard déboussolé, à la peur qui se lit sur son visage.

— Tu t'amusais à nous courir après, sur le pont, et tu nous jetais à l'eau, poursuis-je. C'est grâce à toi si nous sommes toujours en vie.

— J'étais…

Il s'interrompt et grimace de douleur. Parler le fait tellement souffrir que je l'implore de se taire, mais il insiste. Jake ne changera décidément pas, quelles que soient les circonstances.

— J'étais… à la proue… avec toi. Ça… me… revient.

— Exact, et c'est à ce moment-là qu'a eu lieu l'explosion. Il n'y avait plus que toi sur le bateau. C'est pour ça que tu as été brûlé.

Merde. Quelle psychologue je fais ! C'est malin de lui dire ça.

Jake essaie de regarder son corps, ce qui lui fait encore plus mal que de parler. Son visage se convulse de douleur.

— C'est grave ?

Je prends sa main.

— Ça va aller. Tu vas très bien t'en sortir. La balise de détresse, tu l'as déclenchée, tu te rappelles ? On va venir à notre secours.

Il essaie de se souvenir. Il respire bruyamment, avec difficulté. Je lui demande de se reposer.

— Je… je l'entends encore, me dit-il.

— Quoi ?

— Mon… mon frère.

Je serre sa main.

— Je suis sûre qu'il ne rit plus.

Son visage, d'ordinaire bronzé, est livide. Il a de plus en plus de mal à respirer.

— Il faut que tu économises tes forces, lui conseillé-je. Je t'en prie.

Mais il veut me dire autre chose. Malgré la douleur, il y tient absolument.

— Je n'ai jamais regretté, murmure-t-il enfin.

J'ignore ce qu'il veut dire, mais je ne veux plus qu'il parle. Peut-être le devine-t-il à mon regard car, étonnamment, il sourit. Il me tire doucement vers lui et me murmure à l'oreille :

— Je n'ai jamais regretté de t'avoir aimée.

Je regarde ailleurs, et les larmes commencent à ruisseler sur mes joues. C'était compliqué, cet été-là, quand Jake et moi avons vécu notre amour interdit. Stuart était constamment présent, et j'avais presque l'impression qu'il était au courant mais qu'il se fichait de ce que je pouvais bien faire avec son frère. Peut-être avait-il décidé de reprendre sa liberté, peut-être voulait-il que j'en fasse autant…

Je contemple l'océan et le merveilleux reflet de la lune, puis le ciel saupoudré d'étoiles, puis mes enfants qui dorment toujours. C'est bizarre, mais je crois que je ne les ai jamais autant aimés qu'en ce moment.

Je serre de nouveau la main de Jake. Moi aussi, j'ai quelque chose à lui confier.

— Jake. Jake ?

Je reste bouche bée. Mon univers se fige.

Jake ne respire plus.

Il est mort.

QUATRIÈME PARTIE

Ensemble

60

— Dis, maman, on va mourir, nous aussi ?

La question d'Ernie me touche en plein cœur, et je reste un instant sans voix. Je croyais avoir vécu le moment le plus pénible de ma vie le jour où j'ai annoncé aux enfants que leur père était mort, mais je me suis trompée. Quand j'ai dû leur dire que Jake avait succombé pendant la nuit, ça a été plus dur encore.

À la mort de Stuart, nous nous sommes tous sentis seuls.

Maintenant que Jake a disparu, nous nous sentons abandonnés.

Et cela depuis deux jours entiers.

Nous avons la peau grillée par le soleil, et nos réserves d'eau et de nourriture ont déjà bien baissé, presque autant que notre moral. Les enfants sont tellement accablés par la mort de leur oncle que, du désespoir absolu, ils sont passés à la peur, ce qui est pire.

La peur de mourir à leur tour.

Nous nous sommes efforcés de rester aussi près que possible de l'endroit où le *Famille Dunne* a fait naufrage, mais toujours pas de vedette de sauvetage, pas d'hélicoptère. Les seuls avions qui nous survolent ressemblent à des moucherons dans le ciel, des points minuscules que nous ne distinguerions même pas sans leur traînée de vapeur. Eux, évidemment, ne risquent pas de nous voir.

Bref, nous sommes perdus quelque part au large des Caraïbes, sans savoir vraiment où. Et apparemment, personne n'en sait plus que nous.

Alors, pourquoi est-ce que je passe mon temps à répéter aux enfants que nous ne devons pas nous laisser aller ? Pourquoi nous acharnons-nous à lutter contre le courant ?

Depuis deux jours, je m'entête à affirmer qu'il faut laisser plus de temps aux garde-côtes, mais je crois qu'ils commencent à lire dans mes pensées.

C'est moi qui ai besoin de temps. Jake repose au fond de l'océan, mais je n'arrive pas à l'abandonner. Je suis incapable de tourner la page. Pour tout dire, même si j'étais la seule personne à bord de ce radeau pourri, je ne bougerais pas d'ici. Je resterais auprès de Jake, qu'on vienne à mon secours ou non.

Mais la situation a évolué, et j'en ai bien conscience à présent. Mes enfants sont sur ce radeau avec moi et je suis leur mère.

Et nous avons besoin d'être secourus.

Paupières plissées, je regarde leurs corps brûlés par le soleil, leurs coupures et leurs ecchymoses, leurs croûtes rongées par le sel. Je les regarde dans les yeux, entre leurs lèvres blanches, gercées, et leurs cheveux en bataille.

— Non, Ernie. Nous, nous n'allons pas mourir.

Il est temps de lâcher prise, de cesser de lutter contre le courant.

Voyons où il va nous entraîner.

61

L'opération « Rencontre fortuite » a commencé, songea Ellen Pierce en pénétrant dans la salle de gym, petite mais bien équipée, que la DEA mettait à la disposition de ses agents au sous-sol de l'antenne new-yorkaise.

Il était 5 h 20. Il fallait être folle pour se lever si tôt. En contrepartie, Ellen avait la salle pour elle seule, ce qui lui permit de se servir de la fontaine Poland Spring pour tremper sa serviette, puis se tamponner soigneusement le visage et mouiller son T-shirt, sans avoir à fournir d'explications à quiconque. Y compris à l'homme qu'elle attendait. Son patron.

Elle savait que Ian McIntyre venait se dépenser dans ce même gymnase tous les jours de la semaine, à 5 h 30. Obsédé par sa forme physique, il avait participé à de nombreux triathlons de catégorie Ironman, les plus durs, jusqu'à ses cinquante ans. Maintenant qu'il était encarté à l'AARP, le puissant lobby des seniors, il avait légèrement réduit ses activités physiques. Il ne faisait plus que des marathons. Trois par an, pour être précis. Celui de Boston, celui de New York et celui de Philadelphie, sa ville natale.

Ellen voulait ce matin lui parler en privé. C'était l'une des raisons qui l'avaient poussée à monter cette petite mise en scène.

Dans la journée, lorsqu'il vivait aux frais de l'Oncle Sam, Ian McIntyre mettait un point d'honneur à respecter les procédures. Toutes ses conversations d'ordre professionnel avec ses agents étaient enregistrées dans ce qu'on appelait le « Tombeau ». À une époque où tout le monde, pour un oui ou pour un non, pouvait être appelé à témoigner devant le Congrès, c'était plutôt intelligent.

Le Tombeau avait un autre avantage : il dissuadait les agents de déranger McIntyre pour rien. Se sachant enregistrés, ils ne se hasardaient pas à venir lui confier de vagues intuitions ; cela risquait de faire tache sur le rapport d'évaluation.

Comme prévu, à 5 h 30 précises, Ian McIntyre pénétra dans la salle, par le vestiaire des hommes. Il s'arrêta, surpris, en voyant Ellen Pierce descendre d'un tapis d'entraînement. D'ordinaire, à pareille heure, il était toujours seul.

— Bonjour, Ian, lança Ellen en épongeant son front ruisselant d'eau de source.

— Bonjour, Ellen. En voilà, une surprise ! Je ne savais pas que vous veniez entretenir votre ligne ici.

— C'est la première fois que je viens. Il y a eu une fuite d'eau dans la salle de gym de mon immeuble, cette nuit. Voilà pourquoi vous me voyez pimpante d'aussi bon matin.

McIntyre opina et commença ses étirements. Pour ne pas éveiller ses soupçons, Ellen prit le temps d'essuyer les barres de l'appareil.

Puis, aussi nonchalamment que possible, elle demanda à son supérieur :

— Au fait, vous avez vu ce qui s'est passé, pour la famille de Peter Carlyle ?

— Vous parlez du voilier qui a disparu en mer ? Oui, j'ai un peu suivi. Horrible, hein ?

— Oui, horrible. Les gosses, sa femme. Si on m'avait dit qu'un jour je le plaindrais…

McIntyre lui décocha un petit sourire entendu.

— J'ai eu la même réaction que vous. Vraiment une triste histoire.

Elle ouvrit la bouche, comme pour ajouter quelque chose, mais se ravisa. C'était le moment de vérité.

— Qu'alliez-vous me dire ? lui demanda McIntyre.

— Oh, rien, rétorqua Ellen en haussant les épaules. C'est juste une impression que j'ai eue en regardant Carlyle durant le talk-show de Mona Allen.

— Quel genre d'impression ?

— C'était assez bizarre. On aurait dit qu'il…

McIntyre l'interrompit brutalement.

— Arrêtez-vous là. Je ne veux pas entendre ça.

— Entendre quoi ?

— Ce que vous allez me dire.

— Vous ne savez même pas de quoi je parle, Ian.

— Je n'ai pas à le savoir, Ellen. Ce n'est ni le moment ni l'endroit.

— Écoutez-moi, juste une minute. L'attitude de Carlyle est étrange. Il y a quelque chose qui cloche, j'en suis convaincue. Il dissimule certains détails.

McIntyre se releva et vint se planter devant Ellen.

— Écoutez-moi bien. Ce type est un sale enfoiré, il nous a ridiculisés au tribunal et il a foutu votre enquête en l'air. Je sais que vous avez toujours cette histoire en travers de la gorge, et je le comprends. Mais ce que je ne comprends pas, ce que je ne tolérerai pas, c'est que l'un de mes agents se laisse aveugler par sa colère. Essayez de brider votre imagination, compris ? Et votre intuition féminine également.

Ellen le regarda, interdite.

Qu'est-ce que l'imagination et l'intuition féminine viennent faire là-dedans? Mon expérience, ça ne compte pas?

— Je répète : est-ce que... c'est... compris?

Elle finit par hocher la tête.

McIntyre se retourna, se dirigea vers le tapis d'entraînement le plus proche et, au moment de monter sur l'appareil, lui adressa un regard.

— Et la prochaine fois que vous voudrez faire semblant de transpirer pour solliciter mon attention, arrangez-vous pour que la tache, sur votre petit T-shirt, soit moins parfaite. D'accord?

Ellen grimaça. *Aïe! Démasquée...*

L'opération « Rencontre fortuite » était un échec.

Il était temps de passer au plan B.

62

Il était à peine 9 heures à Miami. Sur la base de l'US Coast Guard, la température dépassait déjà les 30 °C, et l'air était saturé d'humidité.

À l'intérieur, il ne faisait guère plus frais. Manifestement, la climatisation s'apprêtait une nouvelle fois à rendre l'âme, et dans le bureau d'Andrew Tatem, les ouïes orientales ne délivraient qu'un filet d'air plus que tiède.

Génial, absolument génial. Maintenant, ça va chauffer pour mon matricule.

Tatem saisit le téléphone et composa le numéro. Lui qui détestait se faire engueuler, il allait être servi.

— Puis-je parler à Peter Carlyle ? C'est de la part du capitaine Tatem, des garde-côtes.

Une autre nuit s'était écoulée, et on n'avait toujours pas retrouvé le *Famille Dunne* et ses passagers. Après avoir pourtant donné l'ordre de poursuivre les recherches vingt-quatre heures sur vingt-quatre, mobilisé des renforts en hélicoptères et en hommes, Tatem et son unité demeuraient bredouilles.

À présent, comme il le faisait deux fois par jour, Tatem devait appeler New York pour informer l'avocat qu'il n'y avait rien de nouveau.

— Je ne comprends pas ! aboya Carlyle, dont la patience, à supposer qu'il en ait jamais eu, commençait manifestement à s'émousser. Vous m'aviez bien dit que vous connaissiez leur position, non ? N'est-ce pas ce que vous m'avez dit, capitaine Tatem ? C'est en tout cas ce qui est inscrit dans mes notes.

— Nous pensions la connaître.

Ce salopard prend des notes. Pour pouvoir nous attaquer en justice, bien entendu.

— Et vos cartes ? Vous êtes sûr de les lire correctement ?

Tatem ferma les yeux pour tenter de conserver son sang-froid.

Si nous lisons correctement nos cartes ? Tu t'imagines peut-être que les nôtres sont comme les vieilles McNally en accordéon qui remplissent ta boîte à gants ?

— Monsieur Carlyle, c'est l'une des opérations de recherche les plus importantes que nous ayons jamais lancées. Je vous assure que nous faisons de notre mieux.

— Dans ce cas, permettez-moi de vous dire que votre mieux a sérieusement besoin de s'améliorer !

Sur ces mots, Carlyle lui raccrocha au nez.

Ce n'était pas la première fois que Tatem se faisait incendier. Les proches désemparés qui perdaient leur calme, il connaissait. Il comprenait très bien. C'était parfaitement naturel, parfaitement humain, et donc excusable.

Mais ce qu'il trouvait un peu curieux, ce qui était nouveau, en tout cas, c'était de se faire engueuler *à distance*.

Il avait déjà participé à plus d'une centaine d'opérations de recherche et de sauvetage de personnes perdues en mer. La plupart du temps, les proches se sentaient obligés de se rendre à la base, surtout lorsqu'ils pouvaient se le permettre financièrement. Ils voulaient être sur le terrain, avoir le sentiment de participer davantage aux efforts déployés. « C'est le moins que nous puissions faire », entendait-il souvent.

Avec Carlyle, c'était différent. Lui voulait savoir tout ce qui se passait, mais en restant chez lui, à Manhattan.

Certes, s'il était descendu à Miami en catastrophe, cela n'aurait rien changé au déroulement des opérations. Et, les recherches s'éternisant, cela n'aurait fait que compliquer la situation, d'autant que la presse s'était emparée du sujet.

Mais en participant au « Mona Allen Show », Carlyle avait aiguisé les appétits. Et trois jours plus tard, alors qu'on était toujours sans nouvelles des Dunne, les rapaces se régalaient.

Alors, pourquoi diable Carlyle restait-il à New York ?

63

J'ai envie de hurler ! J'ai envie de pousser un cri primal monstrueux et perçant, à même d'ébranler les cieux et de secouer quiconque, là-haut, si tant est qu'il existe, détient l'acte de propriété de cette planète.

« Nous faisons tous partie de quelque chose qui est beaucoup plus grand que nous. »

Je commence à en douter, papa.

Je me sens petite et insignifiante, perdue au milieu de nulle part. Voilà deux jours que nous dérivons, et le décor n'a pas changé. L'océan à perte de vue, encore et toujours.

Le radeau est peut-être bien gonflé, mais nous, carbonisés par le soleil, et qui allons bientôt manquer d'eau et de nourriture, nous sommes épuisés, cassés, groggy.

Les enfants ont réussi à dormir un peu. C'est toujours ça. Moi, pas du tout. Le soleil ne va pas tarder à se lever, une autre journée commence, et j'ai l'impression d'être revenue à l'époque où, interne, je devais me taper des gardes de trente-six heures. Sauf que là, c'est pire. À l'hôpital, je savais que les choses iraient en s'améliorant, que j'allais pouvoir me reposer, après.

À ce propos, parlons un peu de ma jambe.

L'os est peut-être en train de se ressouder, mais la peau, autour, a pris une vilaine teinte verdâtre. Même si

198

j'avais appris la médecine en regardant *Grey's Anatomy* ou *Dr House*, je saurais que ce que je craignais par-dessus tout est arrivé. La blessure s'est infectée. Et, logiquement, une méchante fièvre m'attend.

Je n'en ai pas parlé aux enfants, et je n'en ai pas l'intention. Pas pour l'instant, en tout cas. Ils ont assez de soucis comme ça. Je garde ma jambe à l'abri de leurs regards et j'espère, envers et contre tout, que le paysage va changer. Et vite !

Pendant de longues années, j'ai rêvé d'acheter une belle maison au bord de la mer, à Martha's Vineyard ou à Nantucket, pour m'échapper de Manhattan. Avec une grande terrasse en bois, deux chaises longues et, surtout, une vue imprenable sur l'océan.

Mais ce fantasme, je l'ai abandonné. Tout ce que j'ai envie de contempler par ma fenêtre, aujourd'hui et jusqu'à la fin des temps, c'est la terre ferme.

Je veux qu'on vienne à mon secours ! Je veux que mes enfants dorment dans un vrai lit !

Je suis sur le point de fermer les yeux pour essayer, une fois de plus, de dormir, quand mes paupières s'ouvrent brutalement, comme si elles étaient montées sur ressorts.

Est-ce un mirage ? Suis-je victime d'hallucinations, à cause du manque de sommeil ? Mais non ! Cela semble bien réel. Au loin, dans les prémices de l'aube, je distingue la plus belle chose au monde.

— Les enfants ! Réveillez-vous ! Réveillez-vous !

Ils émergent lentement, trop lentement à mon goût, alors je lance ce cri primal, monstrueux et perçant, à même d'ébranler les cieux et de secouer quiconque détient l'acte de propriété de cette planète.

— TERRE !

À peine mon cri primal a-t-il retenti que la famille Dunne s'est transformée en équipe olympique d'aviron.

C'est incroyable. Fantastique. Inimaginable.

Nous pagayons frénétiquement avec nos mains. La douleur et la fatigue sont oubliées. Ma jambe ne me fait plus souffrir.

Avec toute l'énergie qui nous reste, nous essayons d'atteindre ce qui n'est qu'un petit point vert dans l'horizon azur, mais les enfants sont aussi catégoriques que moi : il s'agit bien d'une île. Et nous avons hâte d'y accoster.

— J'espère qu'il y a un McDo ! se régale d'avance Ernie. Ça vous semble possible ?

Tout le monde rit, et c'est un vrai bonheur. L'humour avait, lui aussi, été sérieusement rationné ces deux derniers jours.

— Pas question de me contenter d'un pauvre steak haché, renchérit Mark, sans faiblir. Moi, je veux une entrecôte, une énorme !

— Ou alors une pizza géante, intervient à son tour Carrie. Je pourrais la manger à moi toute seule !

Voilà des mots que je n'aurais jamais imaginé sortir de la bouche de ma fille…

— Et toi, maman ? me demande Ernie. Dans quel resto tu voudrais aller ?

Un quart de seconde de réflexion, et je m'écrie :

— Moi, je veux me faire servir dans ma chambre, au Sheraton ! Je veux qu'on m'apporte tout ce qu'il y a sur la carte pendant que je me prélasse dans mon lit douillet.

— Ça me va ! fait Carrie. Passe la commande à la réception.

— Ce serait trop cool, s'il y avait un hôtel, murmure Ernie.

— Même s'il n'y a qu'un motel pourri sur cette île, je m'en fiche, dit Mark. Du moment qu'il y a un lit et qu'on n'est plus sur ce rafiot avec cette bouffe nulle.

À force de pagayer, nos épaules et nos bras nous font souffrir, mais c'est la plus belle douleur au monde. Les larmes me montent aux yeux alors que j'ai une petite pensée pour Jake. Je regrette qu'il ne soit pas là pour assister au spectacle. Il doit être fier de nous. Nous nous sommes accrochés, et nous avons réussi à nous en sortir ensemble.

Comme une vraie famille, la famille Dunne, la seule qui compte vraiment.

65

L'île n'est plus qu'à quatre cents mètres environ. Trois cents à présent. Et brusquement, Ernie arrête de pagayer et met sa main en visière.

— Hé, où ils sont, les gens ?

Nous nous arrêtons à notre tour, nous regardons. Nous sommes suffisamment près du rivage pour avoir une vue d'ensemble de la plage. Et il n'y a pas une seule personne en vue.

Pour tout dire, nous ne voyons d'ailleurs ni maison, ni paillote, ni aucune construction. Aucun signe de vie.

— Bon, c'est une plage sauvage, et alors ? décrète Carrie. Continuez de pagayer, mes chéris. Regardez comme c'est beau !

Sur ce point, elle a raison. Le sable, d'un rose pastel sublime, étincelle sous le soleil matinal. En arrière-plan, d'immenses palmiers font la courbette, comme pour écouter le ressac. L'endroit semble absolument préservé.

— Je vous parie dix dollars que seuls les gens du coin connaissent cette plage, lance Mark. Ils ne doivent pas en parler aux touristes.

— Oui, elle serait tout de suite surpeuplée, ajoute Carrie d'un air circonspect. Elle n'est pas très grande.

Elle est même minuscule. D'ailleurs, l'île tout entière paraît petite. Je suppose que mon grand lit d'hôtel moelleux m'attend sur une autre rive.

— Allez, il faut encore pagayer, les enfants.

Nous redoublons d'efforts avec, pour seul carburant, un mélange d'adrénaline et de curiosité. Nos petites plaisanteries font peu à peu place à un grand silence. Le spectacle qui s'offre à nos yeux est la chose la plus réjouissante qui nous soit arrivée en quatre jours, pour ne pas dire dans toute notre vie, et pourtant chacun de nous sent s'insinuer en lui un étrange sentiment. Comme si la question posée par Ernie résonnait encore dans notre tête. Où sont les gens ?

Nous pagayons toujours, contemplant cette plage de rêve totalement déserte.

66

Nous allons enfin fouler la terre ferme.

Les enfants sautent dans l'eau, qui leur arrive à la ceinture, et tirent le radeau jusqu'au rivage. Je reste à bord et, comme ma jambe cassée ne peut supporter la moindre pression, Mark me porte et me dépose sur le sable avec le plus grand soin. Je ne l'ai jamais vu se comporter ainsi, il m'impressionne.

Muets, nous regardons tout autour de nous. Et c'est Ernie qui, rapidement, résume assez bien la situation.

— J'ai comme l'impression que c'est pas ici qu'on risque de trouver un McDo.

Je crains qu'il n'ait vu juste. Il est peu probable que nous trouvions le moindre restaurant sur cet îlot. Et encore moins un palace.

Les seules empreintes de pas visibles sur le sable sont les nôtres.

— Ça ne peut pas être une île déserte ! s'exclame Carrie comme pour se convaincre elle-même. Ça n'existe plus, à notre époque !

— C'est hautement improbable, lui réponds-je avec beaucoup d'assurance, essayant de me convaincre moi-même.

— Oui, mais c'est tout à fait possible, énonce Ernie. J'ai vu un film, en cours de science, où ils disaient qu'en fait il y a beaucoup plus d'îles désertes que les gens ne le croient.

Mark lève les yeux au ciel.

— Il a dû être tourné il y a cinquante ans, ton film. Dans le pire des cas, le coin peut être inhabité, mais pas désert.

— Quelle différence, s'il n'y a personne pour nous aider ? observe Carrie.

— Une énorme différence. Ça signifie que, sur cette île, il y a probablement une ou deux maisons avec liaison satellite. « E.T. téléphone maison », tu saisis ?

Carrie acquiesce, mortifiée. Elle, élève brillante de Yale, se faire casser de la sorte par un frère junky ! Décidément, en toutes circonstances, les rivalités familiales ont la vie dure.

— Alors, on attend quoi ? s'impatiente Ernie. Il faut qu'on trouve un téléphone.

Moi, évidemment, je ne risque pas d'aller où que ce soit, sauf si une paire de béquilles tombaient soudain du ciel. Et quand bien même le miracle se produirait, je me méfie de cette expédition. Quelque chose me gêne.

— Ho ! ho ! les arrêté-je, la paume à la verticale comme un flic en train de régler la circulation. Ce n'est peut-être pas une très bonne idée, pour l'instant.

Mark ne comprend pas.

— Qu'est-ce qui n'est pas une très bonne idée ? Appeler les garde-côtes ?

— Non, partir explorer l'île. Le soleil n'est même pas encore complètement levé.

— C'est pas grave. Pour l'instant, on n'a fait qu'échanger un radeau contre une plage. On doit encore trouver du secours. Et les secours, c'est par là.

Il désigne les arbres, derrière la plage. Carrie et Ernie approuvent.

— Il a raison, maman, me dit ma fille. Il faut qu'on sache ce qu'il y a là-bas.

Je sais qu'ils ont tous deux raison. Le problème est bien là.

— Bon, on va se mettre d'accord, déclaré-je d'une voix qui ne cache rien de mon inquiétude. Vous restez tous les trois ensemble et vous ne vous perdez pas de vue. Quoi que vous fassiez, ne vous séparez jamais. Et pas de disputes.

Salut militaire de Mark.

— Entendu, toubib.

— Je ne plaisante pas, les enfants. Et revenez vite.

— Ne t'en fais pas, répond Carrie, on ne traînera pas. On ne te laissera pas en rade ici longtemps. Et on sera sages comme des images.

Ils s'éloignent. Mark se retourne.

— Si nous ne sommes pas revenus d'ici deux heures, appelle les garde-côtes !

67

Moins de vingt minutes plus tard, ils sont déjà de retour. Je sais bien que je leur ai demandé de faire vite, mais pas à ce point-là. Je me demande si c'est vraiment bon signe.

Ils émergent des palmiers, traversent la plage. Quelque chose se balance au bout des doigts de Mark. Je crie :

— Qu'est-ce que c'est ? Qu'avez-vous trouvé ?

— Le seul signe de civilisation qu'il y ait ici, me répond-il.

Il brandit l'objet. La marque est presque entièrement effacée, mais sa forme la trahit aisément.

— Une bouteille de Coca ?

— Ouais, on l'a trouvée juste après la plage, explique Ernie.

— Et c'est tout ? Pas de maison ?

— Que dalle, répond Mark. Pas de route, pas de panneaux et absolument personne. En tout cas, depuis un bout de temps, vu l'âge de la bouteille.

— Vous êtes sûrs ? Vous n'êtes pas partis longtemps.

— Ça n'aurait servi à rien, me dit-il. Là-bas, il n'y a que de la forêt. Une vraie jungle, et rien d'autre. Cette île est effectivement déserte.

— On fait quoi, alors? demande Carrie.

C'est une bonne question à laquelle je n'ai, dans l'immédiat, pas de réponse. Je suis trop occupée à penser à tous les signaux inquiétants que mon corps m'envoie depuis un moment.

Ce qui n'était, au départ, qu'une légère fièvre a commencé à s'aggraver. Je n'ai pas besoin d'un thermomètre, je le sens aux frissons qui me parcourent de la tête aux pieds. Une sueur froide gagne tout mon corps. Et si les enfants ne s'en rendent pas compte, c'est uniquement parce que nous transpirons tous, sous cette chaleur.

En attendant, j'ai rarement vu Mark déborder à ce point d'énergie et d'idées.

— Je crois qu'il nous faut faire un certain nombre de choses, annonce-t-il. Premièrement, trouver une solution pour faire signe aux bateaux et aux avions. On devrait dessiner un SOS avec des cailloux et préparer un grand feu. Il faut aussi décider où nous allons dormir cette nuit.

— Moi, je vote pour un truc avec un toit, déclare Ernie en pointant le doigt vers l'océan.

Nous nous retournons. L'horizon est barré de nuages noirs très menaçants.

Carrie maugrée :

— Merde, et moi qui croyais que les tempêtes allaient nous foutre la paix pendant un moment…

— Ouais, comme on pensait tous qu'on allait être sauvés, ricane Mark.

Il est tellement énervé qu'il donne des séries de coups de pied dans le sable autour de lui. Brusquement, il expédie la bouteille de Coca dans le ressac.

— Non! proteste Ernie.

Mark se hérisse.

— Quoi, tu voulais la garder pour récupérer l'argent de la consigne?

Ernie ignore son frère aîné, s'avance dans l'eau et va récupérer la bouteille dans les vagues.

— T'as pas compris, Mark? Ça pourrait nous sauver la vie!

— Ah, ouais? fait Mark, incrédule. Et comment?

— C'est simple, espèce d'andouille. On met un message à l'intérieur.

Nous éclatons tous trois de rire, mais je culpabilise immédiatement. Ce n'est peut-être pas très intelligent de la part de Mark et Carrie, mais moi, je n'ai pas d'excuses. Ernie semble vraiment peiné d'être ridiculisé de la sorte. Je tente de le consoler.

— Pardonne-moi, mon chéri. Je sais que tu essaies d'aider. Il n'y avait pas de quoi rire. Nous sommes tous et toutes des andouilles.

— C'est bon, allez-y, riez. Vous me remercierez plus tard.

— Oh, j'en suis sûr, rétorque Mark. Dis-moi, Einstein Junior, sur quoi vas-tu écrire ton message?

Sur le moment, Ernie semble incapable de répondre à la question. Puis son visage s'illumine.

— Sur un bout de mon T-shirt! J'en arrache un morceau et j'écris dessus.

Mark hoche la tête, ne serait-ce que pour jouer le jeu.

— D'accord, et avec quoi tu vas l'écrire, ton message? Parce que, tu vois, j'aimerais bien t'aider, mais je n'ai plus un seul stylo.

Ernie a déjà pris une longueur d'avance.

— J'ai aperçu un buisson de baies rouges, tout à l'heure, quand nous marchions. Je vais les écraser et ça fera de l'encre.

Il a réussi à damer le pion à son frère, qui maugrée :

— Laisse-moi deviner : tu as vu ça dans un autre film, en cours de science ?

— Je suis sûr que ça va marcher, s'enthousiasme Ernie.

Mark prend alors son frère par les épaules.

— Petit mec, au cas où tu l'aurais oublié, nous avons dérivé pendant des jours sans voir un bateau, même de loin. Il passera des mois, voire des années, avant que ta petite bouteille de Coca n'échoue quelque part. Alors, à ton avis, qui va la trouver, d'ici là ? L'homme de l'Atlantide ?

Carrie rit de nouveau. Moi, pas.

— Bon, ça suffit, les interromps-je. Si Ernie a envie d'essayer, qu'il essaie. En attendant, nous devons monter notre campement, ou quelque chose qui y ressemble.

— Génial, lâche Carrie. Le camp des naufragés !

68

Impeccable dans son uniforme de l'US Coast Guard parfaitement repassé et d'un blanc immaculé, Andrew Tatem s'avança vers la haie compacte de micros installée sur le parking de la base, une haie qui dissimulait une horde de journalistes, photographes et reporters d'images. Pour eux, il représentait le client parfait. Il avait trente-huit ans, il était grand, arborait un bronzage estampillé Floride et un beau sourire Colgate dont il n'avait pas l'intention de se départir de la journée.

Comme il l'avait prévu, la presse avait débarqué en masse. Devant le portail de la base, la rue ressemblait à un salon de fabricants de paraboles. Les journalistes s'y succédaient devant les caméras des différentes chaînes pour faire le point sur la mystérieuse disparition du *Famille Dunne*, en espérant que leur épais maquillage ne fondrait pas sous le soleil écrasant de Miami.

Mais une certaine nervosité commençait à s'emparer de la meute.

Depuis vingt-quatre heures, une véritable éternité pour cette profession, aucun élément nouveau n'avait été révélé. Pour la bonne raison qu'il n'y en avait pas.

Cependant, Tatem avait décidé de les laisser faire leur boulot. Mieux valait organiser une conférence de presse que garder le silence et devenir la cible de spéculations en tout genre.

Lentement, calmement, méthodiquement, le capitaine lut le communiqué qu'il avait préparé.

— Les recherches se poursuivent… Tous les moyens disponibles ont été déployés… La zone à couvrir est gigantesque… Les garde-côtes restent très optimistes… *Je* reste très optimiste.

Puis il prit une profonde inspiration et, s'armant de courage, lâcha la phrase qui marquerait le début des hostilités :

— À présent, je suis prêt à répondre à vos questions.

Aussitôt, l'air explosa. C'était à qui crierait le plus fort pour être entendu.

— À partir de quel moment déciderez-vous d'interrompre les recherches ?

— Pouvez-vous nous confirmer que le *Famille Dunne* a émis un appel de détresse avant de disparaître ?

— Pourquoi n'a-t-on pas fait appel à la Navy ?

Tatem n'en était pas à sa première conférence de presse, loin de là, mais jamais il n'avait participé à un rassemblement d'une telle ampleur et d'une telle intensité.

Un homme au crâne légèrement dégarni se montrait particulièrement insistant. Travaillant pour le *Daily Miami*, il tenait visiblement à faire savoir qu'ici il était sur ses terres.

— Comment réagissez-vous à la rumeur selon laquelle vous seriez sur le point d'être remplacé à la tête de ces opérations de recherche ?

Tatem cligna des yeux. *Remplacé ?*

— Je n'ai pas connaissance d'une rumeur de ce genre, répondit-il.

Le journaliste se tourna vers la brune qui se trouvait à côté de lui et marmonna, assez fort pour que tout le monde l'entende :

— Ils ne sont jamais au courant.

Tatem ignora la remarque désobligeante et réprima l'envie pressante de se précipiter sur ce connard pour le jeter sur le bitume. Mais il était temps de conclure.

— Une dernière question, annonça-t-il.

Immédiatement, les cris redoublèrent et la mêlée se rapprocha du pupitre. Aussi nonchalamment que possible, Tatem leva la main pour essuyer la goutte de sueur qui perlait sur son front. Aussitôt, les appareils numériques cliquetèrent. *Décidément, ceux-là, ils ne laisseraient même pas passer un pet de moustique.*

Il voyait déjà sa photo étalée dans tous les grands journaux du pays.

« Le capitaine des garde-côtes Andrew Tatem sur un siège éjectable. »

Ou, pis : « Andrew Tatem, à Miami, quelques heures avant l'arrivée de son successeur. »

Il aurait donné cher pour ne jamais plus entendre parler de cette famille et de son fichu voilier. Au début, il avait éprouvé de la compassion pour les disparus, mais avec la pression des médias et ce cirque ridicule, vingt-quatre heures sur vingt-quatre, son sentiment avait évolué. Maintenant, tout cela l'agaçait, pour ne pas dire plus.

Qu'était-il donc arrivé à cette famille ? Cette disparition était vraiment insensée.

Tout à coup, le capitaine distingua Millcrest, son lieutenant, à la périphérie de son champ de vision. Il se dirigeait vers lui, avec un air que Tatem connaissait bien.

Il avait quelque chose à lui dire, et ça ne pouvait pas attendre.

69

Le capitaine s'éloigna des micros tandis que son lieutenant lui murmurait à l'oreille :

— On a trouvé quelque chose, chef.

Enfin ! Les mots qu'il attendait.

Sans perdre de temps, il se composa un visage des plus impassibles et retourna annoncer à la presse qu'il avait à présent un autre problème à régler d'urgence. Personne ne le crut, mais il s'en fichait. Il tourna les talons, laissant de nouvelles questions sans réponse, et se dirigea droit vers la salle de crise.

— C'est l'un des gilets de sauvetage du bateau, lui expliqua Millcrest en chemin. Un incendie a dû se déclencher à bord, parce qu'il est en partie brûlé.

— Un gilet du bateau ? s'étonna Tatem. Comment le savez-vous ?

— Parce que c'est marqué dessus, rétorqua Millcrest avec un petit sourire. Ils avaient personnalisé leurs gilets de sauvetage. Une étiquette *Famille Dunne* cousue au dos du col.

— On n'a retrouvé qu'un seul gilet ?

— Pour l'instant.

— Rien d'autre ? Pas d'autres débris du bateau, de traces de l'incendie ou je ne sais quoi ?

— Pas pour le moment. On tourne toujours sur zone, on élargit le périmètre, mais vu l'état du gilet, je crois que…

— Je sais, coupa Tatem. On ne trouvera probablement rien d'autre.

Millcrest saisit la poignée de la porte de la salle de crise et tint celle-ci ouverte. Le regard de Tatem croisa immédiatement celui du jeune radio.

— C'était quelle équipe ? demanda le capitaine. Powell ?

— Non, Hawkins, répondit l'officier.

— Ils sont sur un canal sécurisé ?

— Oui, ils vous attendent, capitaine.

L'équipe SAR répondit en effet immédiatement.

— Belle prise, jeunes gens !

Le compliment de Tatem était sincère. Repérer un gilet de sauvetage flottant au milieu de l'océan revenait à trouver la fameuse aiguille dans la botte de foin.

Restait à poser la question clé. Celle qui risquait de faire mal.

— Quelle est votre position, par rapport à celle indiquée par la balise de détresse ?

— C'est là que ça cloche, répondit la voix de Hawkins, le pilote. On a largement dépassé la zone où ils auraient pu dériver, en considérant les courants et les vents des derniers jours. Vous savez ce que ça veut dire, capitaine.

Tatem se tut. Voilà qui expliquait pourquoi ses équipes n'avaient rien retrouvé jusqu'alors. Les coordonnées initialement transmises par la balise du *Famille Dunne* n'étaient pas les bonnes.

Par ailleurs, d'un point de vue strictement professionnel, les choses étaient désormais claires : il n'y avait plus d'espoir de retrouver les naufragés.

— Chef, voulez-vous que Hawkins survole le coin une dernière fois ? demanda Millcrest.

Tatem ne répondit pas tout de suite. Il pressa ses tempes comme pour évacuer de son crâne l'ordre qu'il ne voulait pas donner. Mais il le fallait bien.

— Non, finit-il par lâcher. Dites-lui de rentrer à la base. Dites à tout le monde de rentrer. On arrête les recherches. La zone est trop étendue. Le *Famille Dunne* a sombré.

70

Le lendemain matin, Peter était seul et heureux de l'être. Il se sentait bien, dans cet appartement de Park Avenue, avec ses six cents mètres carrés et pas moins de cinq chambres. L'appartement de Katherine. Malheureusement, cela ne dura pas. Le réceptionniste de l'immeuble le prévint, par l'interphone, que Sarah Burnett venait d'arriver.

Génial.

La première personne à venir lui présenter ses condoléances était bien la dernière qu'il eût envie de voir. Surtout en tête à tête, chez Katherine.

Même s'ils avaient souvent eu l'occasion de bavarder lors de soirées mondaines, Peter connaissait assez peu la meilleure amie de Katherine, et il faisait tout pour que cela dure. Il n'y avait rien de personnel dans cette attitude. Ce qui le gênait, c'était sa profession.

Sarah était une psy new-yorkaise, et Peter détestait les psys, d'ici ou d'ailleurs, depuis son enfance.

Peter avait douze ans, à Larchmont, quand ses parents l'avaient surpris à voler dans leurs portefeuilles. En guise d'excuses, il avait répondu qu'on ne lui donnait pas suffisamment d'argent de poche. Ses parents l'avaient alors interdit de sortie pendant un certain temps tout en doublant son argent de poche, pensant naïvement qu'il ne serait ainsi plus tenté de voler. Quelques mois plus tard, hélas, il avait été pris une nouvelle fois en flagrant délit de larcin. Et ses parents s'étaient alors rendu compte que ce n'était pas un problème de montant, que ce qu'ils donnaient ne suffirait jamais.

Leur fils avait un problème.

Ils avaient donc emmené Peter chez un psychiatre. Celui-ci n'ayant pas réussi à établir de communication avec l'enfant, ils l'avaient conduit chez un autre. Puis un autre.

Peter en était très vite arrivé à haïr ces médecins. Pour lui, ils n'étaient que des charlots au parler mielleux, qui prenaient des notes en posant des questions fumeuses. Il ne supportait pas de les voir. Et il avait décidé qu'il n'y avait qu'une seule façon de s'en débarrasser.

Leur mentir.

Face à une nouvelle psy, il avait donc avoué très exactement ce qu'elle voulait entendre. Oui, il avait volé l'argent pour que ses parents s'intéressent à lui. Oui, il regrettait, maintenant, de leur avoir fait autant de peine, de leur avoir causé autant de soucis.

Et ça avait fonctionné. Mieux, ça avait changé sa vie. Peter avait alors compris, pour la première fois, qu'il pouvait faire avaler ses mensonges aux meilleurs professionnels. Une brillante carrière d'avocat s'offrait à lui.

Ainsi, avant même de rencontrer Katherine Dunne, il gagnait déjà plus de deux millions de dollars par an. De quoi vivre confortablement, en principe.

Malheureusement pour Katherine et ses enfants, Peter estimait qu'il lui en fallait plus. Et il était sur le point d'obtenir satisfaction. Il n'avait qu'à s'en tenir à sa stratégie. Prochaine étape ? Duper les amis et les parents de Katherine comme il avait dupé cette psy lorsqu'il était gosse. À commencer par Sarah Burnett.

Une psy. Quel gag !

Que la séance commence.

71

En entendant le carillon de la porte d'entrée, Peter décida que cette horreur partirait à la poubelle d'ici quelques jours. Et que celui de la maison de campagne de Katherine, à Chappaqua, connaîtrait le même sort.

En allant accueillir Sarah, il s'arrêta devant le miroir doré à la feuille accroché dans l'entrée de marbre, afin de s'assurer qu'il avait l'air suffisamment éprouvé.

Moyennement convaincu par ce qu'il vit, il se frotta énergiquement les yeux quelques secondes pour qu'ils soient bien rouges, comme s'il avait passé la moitié de la nuit à pleurer.

Voilà qui est beaucoup mieux.

— C'est gentil d'être venue, Sarah, la remercia-t-il en ouvrant la porte.

Sans réaction, elle se borna à le dévisager pendant ce qui lui parut une éternité. Elle ne fondit pas en larmes, ne le prit pas dans ses bras pour le consoler. Puis, enfin, elle parla.

— Je sais ce que vous avez fait.

— Pardon? s'exclama Peter.

C'était un pur réflexe. Il avait parfaitement entendu. Et il n'en croyait pas ses oreilles.

Détends-toi, il est impossible qu'elle sache.

Sarah pénétra dans l'appartement et posa son sac à main sur la banquette tapissée de soie, sous le miroir.

— Je le vois dans vos yeux. Le sentiment de culpabilité.

— De culpabilité ?

— Oui. Depuis que Katherine et les enfants ont disparu, vous vous en voulez. Comme si les choses auraient pu tourner différemment si vous étiez parti en mer avec eux.

— Oui, c'est vrai, souffla Peter, en s'efforçant, tant bien que mal, de dissimuler son soulagement.

Quel idiot je suis. La psy joue sa psy, c'est tout.

— C'est une réaction très courante, Peter, poursuivit Sarah, mais il faut que vous sachiez que ce drame ne vous est pas imputable. Ce n'est pas votre faute, absolument pas.

Éclatant intérieurement de rire, Peter garda une parfaite contenance. Il hocha lentement, gravement la tête.

— Je sais, je sais, mais c'est tellement dur.

Il lança alors à Sarah son meilleur regard désespéré, auquel elle répondit en le serrant contre elle. Pour faire bonne mesure, il s'apprêtait à lâcher les grandes eaux lorsqu'il s'aperçut qu'elle avait été plus rapide que lui. Et ses sanglots à elle étaient sincères.

Elle finit par se détacher de lui.

— Et voilà, maintenant, je pleure.

Elle essuya une larme, ce qui eut pour effet de répandre sous son œil le peu de mascara qu'elle portait. Elle s'en rendit compte.

— Bon, je vais aller constater l'étendue des dégâts.

Sarah connaissait par cœur l'appartement de Katherine, y compris le cabinet de toilette de l'entrée. Elle referma la porte derrière elle.

Peter resta sur place, pensif. Il ne pouvait détacher son regard du sac à main posé sur la table. C'était de la folie, mais comment résister ?

Il s'approcha du sac, décidé à trouver le portefeuille de Sarah. Il ne prélèverait que quelques billets, pour qu'elle ne s'aperçoive de rien.

Que d'adrénaline ! Elle pouvait ressortir à tout instant et le prendre la main dans le sac !

Mais il se figea en découvrant dans le sac un objet de mauvais augure placé à côté du portefeuille.

Une heure plus tard, Peter descendait Park Avenue, tout à ses interrogations.

Un magnétophone. Pourquoi Sarah Burnett avait-elle enregistré leur conversation ? Que manigançait cette salope ?

De toute évidence, elle le suspectait de quelque chose. Elle n'avait apparemment pas confiance en lui. Ce qui justifiait d'autant plus la précaution qu'il s'apprêtait à prendre.

Il se dirigea vers la 5e Avenue, puis marcha en direction du sud. Dix rues plus loin, il aperçut la fontaine, devant le Plaza. Enfin, ce qu'il en restait depuis que le célèbre hôtel avait été transformé en résidence de luxe. Comme quoi, rien ne dure…

Ce qui n'avait pas changé, en revanche, c'était le pourtour de la fontaine, noir de touristes et de New-Yorkais profitant de leur pause déjeuner. Comme tous les jours.

Tant mieux. Exactement ce qu'il lui fallait. Des dizaines de témoins.

Peter portait un blouson rouge et une casquette de base-ball frappée du fameux chien, mi-labrador, mi-boxer, emblème de la Black Dog Tavern, à Martha's

Vineyard. Il était allé y faire un tour avec Katherine. Avec Bailey, aussi, d'ailleurs.

Il n'était plus qu'à une rue de la fontaine. Il tira sur sa casquette et l'abaissa tellement qu'il faillit ne pas voir les deux flics en train de bavarder avec un vendeur de hot dogs. Mais c'était finalement une bonne chose qu'ils soient là. Il les intégra avec joie dans son scénario.

Encore un coup de chance. Décidément, le ciel est avec moi.

En quelques regards, Peter scruta le trottoir, devant la fontaine, pour voir qui s'y trouvait. Il écarta d'office les femmes, les enfants et les gens âgés. Il fallait que ce soit un homme plus jeune que lui.

Gagné ! Ce sera toi.

Jean large, T-shirt, bottes Timberland, l'air hargneux, l'homme devait avoir un peu moins de trente ans. Il était mince, en bonne forme physique, mais n'avait rien d'un sportif. Et surtout, il avait ce regard vide qui laissait supposer qu'il nourrissait à l'égard du monde un certain ressentiment, pour ne pas dire un ressentiment certain.

Bref, M. Timberland ne semblait pas du genre à se laisser emmerder par qui que ce soit, Peter compris.

L'avocat sortit de la poche de son blouson une petite flasque d'argent remplie de Jack Daniel's. Sans ralentir le pas, il dévissa le bouchon et ingurgita un bon décilitre de courage liquide.

Le spectacle allait commencer !

73

Peter obliqua pour se diriger droit sur Timberland. Juste avant de le heurter, il prépara son corps à l'impact.

Bam!

Un choc violent, épaule contre épaule. Sans laisser à Timberland le temps de réagir, Peter choisit la posture de l'attaque.

— Regarde un peu où tu mets les pieds, connard!

— Quoi? lâcha le type.

À en juger par son regard, M. Timberland était prêt pour le combat.

— Tu m'as parfaitement entendu! reprit Peter.

— C'est quoi, ton problème?

Peter lui colla son doigt à quelques centimètres du visage.

— Pour le moment, c'est toi, mon problème!

Il sentit que quelques personnes, autour de la fontaine, avaient cessé de contempler leur sandwich flasque pour s'intéresser à ce début d'altercation.

Mais il ne les regarda pas. Il fixait sa cible.

— Hé, tu devrais te calmer, mec, tenta de l'apaiser Timberland.

Hélas pour lui, Peter avait d'autres projets.

Il lui restait juste à s'assurer qu'il avait bien choisi son homme. La question n'était pas de savoir si le type pouvait encaisser un coup de poing, mais s'il était capable de riposter et de frapper, lui aussi. Et, si possible, pas qu'une fois.

L'heure était venue de faire réagir M. Timberland.

Et, surtout, de faire réagir la presse.

— Mais t'es une larve, ma parole ! cria Peter.

— Tu m'as traité de quoi ?

— T'es sourd, ou quoi ? J'ai dit que t'étais une larve, espèce de larve.

Le visage du type s'empourpra, ses narines se gonflèrent, les veines de son cou saillaient déjà.

Oui, Peter avait choisi la bonne personne. Il avait toujours du flair pour cela, comme pour la sélection des jurés.

Peter arma son bras gauche et propulsa son poing. Quand les flics demanderaient qui avait frappé le premier, il n'y aurait pas de place pour le doute. Le verdict serait unanime, assurément.

Crac !

Les phalanges de Peter percutèrent la mâchoire de Timberland, qui recula en chancelant, au moment où retentit le hoquet de surprise des témoins rassemblés autour de la fontaine. Sonné, l'agressé tenait à peine sur ses jambes, mais parvint à conserver l'équilibre.

Peter se jeta alors sur lui et le frappa encore à deux reprises.

— Arrêtez ! crièrent quelques personnes. Arrêtez, s'il vous plaît !

Mais ces appels à la raison ne firent que l'encourager, lui qui adorait se produire en public.

Il continua donc à bourrer Timberland de coups jusqu'à ce qu'il s'écroule, le nez en sang.

— Allez, connard, debout ! Défends-toi, espèce d'enfoiré !

C'est exactement ce que fit Timberland.

Ayant réussi à se relever, il chargea Peter comme un taureau, l'enserra dans ses bras et, en une fraction de seconde, le renversa. Aussitôt, ses poings martelèrent la tête de Peter, couché sur le dos.

L'avocat aurait facilement pu se protéger le visage de ses avant-bras, mais il attendit un peu. Lorsque, enfin, le goût du sang parvint à ses lèvres, il sut qu'il avait obtenu ce qu'il voulait.

Juste au moment où les deux flics qu'il avait aperçus près du stand de hot dogs arrivaient pour mettre fin à la rixe.

— Quelqu'un a vu ce qui s'est passé ? demanda l'un d'eux à la foule.

Deux minutes plus tard, Peter Carlyle était menotté.

74

La cellule située au fond du commissariat de Midtown North empestait l'urine et le vomi, mais Peter ne sentait que le parfum capiteux du succès. La douleur lui vrillait le crâne, il voyait flou et les malheureux pansements qu'on lui avait généreusement octroyés pendant qu'on lui notifiait son placement en garde à vue et qu'on prenait ses empreintes suffisaient à peine à maintenir son visage en place.

Mais c'était sans importance. Il savait que le jeu en valait la chandelle.

Une chandelle de plus de cent millions de dollars.

— Oh, putain ! s'exclama la voix de l'autre côté des barreaux. Tu es salement amoché !

Peter se retourna. L'homme qu'il avait appelé – le fameux coup de fil unique autorisé par la loi – le regardait, médusé.

— Bonjour quand même, le salua Peter. Tu en as mis, du temps.

Gordon Knowles, armé de sa mallette Louis Vuitton en crocodile à neuf mille dollars, attendit pour poursuivre la conversation que le policier ouvre la porte de la cellule et les laisse seuls.

— Oh, putain ! répéta Gordon. Là, tu m'impressionnes.

— Et attends, t'as pas vu dans quel état est l'autre, répondit Peter. Je sais, c'est nul, comme blague.

Un avocat, aussi doué soit-il, a parfois besoin d'un autre avocat. Avec Gordon Knowles, Peter s'assurait les services de l'un des meilleurs défenseurs de New York. Si Peter excellait à la barre, Gordon faisait en sorte que ses clients n'y soient jamais appelés.

— J'ai une bonne et une mauvaise nouvelle, commença-t-il. La bonne nouvelle, c'est que le type ne porte pas plainte. Quand je lui ai expliqué qui tu étais et que tu venais de perdre toute ta famille, il a fait machine arrière. À condition, bien entendu, que tu paies tous les frais médicaux ainsi qu'un petit bonus pour faire passer la pilule.

Peter haussa les épaules pour signifier son indifférence.

— Et la mauvaise ?

— Une demi-douzaine d'équipes télé campent devant le commissariat.

— Dis donc, les nouvelles vont vite.

— Moins vite que les images. En venant, j'ai entendu dire qu'un touriste avait un caméscope à la ceinture. Ton altercation devrait être sur YouTube d'ici peu.

Peter grogna, avec beaucoup de conviction.

— Ah, super.

— C'est ce que je pense aussi. J'ai donc fait en sorte que tu puisses sortir d'ici discrètement, par le parking.

— Non, je n'ai pas envie de me cacher, protesta Peter.

Gordon haussa l'un de ses broussailleux sourcils poivre et sel.

— Mais…

Peter l'interrompit :

— Je me fiche de mon image en ce moment.

Et il prit sa tête dans ses mains, sans cesser de surveiller son avocat, entre ses doigts.

Gordon constituait le premier, et peut-être le plus difficile, des tests de son assurance complémentaire. C'était un homme d'une grande intelligence, comme la plupart des diplômés en droit de Harvard. C'était aussi un redoutable joueur de poker, ce qui signifiait que l'avoir au bluff n'était pas chose aisée.

Mais Peter ne laissait jamais rien au hasard, ce qui n'était pas la moindre de ses qualités. D'autant qu'il s'agissait, cette fois, de l'héritage de Katherine. Pour que le meurtre soit parfait, il fallait que tout le monde ait pitié de lui. Plus on le plaindrait, moins on le soupçonnerait.

Et tant pis si, pour arriver à ses fins, il avait dû provoquer un inconnu au beau milieu de Manhattan et prendre quelques coups. Car seul un homme brisé par la disparition de sa famille pouvait se comporter ainsi.

Gordon Knowles hocha lentement la tête.

— Excuse-moi. Je suis en train de raisonner en avocat, alors que je devrais raisonner en ami. J'oublie ce que tu as dû endurer. Katherine, les enfants…

Effectivement. La douleur de Peter était littéralement gravée sur son visage. Le sang et les ecchymoses y représentaient l'immensité de son chagrin et de sa détresse.

— Tu n'as pas à te cacher, poursuivit Gordon. Nous allons sortir ensemble par la porte principale. Je suis avec toi, mon grand.

— Merci, lui répondit Peter. Merci pour tout. Je n'y arriverais pas sans toi.

Mon grand. Tout semblait fonctionner à merveille.

Gordon demanda à l'agent d'ouvrir la porte, puis se tourna à nouveau vers Peter.

— Ah, encore une chose. Je sais bien que tu n'as pas la tête à ça dans un moment pareil, mais j'ai reçu un coup de fil de l'avoué de Katherine. Savais-tu que tes beaux-fils et ta belle-fille étaient les seuls bénéficiaires figurant dans son testament ?

— Non, je l'ignorais, mentit Peter.

Il ferma brièvement les yeux, dodelina de la tête.

— Ce qui signifie que…

— Je ne veux pas de cet argent, murmura Peter. Je veux juste qu'ils reviennent.

— Je sais bien. Il n'empêche que dans ces circonstances, mon rôle, c'est de défendre tes intérêts. Ce que tu fais de cet argent ne regarde que toi. Donne-le à des œuvres, si tu le souhaites. À moi de m'assurer que cette décision vient bien de toi, et pas de quelqu'un d'autre. D'accord ?

Peter acquiesça lentement.

C'est bien parce que tu insistes, Gordon.

75

Les enfants n'ont pas besoin de me le dire, je le lis dans leur regard : je suis en très petite forme.

Mon état ne cesse d'empirer.

Il y a longtemps que j'ai avalé le dernier cachet d'aspirine de la trousse de premiers soins. L'infection s'est propagée et mon corps se consume à essayer de vaincre le poison par ses propres moyens.

Le radeau dressé contre des branchages me permet au moins de rester à l'ombre. Mark, Carrie et Ernie se relaient toutes les dix minutes environ pour me coller sur le front des feuilles mouillées afin de faire baisser la température. Ils ne peuvent guère plus. La fièvre doit suivre son chemin.

J'ignore combien de temps je vais tenir. Jamais je ne me suis sentie aussi mal de ma vie. Je me suis déjà évanouie deux fois : quelques minutes la première fois, plus d'une heure la deuxième. Que se passera-t-il la troisième fois ? Et si je ne me réveillais pas ?

C'est cette crainte qui me pousse à parler aux enfants. Il faut que je leur dise à quel point je les aime, et combien je regrette de ne pas avoir toujours été là pour eux. Et je dois surtout les préparer au pire des scénarios. Je sais que cela leur a déjà traversé l'esprit. Forcément.

Leur façon de me regarder. La peur et la tristesse que je lis dans leurs yeux. Ils savent que mes chances de survivre sont minces. Même mon petit Ernie l'a compris.

Je pense tout d'abord m'adresser à mes trois enfants en même temps. Mais, très vite, je me rends compte que je risque de déclencher un festival de larmes. Et je ne me sens pas capable de surmonter une telle épreuve.

Alors, je décide de leur parler individuellement. Je commence par Carrie, mais elle ne veut rien entendre.

— Tu ne vas pas mourir, tu vas très bien t'en sortir, dit-elle en détournant le visage. Tu es la personne la plus robuste que je connaisse.

Je l'implore.

— Chérie, s'il te plaît, regarde-moi. Je t'en supplie, Carrie.

Elle finit par me regarder et murmure, les larmes aux yeux :

— Je suis vraiment désolée.

Je ne m'attendais pas à ça.

— Tu es désolée ? Pourquoi ? C'est moi qui devrais m'excuser.

— Non, j'ai été injuste. Je n'ai pas pris mes responsabilités. Je t'ai reproché des choses, par le passé, qui n'étaient pas ta faute.

— Parfois, si. J'aurais dû être plus souvent là pour toi, Carrie. J'aurais dû être là.

— Ne t'inquiète pas. Ne t'inquiète pas pour moi. Je regrette juste qu'il ait fallu tout ça pour que je m'en rende compte.

— Je peux en dire autant.

— Je t'aime, maman, me dit-elle.

Et là, nous fondons toutes les deux en larmes.

Vient le tour de Mark. Lui non plus n'est pas prêt à affronter cette conversation. Il me raconte, en plaisantant, qu'il va s'acheter une Maserati avec l'héritage, histoire de dissimuler son émotion. Qui le lui reprocherait?

— Tu sais déjà ce que je vais dire, hein?

Il hoche la tête.

— Que je dois être l'homme de la maison. Ou de l'île, dans notre cas. Quelque chose de ce genre… Tu n'es pas obligée de dire ça, maman.

— Il faut que tu me promettes quelque chose.

— Quoi?

— Donne-moi d'abord ta parole.

— Ce n'est pas très juste, mais bon, d'accord, tu as ma parole. Alors, c'est quoi?

— Quoi qu'il arrive, lorsque tu quitteras cette île, jamais plus – tu m'entends? –, jamais plus tu ne te sous-estimeras.

Il me regarde, désemparé.

— Je… je ne comprends pas…

— Je pensais être une bonne mère en te gâtant à outrance. Mais je me suis trompée. Dans les grandes largeurs. J'aurais dû faire en sorte que tu aies envie de dévorer la vie. Au lieu de cela, je t'ai rendu amorphe.

— Tu veux dire que je dois arrêter de fumer de l'herbe?

— Pour commencer, oui. Ce que je voudrais vraiment que tu comprennes, c'est que ton père et moi t'avons enseigné, bien malgré nous, une dure réalité : la vie est trop courte et trop précieuse pour qu'on la gâche.

Il hoche la tête, avec un petit sourire en coin.

— Et donc, je ne dois pas gâcher la mienne, c'est ça?

Je le serre contre moi.

— Je veux être fière de toi, Mark. Je sais que tu feras ce qu'il faut. Tu es quelqu'un de formidable.

— Toi aussi, maman.

À présent, je me retrouve face à Ernie.

— Mon petit bonhomme, tu as grandi tellement vite. Trop vite.

— Pas tant que ça. J'ai peur, maman.

— Ne t'en fais pas, mon chéri. Moi aussi, j'ai peur, mais sache que, quoi qu'il arrive, je serai toujours là, avec toi.

J'ai le doigt pointé sur son cœur.

— Oui, mais là ? fait-il en montrant sa tête.

— Que veux-tu dire ?

Il soupire. Il semble gêné.

— Juste après la mort de papa, j'arrivais à me le représenter, sans problème. Aujourd'hui, j'ai beaucoup de mal. Comment ça se fait ? Peut-être qu'un jour je n'arriverai pas à me souvenir de toi non plus, et ça m'inquiète.

Je le tire vers moi, je le berce doucement.

— Ce n'est pas pareil, aujourd'hui, mon chéri. Tu es beaucoup plus âgé. Tu te souviendras de moi, tu peux me croire. En ce qui concerne ton père…

Je m'interromps, pétrifiée.

Ernie s'écarte de moi, essuie une larme.

— Qu'est-ce qu'il y a, maman ? Qu'est-ce que tu allais dire ?

Non, je ne peux pas lui dire ça comme ça.

— Rien, mon chéri. La seule chose dont tu dois absolument te souvenir, c'est que ton père t'a beaucoup, beaucoup aimé. Et moi aussi, je t'aime. Je t'adore, bonhomme.

Et j'aurais dû te le dire plus souvent.

J'aurais dû te le dire tous les jours.

76

Du double transat, judicieusement orienté, on pouvait tranquillement admirer le ciel au-dessus des grosses branches de sapins. Peter et Bailey, tendrement enlacés, contemplaient un océan d'étoiles qui donnait presque envie de croire en Dieu.

— Regarde, c'est la Grande Ourse ! s'écria la jeune fille.

Peter hocha la tête en contemplant la constellation au dessin familier qui brillait de tous ses feux. Bailey jouant à la petite fille, c'était mignon… Il déposa un baiser sur son front, l'attira à lui et en profita pour la peloter un peu.

— Merci de me tenir compagnie, lui dit-il.

— De rien, murmura-t-elle.

Il s'était donné beaucoup de mal pour dénicher un endroit où il pouvait être seul avec Bailey, au fin fond de la forêt, à près de quatre cents kilomètres au nord de Dorset, Vermont.

Ici, sur la terrasse de pierre d'un confortable chalet de rondins sorti tout droit d'une pub Ralph Lauren, il était sûr d'échapper aux regards et aux objectifs rapaces de la presse et des paparazzis. Après avoir rempli leur mission en lui attirant la sympathie du grand public, ils restaient collés à ses basques, ce qui lui empoisonnait sérieusement l'existence.

Le chalet lui avait été prêté par l'un de ses confrères et amis, ravi de le lui proposer lorsqu'il avait laissé entendre avec finesse qu'il avait besoin d'être seul avant les funérailles de Katherine et des enfants. Bien entendu, Peter s'était gardé de préciser que par « seul », il entendait « seul avec une autre femme ». Pour ce qui était de la cérémonie, il avait pleinement conscience d'aller un peu vite en besogne aux yeux de beaucoup de gens, mais peu lui importait. La pression médiatique disparaîtrait au lendemain des funérailles, il en avait la certitude. Et dès que les journalistes cesseraient de s'intéresser à l'affaire, il pourrait célébrer la victoire.

— Comment va ton visage ? lui demanda Bailey.

— Il guérit tout doucement.

Elle caressa délicatement ses coupures et ses ecchymoses autour de la bouche et des yeux.

— Les cicatrices, je trouve ça plutôt sexy, lui chuchota-t-elle. Les bleus aussi.

— Alors, je dois être hyper sexy. Le type m'a sacrement amoché, non ?

Ils rirent de bon cœur jusqu'à ce que Bailey s'interrompe brusquement.

— Un problème ? s'inquiéta Peter.

— Ça me met mal à l'aise de rire comme ça, après ce qui est arrivé à ta famille. Mon Dieu, Peter...

— Ne t'inquiète pas. Cette soirée me fait du bien, Bailey. *Tu* me fais du bien. La semaine a été tellement dure que je me demande ce que je ferais sans toi.

Sur ce plan, Peter ne mentait pas. Il se sentait réellement mieux quand Bailey était là.

— Tu veux bien me faire l'amour? lui demanda-
t-elle.

Ceci expliquait peut-être cela.

Peter déshabilla lentement sa belle étudiante en droit
qui, au demeurant, ne portait pas grand-chose. Un short,
une culotte, un T-shirt. Pas de soutien-gorge.

Entièrement nue, appétissante à souhait, elle enfour-
cha Peter et déboutonna son jean. Lorsqu'elle atteignit
son caleçon, il était plus que prêt.

Lentement, elle le guida, l'aida à s'enfoncer profondément en elle, lui murmurant :

— Hummm, je te sens bien.

— Moi aussi, je te sens bien.

Il ferma les yeux quand elle commença à bouger
d'avant en arrière, arquant le dos, projetant son bassin,
pour ne pas perdre un millimètre de son sexe.

— Oui, gémit-elle. Peter, oh, Peter !

Quelques minutes plus tard, elle jouit en criant
comme elle n'avait encore jamais crié avec lui. Si fort
que Peter faillit ne pas entendre l'autre bruit.

Il s'arrêta brusquement, les mains sur les hanches de
Bailey.

— Attends un peu, c'était quoi, ça? Ce bruit... tu
as entendu?

— Je crois que c'est la terre qui a tremblé, lui
répondit-elle avec un sourire malicieux. Maintenant, à
ton tour.

Mais Peter tendait toujours l'oreille. Il aurait juré
avoir entendu quelque chose, comme un cliquetis, dans
les bois alentour, et ce n'était pas un bruit d'animal.

Les paparazzis avaient-ils retrouvé sa trace ?

77

En sept ans à la DEA, Ellen Pierce avait croisé le fer avec d'innombrables membres de gangs, barons de la drogue et autres mafiosi, plus féroces et rusés les uns que les autres. En matière de détermination, toutefois, aucun d'entre eux n'arrivait à la cheville de Shirley.

Originaire du Queens dont elle n'avait jamais perdu l'accent, elle était l'assistante de Ian McIntyre depuis plus de dix ans, et elle régnait sans partage sur son étage. Personne, absolument personne, ne pouvait voir son patron sans passer par elle. Et, ce lundi matin, le nom d'Ellen ne figurait pas dans l'agenda de Ian McIntyre.

L'agent Pierce n'était toutefois pas venue les mains vides. Elle avait apporté un grand café noir et un muffin, instruments d'une petite tentative de corruption.

Sur le chemin de son bureau, elle s'arrêta devant celui de Shirley.

— Tiens, je me suis dit qu'un petit déjeuner te ferait plaisir, ce matin.

Shirley haussa immédiatement l'un de ses sourcils épilés et demanda, d'un ton soupçonneux :

— Dis-moi, Ellen, que veux-tu, ma chérie ?

— Ah, parce que, aujourd'hui, on ne peut plus se montrer gentille sans être suspectée d'arrière-pensées ?

— Pas dans cet immeuble, ma chérie. Si c'est tout ce que tu as trouvé pour parler à Ian, oublie. Il est en train de se préparer pour son audition devant le Congrès, et il ne veut pas être dérangé avant le déjeuner.

Ellen arbora un sourire penaud en guise d'aveu.

— Ça valait le coup d'essayer, non ?

— Ça dépend. Je peux garder le café et le muffin ?

— Bien sûr. J'y tiens.

Moins d'une demi-heure plus tard, caféine et fibres avaient produit leur effet magique. Shirley abandonna son poste en urgence pour se rendre aux toilettes, ce qui permit à Ellen de faire irruption dans le bureau de Ian McIntyre sans être annoncée. Conformément à son plan.

Avant qu'il n'ait eu le temps de lui demander la raison de cette intrusion, elle jeta la première photo sur le bureau.

— Voici ce que j'appelle un cliché qui vaut de l'or.

Même pour un professionnel comme Ian McIntyre, il était difficile de ne pas regarder la photo d'un couple nu en train de faire l'amour sur un transat.

— Est-ce la personne à laquelle je pense ?

Ellen acquiesça avec un grand sourire. Elle était sincèrement fière d'elle, et elle avait la conviction que McIntyre le serait également. Ses « laissez tomber » ne seraient bientôt plus qu'un lointain souvenir. La fin justifiait les moyens, et tout cela était authentiquement machiavélique.

— Avec qui est-il ? demanda McIntyre.

— Je ne sais pas encore, mais ce n'est pas sa femme, en tout cas.

Elle jeta rapidement d'autres photos sur le bureau, comme si elle distribuait des cartes, et à chaque nouveau cliché, McIntyre ne pouvait que constater l'évidence : Peter Carlyle n'était pas en train de pleurer ses proches.

— Pas mal, hein ? ne put s'empêcher de se vanter Ellen. Je vous avais bien dit que quelque chose ne collait pas.

McIntyre demeura silencieux une dizaine de secondes, puis son regard quitta les photos pour se river à celui d'Ellen.

Oh, oh.

— Qu'est-ce qui vous a pris ? explosa-t-il avec un geste accusateur. Je vous avais formellement demandé de laisser tomber !

— Mais les photos ! s'insurgea Ellen. Il faut qu'on enquête sur Carlyle !

— En nous fondant sur quoi ? Son regrettable penchant pour les femmes ? Au cas où vous l'auriez oublié, les liaisons extraconjugales ne sont pas interdites dans ce pays.

— Même si sa femme et les enfants de celle-ci disparaissent mystérieusement sans laisser de traces ?

— Où est le mystère ? Leur bateau a été pris dans une tempête, il y a eu un feu à bord. C'est très triste, c'est un drame, mais ça n'a rien d'un mystère.

À cet instant précis, quelque chose attira le regard d'Ellen, au-dessus de l'épaule de McIntyre. C'était le téléviseur qui se trouvait derrière son bureau. À l'image, un journaliste, posté sur un quai, dans un endroit inondé de soleil.

Planté devant un énorme poisson suspendu par la queue, il débitait son commentaire, mais le son était coupé.

— Attendez ! cria Ellen. Vite, montez le son !

Ian se retourna. Il allait demander pourquoi lorsqu'il vit l'annonce, au bas de l'écran.

« Dernière minute. La famille Dunne toujours en vie ? »

78

Assis seul sur le banc au premier rang de l'église presbytérienne de Madison Avenue, les épaules bien droites, Peter dissimulait sa joie aux regards des cinq cents personnes rassemblées derrière lui, dont le flot de sympathie lui chatouillait la nuque.

Des funérailles magnifiques, et absolument nécessaires.

Il y avait des roses partout, des roses rouges à tige longue. C'était la fleur préférée de Katherine, le seul détail sur lequel Peter avait insisté pour honorer la mémoire de sa femme et de ses insupportables marmots.

Hormis ce détail, l'ensemble de la cérémonie avait été réglé par sa secrétaire, Layla. Lorsqu'il lui avait expliqué qu'il n'était pas en état d'organiser les obsèques, elle avait très bien compris. Cela dit, avec son salaire de cent vingt mille dollars par an plus primes, Layla arrivait toujours à comprendre ce qu'il lui demandait.

— Prions ! clama le pasteur.

Après une brève incantation, le pasteur presbytérien aux cheveux argentés évoqua la fragilité de la vie et les coups aveugles du destin. L'homme ne manquait pas de présence, et il était excellent orateur. On pouvait percevoir des accents de sincérité dans son sermon parfaitement construit.

Peter s'amusait toujours de constater qu'un grand nombre d'hommes d'Église auraient pu figurer parmi les meilleurs avocats de la planète. Mieux que quiconque, ils maîtrisaient l'art de persuader les gens de croire en des faits qu'ils ne pouvaient pas prouver.

— Amen, termina le pasteur. Et maintenant, lisons un passage de…

Peter n'écouta pas la suite. Il pensait à l'éloge funèbre qu'il allait prononcer.

Devant les amis de Katherine, ses confrères et consœurs, ses cousins et devant tous les camarades de classe des écoles privées fréquentées par les gosses de Katherine, ce serait son grand moment de bravoure. Au début, bien entendu, il se montrerait fort, stoïque. Puis il raconterait quelques anecdotes familiales en marquant de longs silences, le temps de refouler ses larmes.

Et enfin il s'effondrerait en larmes. C'est à ce moment que les coupures et les ecchymoses de son visage se révéleraient particulièrement payantes. De quoi inspirer la pitié aux âmes les moins sensibles. En fermant les yeux, Peter sentait déjà le pasteur le prendre par l'épaule pour tenter de le réconforter. Après cela, la partie serait gagnée.

Évidemment, il n'avait aucune idée de ce qui se passait, au même moment, à l'extérieur du bâtiment. Les infos de dernière minute n'avaient pas encore franchi les murs de la chapelle, puisque tous les téléphones mobiles y étaient éteints.

Plus tard, en rallumant son Motorola 1000, Peter découvrirait trois messages urgents du capitaine Andrew Tatem, des garde-côtes de Miami, et deux autres messages de Mona Allen lui demandant de revenir sur son plateau.

Mais pour l'instant, Peter devait prononcer son éloge funèbre. Il avait hâte d'en finir avec tout ce cirque. Les funérailles, et surtout sa famille.

Debout derrière le pupitre, devant le parterre bondé, il resta un moment muet. C'était plus fort que lui, il voulait humer le parfum grisant des roses de la victoire. Il n'éprouvait pas le moindre regret, que ce fût pour Katherine, pour Mark, pour Carrie, ni même pour Ernie, qui n'était pas un si mauvais bougre, finalement.

Soudain, il entendit des chuchotements dans son dos. Il se retourna, un peu contrarié. Un homme d'une bonne trentaine d'années, en pantalon de toile et polo, était en train de glisser quelques mots à l'oreille du pasteur.

Quoi encore ?

C'était l'organiste. Il n'était pas censé lire ses e-mails sur son BlackBerry pendant l'office, mais il s'était malgré tout permis de le faire. Après tout, personne ne le voyait, perché au-dessus de la nef derrière son instrument.

Mais il était à présent descendu de son perchoir pour se trouver face à la foule, et pour une bonne raison : il venait de tomber sur la page des actualités de Yahoo.

Et là, un titre avait accroché son regard. L'histoire d'un thon énorme, un thon rouge qui avait avalé une bouteille de Coca.

Le pasteur rejoignit Peter derrière le pupitre et se pencha vers le micro, rayonnant de joie.

— C'est un miracle !

79

Pendant le trajet du retour, les mots ne cessèrent de résonner dans la tête de Peter.

— Il semblerait que votre famille ait navigué bien plus au sud que ce qu'indiquait la balise de détresse. Nous lançons immédiatement de nouvelles recherches… Il y a de l'espoir, monsieur Carlyle.

Andrew Tatem ne lui avait pas donné d'autres détails. Et Peter ne lui en avait d'ailleurs pas réclamé. Il était encore sous le choc.

Quelques minutes plus tôt, les obsèques avaient été brusquement interrompues, faute de morts à pleurer. Enfin, pour l'instant. Après tout, rien n'indiquait que les naufragés fussent vivants.

— On les retrouvera, tentaient de se convaincre les invités en s'éparpillant à la sortie de l'église. On les retrouvera !

Pour les oreilles de Peter, tout cela sonnait comme un concert d'ongles crissant sur un tableau noir, et il n'avait qu'une envie : rentrer chez lui. Enfin, chez Katherine.

À peine arrivé, il se précipita vers le bar de son salon et se servit un bourbon. Sans glace, et bien tassé. La bouteille d'Evan Williams lui fit penser à cette autre bouteille qui venait de gâcher une journée qui s'annonçait pourtant merveilleuse.

Une bouteille de Coca retrouvée à l'intérieur d'un thon, et qui renfermait un message. C'était aussi improbable que délirant. Le coup de grâce? Cette promesse de récompense. Un million de dollars. Une partie de la fortune que Peter avait été à deux doigts de s'approprier!

Il but le bourbon d'un trait et se resservit. Il était en train de lever une nouvelle fois son verre quand son bras se figea. Il avait entendu un bruit dans l'appartement.

Il pensa au chalet, dans le Vermont. C'était un bruit différent de celui qu'il avait entendu, ou cru entendre, dans les bois. Il ne savait plus trop. Mais il était sûr d'une chose : il y avait quelqu'un d'autre dans l'appartement.

Lentement, il se rapprocha de la porte en tendant l'oreille. Voilà, ça recommençait! Comme un chuintement. Ou quelqu'un qui sifflait.

En tout cas, cela provenait de son bureau, qui jouxtait le séjour. L'intrus se trouvait donc dans la pièce où il gardait son arme de poing.

Peter quitta ses chaussures et avança dans le couloir, sur la pointe des pieds. Près de l'entrée, dans le placard, se trouvaient ses armes de secours : son sac de golf siglé Winged Foot. Notamment son fer 5 avec manche en titane, son club fétiche. Ou valait-il mieux choisir le putter Odyssey, plus court, avec une tête plus lourde?

Avant d'attraper le putter de précision, il vérifia la porte d'entrée. Avait-il oublié de la verrouiller en arrivant?

Non.

Les hypothèses se bousculaient dans son cerveau à la vitesse des battements de son cœur. Cet immeuble de Park Avenue était relativement sûr, même si un cambriolage avait eu lieu deux étages plus bas, l'année précédente. La porte d'entrée était fermée à clé. Un voleur qui s'enferme ?

Il lui vint alors une autre idée, plus plausible celle-là. La télévision. Il l'avait regardée avant de partir aux obsèques. Peut-être l'avait-il laissée allumée.

Il n'en saisit pas moins son club, prêt à faire la démonstration de son swing, et se dirigea lentement vers le bureau. À quelques pas de l'entrée, il poussa un soupir de soulagement.

C'était bien la télévision.

Sur l'écran géant apparaissaient les images d'un vieil épisode de *Seinfeld*.

Il s'approcha de son grand bureau en acajou, près de la fenêtre, posa son club de golf, et regarda ses phalanges reprendre des couleurs. Puis, par acquit de conscience, il attrapa la clé scotchée sous le bureau et ouvrit le tiroir dans lequel il conservait son arme.

Le revolver avait disparu.

— C'est ça que vous cherchez ? demanda une voix derrière lui.

À l'autre bout de la pièce, dans un coin, aussi calme qu'on peut l'être, Devoux souriait, un Smith & Wesson .44 Magnum au bout de son bras ballant.

— C'est quoi, cette manie que vous avez, les cowboys urbains, de toujours garder un gros flingue dans votre beau bureau fermé à clé ? Quelqu'un pourrait se blesser.

Peter n'était pas du tout d'humeur à rire. Il fixait Devoux d'un regard de braise.

— Comment êtes-vous entré ici ? rugit-il en éteignant le téléviseur au moment où la signature musicale annonçait un changement de scène dans l'épisode.

Devoux répondit simplement :

— Nous avons des problèmes à régler.

— Sans blague, grogna Peter.

Devoux s'installa dans le fauteuil club, près de l'immense cheminée. Les pieds sur l'ottomane, il posa le revolver en équilibre sur l'accoudoir et croisa nonchalamment les bras.

— Je vous en prie, faites comme chez vous, ironisa Peter.

— Très sympa, cet appart, rétorqua Devoux en regardant autour de lui d'un air approbateur. J'imagine que tout vous revient ?

— C'est ce que je pensais, ce matin, en me réveillant.

— Oui, il semblerait que votre famille soit des plus résistantes.

— Voulez-vous bien m'expliquer pourquoi ils sont encore en vie ? Vous aviez affirmé que personne, à bord, ne survivrait à l'explosion. Vous vous êtes donc trompé.

— Peut-être. Et peut-être pas.

— Ce qui veut dire ?

— Peut-être ne se trouvaient-ils pas à bord du bateau lorsqu'il a explosé. C'est l'hypothèse la plus probable pour moi.

Peter leva les yeux au ciel.

— Et vous voudriez que j'avale des conneries pareilles ?

— Pour tout vous dire, je me fous complètement de ce que vous croyez ou pas. Vous n'avez pas saisi ? Ce qui compte, ce n'est pas ce qui s'est passé, c'est ce qui va se passer à partir de maintenant.

— En effet ! Les garde-côtes vont lancer de nouvelles opérations de recherche, et je crois que cette fois-ci, ils auront plus de chance.

— Peut-être. Et peut-être pas, répondit à nouveau Devoux en posant la main sur le .44 Magnum. Chacun sait que les apparences sont souvent trompeuses...

D'une rotation du poignet, il fit basculer le barillet et secoua l'arme pour en faire tomber les six balles dans la paume de sa main. Il les montra à Peter, glissa l'une d'elles dans une chambre, fit tourner le barillet. Un autre geste, visiblement bien rodé, et il referma le revolver. Pour le braquer droit sur la poitrine de l'avocat.

— Que croyez-vous voir ?

250

Peter eut l'impression que son cœur s'était arrêté. Un sourire pervers se dessinait sur le visage de Devoux.

Non, je rêve, songea l'avocat.

Du pouce, Devoux arma le chien, sans lâcher la pression de son index sur la détente. Son sourire pervers s'effaça. Il regarda Peter fixement, d'un œil froid, vide.

Clic !

Le déclic du percuteur emplit la pièce et Peter demeura figé sur place, horrifié, soulagé.

— Enfoiré, vous auriez pu me tuer !

Devoux gloussa, puis posa le canon de l'arme contre son crâne et pressa la détente cinq fois de suite, à toute vitesse.

Évidemment, lorsqu'il fit basculer le barillet, celui-ci était vide. Il avait fait semblant de charger l'arme. Il ouvrit l'autre main : les six balles étaient toutes là.

— Voici ce que je vous propose, dit Devoux. En se fondant sur les indications transmises par la balise de détresse et le lieu où le thon a été pêché, les garde-côtes vont lancer leurs opérations de recherche dans les îles des Bahamas bien au-dessus de l'endroit où votre famille risque de se trouver. Et il faut savoir que plus on descend vers le sud, plus il y a d'îles inhabitées. Ce qui ne vous laisse donc qu'un jour, voire deux.

— Pour ?…

— Pour retrouver votre famille avant tout le monde. Si elle est encore en vie, bien entendu. Vous pilotez, si je ne m'abuse ?

Peter acquiesça. Il entrevoyait le plan échafaudé par Devoux. Les grands esprits se rencontrent. Surtout lorsqu'ils sont malades.

Aux yeux de la presse et du grand public, il serait le mari qui, par amour pour les siens, décidait de prendre les choses en main. Dans cette course contre la montre, il refusait de s'en remettre entièrement aux garde-côtes et lançait sa propre opération de recherche.

— Je voudrais savoir autre chose, ajouta Devoux en brandissant de nouveau l'arme de Peter.

— Quoi?

— Êtes-vous prêt à vous en servir pour de bon?

CINQUIÈME PARTIE

Rien ne vaut une belle montre

81

Le premier rayon du soleil effleure mon visage et me réveille, comme chaque matin depuis que nous avons posé le pied sur cette île perdue je ne sais où. Mais cette journée est particulière, et je peux résumer mes sentiments en un mot : Alléluia !

Je n'ai pas la tête qui tourne, je n'ai pas de nausées, je ne sue même pas comme un cochon dans un sauna.

La fièvre est retombée. L'infection a disparu. Ou est en train de disparaître.

Alléluia !

Je m'assois, je respire à fond. Je suis loin d'avoir récupéré la totalité de mes moyens. Peut-être à peine cinquante pour cent. L'important est de savoir que je suis en voie de guérison, et non à l'article de la mort.

Si je n'avais pas la jambe cassée, je me lèverais pour danser une petite gigue. Mais je préfère fondre en larmes de soulagement.

Mes trois enfants sont couchés à côté de moi. Ils dorment encore à poings fermés, mais peu importe.

— On se réveille, les Dunne ! On se réveille ! Allez, bande de paresseux !

Ils s'ébrouent, redressent lentement la tête, regardent autour d'eux en essayant de comprendre ce qui se passe.

Quand ils me voient sourire, ils se redressent entièrement. Et restent sans voix.

Pas moi.

— Mark, quelque chose me dit que tu vas devoir attendre encore un peu, pour la Maserati. Ma fièvre est retombée.

Pas de repartie cinglante. Bien au contraire. Il se met à sangloter, ce qui ne lui est plus arrivé depuis la mort de son père.

Ses larmes sont contagieuses, et Carrie et Ernie l'imitent. Grandes effusions chez les Dunne, et nous nageons dans le bonheur.

Un grondement sourd nous ramène à la réalité. Le tonnerre ? Non.

— C'était ton ventre, maman ? demande Ernie.

Dans d'autres circonstances, nous aurions tous éclaté de rire. Mais pas ici, pas en ce moment. Les grognements de mon estomac nous rappellent en effet crûment que nous sommes toujours coincés sur cette île et que nous avons quasiment épuisé nos rations. À la faveur de quelques averses, nous avons réussi à recueillir un peu d'eau de pluie, mais nous n'avons plus que quelques noix de cajou à nous mettre sous la dent.

— Attendez, chuchote Mark. Personne ne bouge.

Je suis son regard, fixé sur un point situé dans mon dos.

— Qu'est-ce que c'est ?

— C'est bien mieux que les noix.

Nous nous retournons lentement. Là, sur le sable, un lapin brun et blanc est en train de ronger une feuille de palmier. Il est trop mignon. J'ai bien envie de le prendre dans mes bras. Et de le mordre à pleines dents.

Il serait le bienvenu au petit déjeuner si nous avions un moyen de l'attraper ! Je murmure :

— Comment nous débrouiller pour…

Je n'ai pas le temps de finir ma phrase. Mark jaillit comme une fusée et se rue sur l'animal. Je ne l'ai jamais vu se déplacer aussi vite.

Malheureusement, le lapin est rapide, lui aussi. Il file dans les taillis et Mark se retrouve le nez dans le sable.

— Merde ! Maintenant, on ne réussira plus à l'avoir.

— Celui-là, non, fais-je aussitôt remarquer.

— Maman a raison, renchérit Carrie. Nous aurons notre revanche.

Pour une fois, Ernie est trop jeune pour comprendre.

— Qu'est-ce que vous voulez dire ?

Je lui tapote le haut du crâne.

— Ça veut dire qu'il y en a plein d'autres à l'endroit d'où il vient. Les lapins forment une très grande famille, Ernie.

C'est un sentiment aussi nouveau qu'étrange. À New York, chaque minute de mes journées comptait. Mes interventions, mes rendez-vous, mes tournées, tout ce que je faisais débutait et s'achevait à une heure précise. Si je prenais du retard, je faisais simplement en sorte de travailler plus vite. Et si je prenais de l'avance et que j'avais du temps libre…

Non, à qui vais-je faire croire ça ? Je n'ai jamais pris d'avance.

Tout cela pour dire que le fait d'avoir du temps me perturbe. Je m'ennuie à mourir. Assise là, la jambe immobilisée, à attendre que les enfants rentrent de leur chasse au lapin, je suis totalement désœuvrée.

Cela dit, au moins, j'ai le temps de réfléchir.

Je me demande comment Peter occupe ses journées, comment il vit notre disparition. Mal, j'imagine. Le pauvre doit être anéanti. Je culpabilise énormément de l'avoir abandonné pour faire cette croisière, après si peu de temps de vie commune. Aurons-nous une deuxième chance ?

Oui. On nous retrouvera. Je retrouverai Peter, je le sais.

Après tout, nous ne sommes pas perdus à l'autre bout de la planète, au milieu de nulle part. Nous ne pouvons pas être si loin que cela de la civilisation. Nous ne sommes peut-être pas sur une route maritime ou aérienne fréquentée, mais un bateau ou un avion finira bien par passer par ici.

Opportunément, mon ventre émet un nouveau grognement qui résonne dans la caverne vide qu'est devenu mon estomac. *Allez, les enfants !* Je prie le ciel de toutes mes forces pour qu'ils réussissent à attraper un lapin, n'importe lequel.

Au bout d'une heure, je crois les entendre arriver.

— Mark ? Carrie ? Ernie ?

Ils ne répondent pas.

J'appelle encore, mais seul le chant de la brise dans les palmes me répond. Ce n'était peut-être que cela. Ou la faim qui me fait délirer.

Je scrute la végétation, à l'extrémité de la plage, dans l'espoir de voir les enfants surgir à tout moment. Et j'aperçois alors autre chose. Quelque chose qui rampe.

83

C'est un serpent.

Il est gigantesque. Vert lave et noir, il glisse entre les herbes jusqu'à la plage et se dirige droit sur moi. Je voudrais m'enfuir. Si seulement je pouvais. Je ne suis même pas capable de marcher.

Je repousse le sable, je me lève tant bien que mal. Le serpent ne m'a peut-être pas encore vue. Ça voit bien, un serpent ? C'est maintenant que j'aurais besoin d'Ernie et de ses précieuses connaissances acquises en cours de science.

Je suis sur le point de hurler, mais je me retiens, pour ne pas attirer l'attention du reptile. Dois-je reculer lentement ? Dois-je rester parfaitement immobile ?

Non, ça, c'est valable pour les ours ! Enfin, c'est ce que je crois. Je ne sais plus. C'est tout juste si j'arrive à réfléchir.

J'essaie de m'appuyer légèrement sur ma jambe droite, juste assez pour pouvoir me déplacer en boitant. Oh, ce que ça fait mal ! La douleur me traverse la cuisse et la hanche. Une boule de feu hérissée de piquants.

Brusquement, le serpent s'arrête.

Allez, retourne dans tes herbes. Il n'y a rien à manger sur cette plage !

Puis il reprend sa progression dans ma direction, en dressant la tête comme pour me viser. Ma tentative de camouflage a donc échoué.

Maintenant, je n'ai plus le choix. J'appelle les enfants, en hurlant à m'en brûler la gorge. Apparemment, cela ne sert à rien. Ils doivent être à un ou deux kilomètres d'ici.

Malgré la douleur, je tente de m'éloigner en boitant, mais le serpent sera plus rapide.

Peut-être qu'en allant dans l'eau… Me pourchassera-t-il jusque-là ?

Il me reste une dizaine de mètres environ à parcourir. Je peux peut-être y arriver. Il faut juste que j'accélère un peu.

J'avance en sautillant, avec l'énergie du désespoir. Un œil sur le serpent, l'autre sur la mer.

J'aurais dû regarder le sol, car je me casse brusquement la figure. J'ai trébuché sur un morceau de bois.

Sur lequel glisse bientôt la tête hideuse du reptile.

84

Il va m'attaquer d'une seconde à l'autre. La panique m'envahit. J'essaie de me relever. Impossible. Comme si mon cerveau et mon corps n'étaient plus reliés.

Tout ce que je réussis à faire, c'est planter mes paumes dans le sable pour y prendre appui et essayer de m'éloigner à reculons.

Mais je suis trop lente.

À quelques centimètres de mon pied, le serpent dresse soudain la tête. Je ne vais pas tarder à voir ses crochets, avant de les sentir s'enfoncer dans ma chair.

Mais ce n'est pas le cas. Au lieu de passer à l'attaque, le gigantesque reptile rampe lentement par-dessus ma jambe.

Et c'est là que je comprends. Ce serpent n'a pas l'intention de me mordre. Il veut m'avaler tout entière.

J'appelle encore une fois les enfants à l'aide. Le reptile passe sur mes cuisses, fait le tour de ma taille. Avant même qu'il ait bouclé la boucle, je sens la formidable pression de cet étau de chair qui se referme lentement. Il s'enroule autour de ma poitrine. Au bord de la suffocation, je vide mes poumons pour pousser un dernier cri, qui se réduit à un halètement.

Je me débats, j'essaie vainement de me dégager. L'animal est trop puissant. Plus j'insiste, plus il resserre son étreinte. Je ne peux plus respirer !

Il a atteint mes épaules, je sens ses écailles froides et sèches glisser sur ma peau. Au passage, j'entrevois ses yeux, d'un noir d'encre, vides, comme s'ils ne me voyaient pas.

Une giclée d'angoisse me traverse de part en part. J'agite frénétiquement les quelques parties de mon corps qui peuvent encore bouger. Je ne peux pas mourir comme ça.

85

— Tiens bon !

Mark surgit des broussailles et ramasse le morceau de bois qui m'a fait trébucher, long de plus d'un mètre.

— Surtout, ne bouge pas ! me crie-t-il.

Il brandit son arme au-dessus de sa tête comme une masse et l'abat sur l'animal. Il recommence, plus fort encore.

Il vise une étroite section du serpent, au-dessus de mon genou gauche. S'il manque son coup, j'aurai une deuxième jambe cassée, mais ce n'est pas ce qui m'inquiète le plus en ce moment.

Pour l'instant, il fait mouche, enchaînant les coups violents.

Du coin de l'œil, j'aperçois Carrie et Ernie. Ils contemplent la scène, médusés. Leur frère frappe et frappe encore, sans relâche.

Le serpent, lui non plus, ne renonce pas. Il me fait atrocement mal. J'ai l'impression que je vais littéralement éclater sous la pression.

— Mark, dépêche-toi !

Et le moment qu'il attendait finit par arriver. Le reptile a décidé de réagir et braque sa tête sur Mark avec un sifflement perçant. La bête, la gueule ouverte, exhibe ses crochets.

— Voilà, comme ça ! exulte Mark. Sale bête !

La tête du serpent s'est écartée de mon corps, ce qui laisse à mon fils et à sa batte de base-ball improvisée le champ libre.

Il se déchaîne sur la tête de l'animal comme s'il s'agissait d'une balle captive. Une fois, deux fois, trois fois, de plus en plus fort.

Autour de moi, l'étau commence à se desserrer. Le serpent ne se défend plus, sa tête retombe lentement.

Il lâche peu à peu prise.

Il est mort.

86

— On dirait vraiment du poulet, rigole Ernie, en mastiquant sa dernière bouchée. Non, je plaisante.

Tout le monde rit. La nuit tombe, et nous sommes là, autour du feu, réunis pour le plus improbable des repas. Au menu : serpent à la broche.

— Je ne peux pas croire que je puisse manger un truc pareil, grimace Carrie.

Et pourtant si. Comme nous tous. Et en quantité.

— Hé, c'était ça ou rien, réplique Mark. Fais gaffe aux arêtes, Carrie !

Leur chasse au lapin s'est révélée infructueuse. Ils ont beaucoup couru, sans jamais réussir à capturer les quelques animaux qu'ils ont aperçus.

— Vous savez, il y a des cultures qui considèrent le serpent comme un mets très raffiné, observe Ernie. C'est vrai.

— Oui, rétorque Carrie, et ces gens-là ont généralement un os dans le nez.

J'interviens à mon tour :

— Moi, j'ai lu quelque part qu'un ou deux restaurants de Manhattan servent du serpent à sonnette.

— Pas dans ceux où je suis allée, poursuit Carrie. Cela dit, en parlant de restaurants, je donnerais n'importe quoi pour être à table à la Gramercy Tavern en ce moment.

Je la comprends, je ressens la même chose. Moi, je serais prête à tuer, mais pour une bonne grosse côte de bœuf. Je suggère :

— Et pourquoi pas au Flames, près de la maison de campagne ? Allez, quand ce cauchemar sera terminé, je vous emmène tous faire un bon gueuleton. La totale.

— On pourra prendre des soufflés ? demande Carrie.

— Et comment ! Soufflés pour toute la table.

Je regarde Mark et Ernie. Ils affichent soudain une tête d'enterrement.

— Qu'y a-t-il ?

— Tu as dit : quand ce cauchemar sera terminé. Et si ça ne se termine jamais ?

— Mais si, mon chéri, fais-moi confiance.

Il ne semble pas convaincu. Il se tourne vers Mark.

— Tu avais raison, le coup du message dans la bouteille, c'était idiot. Personne ne va la trouver. On ne nous retrouvera jamais.

Je m'apprête à reprendre mon rôle de maman qui rassure quand Mark me fait discrètement signe de la main. Il veut que je le laisse parler.

— Non, ce n'était pas idiot, frangin. Pas du tout. Tu as voulu nous aider, et c'est moi qui ai été idiot de me moquer de toi.

Ernie sourit comme si c'était Noël et qu'il venait de recevoir tout ce qu'il avait demandé. Et moi, je suis très fière de mon fils aîné. Qu'est devenu le petit bourgeois tout juste bon à fumer des joints ? Après avoir affronté le serpent, il a même l'air d'avoir changé physiquement. Il me paraît plus grand, il a la mâchoire plus volontaire.

Il se tourne et surprend mon regard.

— Et puisque maman nous invite au restaurant, je commande un filet de bœuf, double épaisseur ! Et toi, petit bonhomme, tu en veux un aussi ?

— Y a intérêt ! s'écrie Ernie.

— Parfait. Parce que maman a raison, je le sens. Nous allons quitter cette île, très bientôt !

87

— Ne t'inquiète pas, murmura Peter en caressant la douce joue de Bailey. Je serai de retour en un rien de temps.

— C'est bien ce qui m'inquiète. Tu vas retrouver ta famille, tu vas revoir Katherine, et en un rien de temps tu me laisseras tomber.

Peter découvrait la vulnérabilité cachée sous la façade déterminée, si sûre d'elle de Bailey. Et il trouvait cela touchant, pour ne pas dire excitant.

— Fais-moi confiance, quoi qu'il se passe pendant ce voyage, je ne pourrai pas t'oublier.

Rassurée, Bailey saisit une belle fraise sur le plateau de petit déjeuner qu'ils s'étaient fait apporter, l'enroba délicatement de ses lèvres, puis la mordit en faisant un clin d'œil à Peter.

— Je te fais confiance, Peter, mais je ne sais pas si j'ai raison.

C'était lui qui avait eu l'idée de cette soirée sexe et champagne avant son départ pour les Bahamas. Il avait choisi pour cela le magnifique Alex Hotel, dans le Midtown, pour deux raisons, toutes deux d'ordre géographique. Il était situé non loin de la gare de Grand Central, où il pouvait aisément semer tout paparazzi qui aurait voulu le poursuivre à pied, et tout près du Midtown Tunnel, le chemin le plus court pour l'aéroport Kennedy. Son avion décollait dans moins de deux heures.

— Ah, au fait, il faudrait que tu me rendes un petit service, si tu peux, ma chérie.

Il se pencha sur le côté de l'immense lit et attrapa dans son sac de voyage un colis FedEx.

— Je n'ai pas eu le temps de le déposer hier soir, en venant ici. Ça ne te dérangerait pas de l'expédier après mon départ ?

Bailey jeta un coup d'œil à l'étiquette. Le colis était adressé à l'hôtel où Peter allait séjourner, aux Bahamas.

— Non, bien sûr, répondit-elle, malgré un petit mouvement d'hésitation.

Peter s'y attendait.

— Vas-y, demande-moi ce qu'il y a à l'intérieur.

— Non, ça ne me regarde pas.

Peter feignit la déception.

— Tu dis vouloir devenir avocate ? Et si ce colis contenait un produit interdit ? Tu pourrais involontairement te rendre complice d'un crime et perdre toute chance d'exercer ta profession.

Bailey saisit une autre fraise, pour la glisser, cette fois, dans la bouche de Peter.

— Je crois que je n'ai pas le choix. Je vais courir le risque.

Peter s'attendait également à cette réponse. Bailey avait confiance en lui.

Il mordit la fraise, puis regarda sa Rolex platine.

L'heure était venue de prendre l'avion, et de régler quelques affaires familiales.

88

On était loin de l'arrivée des Beatles à JFK dans les années 1960, mais les journalistes étaient tout de même venus en nombre. En début d'après-midi, le vol Delta 307 se posa sur l'aéroport international Sir Lynden Pindling, sur l'île de New Providence, Bahamas. Pour le plus grand bonheur des passagers curieux, et pour créer encore plus l'attente, Peter fit en sorte d'être le dernier à descendre de l'appareil.

Un sac de voyage noir à l'épaule, il s'approcha de la meute des journalistes massés sur le tarmac, cernés par un cordon rouge.

Tout ça pour moi ?

Peter avait pris un vol commercial, car il voulait que ses motivations ne soient pas mises en doute par la presse, qui allait probablement lui reprocher de contrarier les efforts des garde-côtes en organisant ses propres recherches.

Avec l'aisance et l'assurance d'un vieil habitué des prétoires, Peter se montra donc extrêmement clair.

— Je ne pourrais plus me regarder dans une glace si j'avais une seule seconde le sentiment de n'avoir pas fait tout ce qui est en mon pouvoir pour secourir ma famille. D'autant que j'ai ma licence de pilote.

Les journalistes gobèrent tout. Comme d'habitude. Il suffisait de leur servir la salade sur un plateau. De plus, la chaleur était terrible, presque insupportable, et tous étaient pressés de retourner à l'ombre et de transmettre leur reportage.

Peter les remercia d'être venus et les planta sur place. Après avoir passé sans encombre le contrôle des passeports et les douanes, il sortit de l'aérogare, en quête d'un taxi.

Sur le trottoir, un panneau électronique annonçait la température, en clignotant. 38 °C. Juste à côté, une pub mettait en garde contre les coups de soleil en affichant un type grassouillet, en maillot de bain, rouge comme une écrevisse.

— Il fait assez chaud pour vous ? demanda l'homme, juste derrière Peter.

Peter se retourna et se retrouva face à Andrew Tatem. Il reconnaissait le capitaine des garde-côtes pour l'avoir vu à la télévision, au moment de sa conférence de presse, à Miami. Il avait fait le déplacement jusqu'aux Bahamas et venait affronter personnellement Peter. Pour quelle raison ?

— Monsieur Carlyle, je suis…

— Le capitaine Andrew Tatem, oui, bien sûr. Bonjour, comment allez-vous ?

— Bien, bien. Vous semblez surpris de me voir.

Peter opina du chef. À quoi bon le cacher ?

— Effectivement. Ne m'aviez-vous pas dit que vous restiez à Miami même si les recherches se poursuivaient ici ?

— Oui, c'était ce qui était initialement prévu.

— Qu'est-ce qui a changé ?

— Monsieur Carlyle… C'est vous qui avez changé !

89

— Puis-je vous déposer à votre hôtel? proposa Tatem. Ce serait avec plaisir.

— Je vous remercie, mais le taxi me convient très bien, répliqua immédiatement Peter.

— Je vous assure, ça ne me pose aucun problème. En fait, ça nous donnera même l'occasion de parler un peu. Montez avec moi.

Peter lança à Tatem un regard en biais. Manifestement, il allait être très difficile de refuser sa proposition.

— D'accord, accepta Peter à contrecœur. Merci, c'est très aimable à vous. Je suis au Sheraton Resort, à Cable Beach.

Un instant plus tard, il se retrouvait assis à l'avant d'une très officielle berline noire.

— Monsieur Carlyle, vous ne devriez pas être ici, commença Tatem quelques secondes après leur départ de l'aéroport.

Décidément, il ne perdait pas de temps. Et pour quelqu'un qui s'exprimait de façon aussi mesurée, il avait le pied lourd.

Peter regardait les palmiers défiler à toute allure.

Il n'y a pas de limites de vitesse aux Bahamas? Ce peigne-cul essaie de me faire peur, ou quoi?

Tatem, dont le regard allait continuellement de la route à Peter, poursuivit :

— Vous savez, monsieur Carlyle, je me fiche pas mal que vous soyez aux Bahamas. Ce que je veux dire, c'est que vous ne devriez pas vous mêler aux recherches.

Peter se frotta le menton comme s'il méditait le point de vue de Tatem, ce qui n'était pas le cas. L'accueil du capitaine à l'aéroport l'avait surpris, certes, mais son opinion n'avait rien d'étonnant. Il ne tenait pas à ce que Peter fasse son boulot à sa place, évidemment. Ce n'était pas dans son intérêt.

— Craignez-vous que je ne vous complique la tâche ? demanda Peter.

— Pour être franc, oui.

— L'océan est vaste, vous savez.

— Vous savez que ce n'est pas ce que je veux dire.

— Oui, vous redoutez que ma présence ne fasse qu'attiser l'embrasement médiatique. Je l'ai bien compris.

Tatem acquiesça.

— Diriger des opérations de recherche n'est déjà pas une mince affaire, alors s'il faut, en plus, s'occuper des journalistes…

— Ne vous occupez pas d'eux, dans ce cas.

— Avec tout le respect que je vous dois, quelqu'un comme vous devrait savoir que ce n'est pas réaliste.

— Avec tout le respect que je vous dois, je crois que vous craignez surtout que je retrouve ma famille avant vous.

Tatem lui décocha un regard d'acier.

— Je vous assure que ce n'est pas le cas. Je ne fonctionne pas ainsi.

— Bien, alors je ne vois pas où est le problème. Je veux juste qu'on les retrouve, capitaine, c'est tout.

— Moi aussi. Nous sommes formés pour cela.

— Ah, je vois. Vous voulez que je laisse travailler les professionnels ?

— C'est un peu ça, oui.

— Vous voulez dire, les fameux professionnels qui avaient suspendu les recherches ?

Piqué au vif, Tatem se raidit.

— Vous savez aussi bien que moi que la position du bateau…

Peter, excédé, ne le laissa pas poursuivre.

— Écoutez, il est hors de question que je reste assis plus longtemps à attendre les résultats de vos recherches. Tant pis si ça vous dépasse ou si ça ne vous plaît pas.

Le silence s'installa. Pour l'avocat, ravi, c'était la fin de la discussion. Que pouvait faire Tatem, que pouvait-il dire de plus ? Il allait simplement le déposer à son hôtel.

— Comme je vous l'ai dit, je suis au Sheraton de Cable Beach. Savez-vous où ça se trouve ?

— Oui, répondit sèchement Tatem.

Ils avaient dû parcourir une dizaine de kilomètres. Ils roulaient toujours aussi vite sur une côte particulièrement sinueuse.

— C'est encore loin ? s'inquiéta Peter.

— Un peu moins de deux kilomètres.

Le silence, de nouveau. Peu après, Peter poussa un soupir de soulagement en apercevant un panneau beige et marron annonçant le Sheraton. L'entrée se trouvait juste derrière ainsi qu'un jardin tropical luxuriant, une superbe plage de sable blanc, des pins australiens ondulant dans la brise…

Mais Tatem ne ralentit pas.

Bien au contraire, il accéléra. Pied au plancher.

90

Pour la cinquième fois, Peter exigea une réponse. Où Tatem le conduisait-il ?

Pour la cinquième fois, Tatem l'ignora, comme s'il était seul dans le véhicule.

Jusqu'au moment où ils franchirent le haut portail de fer forgé de l'ambassade des États-Unis, en plein centre de Nassau.

— Suivez-moi, ordonna Tatem après avoir garé le véhicule devant le bâtiment.

Peter n'eut d'autre choix que de lui emboîter le pas. Ils pénétrèrent dans l'ambassade, longèrent un grand couloir étroit. La climatisation devait être en panne. Il faisait si chaud que quelques pierres et un seau auraient suffi à transformer l'endroit en sauna. Les ventilateurs de plafond ne faisaient que brasser un air presque irrespirable.

Au bout du couloir, Tatem s'arrêta devant la dernière porte.

— Entrez, dit-il en s'effaçant.

Peter fixa la porte fermée. Une perle de sueur roula le long de ses favoris. Ce Tatem se révélait plus coriace qu'il ne l'avait laissé paraître au téléphone.

— Vous ne m'accompagnez pas ?

— Non, répondit le capitaine. Je me trouve hors de ma juridiction, comme on dit. Je vous attends dehors.

Et il s'éloigna, laissant Peter seul et désemparé.

Il entendait la radio filtrer d'une autre pièce. « Could You Be Loved », de Bob Marley, en sourdine. Un morceau des Animals aurait été plus approprié.

« We've Got To Get Out Of This Place[1]. »

Le panneau SORTIE, près de l'escalier, semblait le narguer quand la porte, devant lui, s'ouvrit brusquement.

— Bonjour, Peter, l'accueillit la jeune femme.

C'était le deuxième face-à-face imprévu de la journée, et celui-ci dépassait l'entendement. Peter n'aurait pu imaginer rencontre plus désagréable, ni plus inquiétante.

La dernière fois qu'il avait rencontré l'agent Ellen Pierce, c'était à Manhattan, dans une salle d'audience. Et elle le fusillait de ses beaux yeux marron. Au bout de deux ans d'enquête, elle avait réussi à faire tomber un parrain de Brooklyn qui dirigeait un trafic de drogue portant sur une centaine de millions de dollars.

Et Carlyle n'avait eu besoin que de deux petites semaines pour obtenir la libération du malfrat.

Quand les jurés étaient revenus annoncer leur verdict – non coupable –, elle n'avait pas pu s'empêcher de lâcher un « putain ! » sonore qui avait fait sourire Peter.

Que faisait Mme Pierce ici ?

Il leva les mains.

— Ne me dites pas que vous voulez me dissuader, vous aussi, de me lancer à la recherche de ma famille ?

---

1. « Faut qu'on se tire d'ici. » *(N.d.T.)*

Pierce sourit. Elle portait un polo blanc et un pantalon de lin couleur fauve. La tenue tropicale réglemen-
taire de la DEA ?

— Oh, non, lui répondit-elle. Moi, je trouve très
bien que vous vouliez rechercher vos proches par vos
propres moyens.

Elle lui fit signe de prendre place à la petite table de
réunion qui se trouvait derrière elle.

— Mais avant que vous ne vous mettiez à l'œuvre,
je crois qu'il y a une chose que vous devriez savoir. Je
suis là pour vous *aider*, Peter.

91

Jake Dunne, un passeur, un trafiquant de drogue ? L'oncle Jake, un délinquant ? Était-ce possible ?

Ce que venait de lui annoncer Ellen Pierce était inconcevable, et pourtant, de toute évidence, il ne s'agissait pas d'une plaisanterie. La DEA était réputée dans des tas de domaines, mais l'humour n'avait jamais fait partie de ses points forts.

— Jake Dunne est dans notre collimateur depuis plus d'un an, expliqua l'agent Pierce en croisant ses bras graciles sur la table. Il a été vu à de nombreuses reprises en compagnie d'un trafiquant notoire, et les itinéraires de ses déplacements sont suspects, c'est le moins qu'on puisse dire. Malheureusement, nous n'avons rien pu prouver pour l'instant. Les éléments dont nous disposons ne suffiraient pas à le faire condamner.

— Même si vos soupçons à l'égard de Jake sont fondés, quel rapport cela a-t-il avec la disparition de ma famille ? Leur voilier a été pris dans une tempête.

— Effectivement, mais nous ne savons pas encore de manière certaine si cette tempête est à l'origine du naufrage. Une autre possibilité subsiste : Dunne voulait peut-être allier l'utile à l'agréable. Skipper le bateau tout en effectuant une livraison.

— Une livraison où ? demanda Peter.

Les révélations de l'agent Pierce l'intéressaient au plus haut point.

— En général, les échanges de ce type se pratiquent au large. Entre deux bateaux, avec personne d'autre à des milles à la ronde. Si c'est ce que Jake Dunne avait prévu et qu'il y a eu une altercation – un différend d'ordre financier, par exemple –, je crains que votre femme et ses enfants n'en aient fait les frais. C'est une hypothèse de travail, en tout cas.

— D'accord, mais si on en croit le message dans la bouteille, ils sont en vie, argua Peter. Du moins, je prie pour qu'ils le soient.

— Moi aussi, monsieur Carlyle. En fait, j'y compte bien. Et pour avoir constaté, devant une cour de justice, la détermination dont vous êtes capable, je suis prête à parier que c'est vous qui les trouverez le premier. C'est pourquoi je veux que vous preniez ceci.

Elle plongea la main dans sa poche et plaça sur la table un téléphone mobile noir au design très élégant. Un modèle que Peter ne connaissait pas ; pourtant, il pensait les connaître tous. Il le soupesa et l'observa comme s'il venait de tomber du ciel.

— Oui, j'ai eu la même réaction la première fois que je l'ai vu, lui dit Pierce. Attendez, je vais vous montrer comment ça marche. Rien de plus facile, en fait. Pas besoin d'être un expert.

Elle lui prit l'objet des mains et l'ouvrit comme un boîtier de maquillage, dévoilant un clavier situé à l'opposé de ce qui ressemblait à un panneau solaire miniature.

— C'est un téléphone satellitaire, c'est ça ? demanda Peter.

Ellen hocha la tête.

— Le meilleur que le gouvernement puisse offrir. Étanche, antichoc, avec une batterie aux nanotubes de carbone capable de tenir plus d'une centaine d'heures. Un signal parfait, totalement crypté. Personne ne peut intercepter les appels.

— Super, concéda Peter. Pourquoi faut-il que j'en aie un ?

— Parce que, quel que soit l'endroit où vous vous trouverez, vous devrez me contacter à la seconde même où vous aurez établi un contact avec Jake Dunne et votre famille. Je dois être au courant avant la presse, et même avant les garde-côtes, si possible.

— J'ai bien saisi, agent Pierce, mais pourquoi ?

— Si certaines personnes ont cherché à tuer Jake Dunne, on peut supposer qu'elles en ont toujours l'intention. C'est pourquoi nous devons être les premiers à le récupérer. Pour le protéger et, surtout, protéger votre famille. Votre femme et ses enfants sont en compagnie, je vous le rappelle, d'un trafiquant de drogue.

Peter avait du mal à croire que tout ceci était réel.

— C'est vraiment bizarre. Je veux dire, le fait que vous m'aidiez. Vous ne m'aimez pas beaucoup, pourtant.

— C'est vrai, je ne vous aime pas. Cela étant, vous avez votre boulot, et j'ai le mien. Maintenant, ajouta-t-elle en souriant, si vous le voulez bien, partez à la recherche de votre famille.

92

Je me souviens d'une nuit, à la Cleveland Clinic. J'étais interne, je faisais une garde de vingt-quatre heures et j'avais droit à une sieste d'une heure. J'étais épuisée, il fallait absolument que je récupère un peu.

Malheureusement, impossible de dormir. J'étais trop fatiguée. Alors, j'ai allumé le vieux poste de la salle des médecins et j'ai commencé à regarder un documentaire sur Ansel Adams. Ou bien était-ce Franklin B. Way ? Je ne sais plus. Quoi qu'il en soit, je me souviens très bien de l'expression utilisée pour décrire cet instant de la journée où la lumière naturelle est, au dire des photographes, parfaite.

L'heure magique.

Assise sur le sable, face à l'océan, je regarde le soleil embraser l'horizon, et je crois bien que c'est exactement ce dont parlait le documentaire. Magnifique.

Le comble, c'est qu'à New York je ne voyais quasiment jamais le soleil se coucher. D'ailleurs, c'est tout juste si je sortais à l'air libre. Je passais le plus clair de mon temps debout dans un bloc stérile et aveugle, à surveiller alternativement des signaux de sondes cardiaques et un cœur en train de battre devant moi, sur une table d'opération.

Et je ne regrette rien. Je faisais le bien autour de moi. Mais le comble, comme je le disais, c'est qu'il aura fallu cette dramatique aventure pour que je sois vraiment à même d'apprécier une chose aussi simple qu'un coucher de soleil.

— Hé, maman ! lance Ernie en courant vers moi.

Il se plante de profil, et je vois bien qu'il rentre un peu le ventre. Il est vraiment mignon.

— J'ai perdu combien de kilos, à ton avis ?

Mon petit rondouillard est indéniablement beaucoup moins rondouillard qu'avant. Il en a sans doute perdu trois ou quatre, et ça se voit. C'est d'autant plus impressionnant qu'à la maison il n'a jamais réussi à perdre un gramme.

Je regarde son visage rayonnant de fierté, puis son ventre, et suis sur le point de le féliciter d'avoir autant minci quand, soudain, j'ai l'impression que mes yeux sortent de leurs orbites.

Derrière son nombril se profile un bateau !

— Quoi, maman ? dit-il en se regardant, épouvanté. Y a un problème ?

— Pas de problème, lui réponds-je. Tout va bien !

Mieux que bien, même.

Les mots peinent à sortir de ma bouche.

— Ernie, où sont ton frère et ta sœur?

— Ils sont en train de cueillir des baies. Pourquoi?

— À cause de *ça*, dis-je en pointant le doigt vers l'horizon. Regarde là-bas.

Il se retourne et, comme moi, aperçoit l'immense voilier, assez proche pour que nous puissions distinguer la forme de ses voiles. Ce n'est pas qu'un simple point à l'horizon, comme les autres bateaux que nous avons aperçus, beaucoup trop loin pour nous remarquer.

Avec celui-ci, nous avons une réelle chance.

— Vite, va chercher Mark et Carrie! Nous devons allumer les feux. Dépêche-toi, Ernie, cours!

Il déguerpit pendant que je me relève tant bien que mal. Si je pouvais, je ferais des sauts et des cabrioles, n'importe quoi pour attirer l'attention. Je prie pour que quelqu'un, à bord de ce bateau, ait des jumelles.

Regardez par ici! Si je vous vois, vous pouvez me voir!

— Oh, putain! crie Mark quelques secondes plus tard en émergeant des broussailles, suivi de Carrie.

Ernie, qui ne court pas aussi vite qu'eux, ferme la marche.

— Tu vois, tu vois, je te l'avais dit!

— Ouais, mais maintenant, il faut qu'eux aussi nous voient !

Il se précipite vers notre feu de camp, attrape notre « allumette » confectionnée à l'aide d'un gros bâton enveloppé dans un bout de couverture, l'arrose avec l'alcool à désinfecter de la trousse d'urgence, l'enfonce brièvement dans le feu et court vers les trois tas de feuilles et de branches que nous avons préparés. On dirait qu'il porte la flamme olympique.

— Et voilà !

Ils prennent feu immédiatement. Les flammes sont presque du même orange que le ciel.

Alors que le soleil sombre derrière l'horizon, nous restons là, à regarder alternativement le bateau et les feux comme si nous pouvions les rapprocher par la force de notre volonté.

— Allez ! implore Carrie. Ils vont nous voir, forcément !

C'est le moment que nous attendions. Il ne peut pas en être autrement. Nous le méritons. Nos trois feux forment un triangle parfait. Je sens leur chaleur alors que je me tiens à une quinzaine de mètres d'eux. C'est sûr, d'un moment à l'autre, nous allons apercevoir un signal du bateau. Un éclair de lumière, une fusée éclairante dans le ciel. Quelque chose.

Je regarde les enfants et découvre sur leur visage l'espoir qui m'envahit. Hélas, cinq, dix, vingt, trente, puis quarante minutes s'écoulent, sans le moindre signal du bateau, et notre espoir s'amenuise. Lentement, douloureusement. Nos feux commencent à mourir. La plage s'assombrit, dans tous les sens du terme.

J'ai envie de pleurer, mais je me retiens. Par égard pour les enfants, pour moi-même. Mais c'est tellement injuste.

— Il y aura un autre bateau, bientôt, vous verrez.

Les enfants savent très bien que j'essaie de leur remonter le moral, mais au lieu de me rembarrer, comme ils le font d'habitude, ils m'encouragent.

Comme si nous étions tous en train de nous rendre compte qu'un espoir déçu vaut mieux que pas d'espoir du tout.

Finalement, chaque nouveau coup du sort nous renforce.

94

Devoux s'était installé au fond du Billy Rosa, l'un des bars les moins chic des faubourgs de Nassau, et regardait encore une fois sa montre. Il était venu aux Bahamas pour une seule et unique raison : couvrir ses arrières. Si Carlyle avait besoin d'un coup de main, il serait là pour intervenir. Il espérait toutefois qu'on n'en arriverait pas là.

Ils ne pouvaient pas se permettre le moindre raté, il le savait. Tout devait se dérouler comme prévu, gentiment, proprement. Une mécanique bien huilée.

Carlyle avait pourtant plus d'une demi-heure de retard. Ils étaient censés étudier une dernière fois son plan de vol et la façon précise dont il allait commettre les meurtres. Que fichait-il ?

— J'ai été retardé, expliqua Peter quelques minutes plus tard.

Il raconta son entretien avec l'agent Pierce. Ce rebondissement, fruit d'une étrange coïncidence, pouvait se résumer de la manière la plus simple : Jake Dunne allait porter le chapeau.

— Vous parlez d'un coup de chance, hein ? se félicita Peter.

Il lâcha l'un de ses insupportables ricanements, se pencha en avant et ajouta dans un murmure :

— L'espace d'un instant, j'ai bien failli la croire, cette connasse.

Devoux, indécis, se frotta le menton.

— Qu'est-ce qui vous a mis sur la piste ?

Peter mit la main dans sa poche.

— Ça. Elle me l'a donné pour que je puisse l'appeler dès que j'aurai retrouvé Katherine et les gosses.

Devoux contempla le téléphone satellitaire avec des hochements de tête entendus.

— Il y a un mouchard à l'intérieur.

— Exactement.

— Vous êtes sûr que ce n'est pas que de la parano, Peter ?

— Non, elle se doute de quelque chose, c'est évident. Je ne sais pas comment ni pourquoi, mais c'est sûr.

Devoux, à son tour, sortit quelque chose de sa poche. Un couteau suisse, un vrai, un rouge.

— Donnez-moi votre téléphone.

— Qu'allez-vous faire ?

— Donnez-moi ce téléphone, je vous dis.

Peter s'exécuta.

— Faites très attention. Elle ne doit pas s'imaginer que j'y ai touché.

Devoux négligea les ciseaux pliants et le tournevis. Il sortit directement la lame et l'inséra vigoureusement dans la fente du boîtier. Un coup de poignet, et l'appareil s'ouvrit comme une huître.

— Croyez-moi, si vous avez vu juste au sujet de votre copine de la DEA, ce sera le moindre de vos soucis.

Les environs du Billy Rosa n'étaient pas vraiment propices à une planque. Ils n'étaient d'ailleurs pas propices à grand-chose, aux yeux d'Ellen. À gauche du bar, l'ossature calcinée d'un entrepôt incendié. À droite, un cimetière de voitures où rouillaient des épaves de toutes sortes. Tout autour, des raisiniers de mer à l'agonie et des herbes blanchies par le sel piquetaient un sol glabre et sablonneux.

Bref, le décor n'avait rien d'une publicité pour les Bahamas.

Mais Ellen devait s'en accommoder.

Elle commença par garer la Honda bleu nuit qu'elle avait louée au beau milieu du cimetière de voitures, en ouvrant le capot pour qu'on la remarque moins. Puis elle se tapit derrière un raisinier, à environ soixante-dix mètres de l'entrée du bar.

Et elle attendit.

Le soleil se couchait, mais la chaleur demeurait intense. Ellen suait à grosses gouttes, et ses vêtements étaient trempés, tout comme la courroie de cuir des puissantes jumelles suspendues à son cou.

Pourquoi avoir choisi cet endroit pour boire un verre, Peter Carlyle, alors qu'il y en a tant d'autres magnifiques sur cette île ?

Tout en observant les alentours, elle regardait de temps à autre le récepteur qu'elle tenait à la main et qui captait le signal émis par le téléphone qu'elle avait donné à Carlyle. Sur l'écran de la taille d'une carte de crédit apparaissait un relevé topographique du secteur, en 3D, sur lequel un point rouge indiquait très précisément la position de Carlyle à l'intérieur du bar Billy Rosa.

Elle sourit. Elle avait réussi à transformer cet avocat répugnant en balise vivante. Cela lui éviterait ainsi d'avoir à le pister vingt-quatre heures sur vingt-quatre.

Il lui suffisait de le localiser quand c'était important.

Comme maintenant.

Ellen scruta la petite douzaine de voitures garées devant le bar. Certaines ne valaient pas beaucoup mieux que les épaves du cimetière voisin. La plus éloignée, en revanche, sortait largement du lot.

C'était un coupé Mercedes 600 CL. Sans être une passionnée d'automobiles, Ellen avait appris deux ou trois choses au fil des ans, à force de filer des narcotrafiquants. Avec ses connaissances en matière de Ferrari, Porsche et autres Mercedes, elle aurait pu obtenir des piges dans les magazines spécialisés.

En temps normal, la 600 CL, qui affichait plus de cinq cents chevaux et un prix catalogue d'environ cent cinquante mille dollars, attirait déjà les regards. Ici, devant un bar aussi pourri que le Billy Rosa, on ne voyait qu'elle.

Et plus Ellen contemplait la Mercedes, plus elle pressentait que ce bijou avait un rapport avec Peter Carlyle.

Deux minutes plus tard, ses soupçons se révélèrent fondés.

Carlyle sortit du bar. Et il n'était pas seul.

Ellen ajusta rapidement ses jumelles. L'avocat était accompagné d'un homme sensiblement de la même taille et de la même corpulence, mais peut-être un peu plus jeune. Il portait un pantalon de lin blanc, une chemise de soie bleu marine et des lunettes de soleil à verres miroir. Il avait l'air aussi antipathique que Carlyle.

Les deux hommes échangèrent quelques mots avant de se séparer. Ils ne se serrèrent pas la main, c'est même tout juste s'ils se saluèrent.

Carlyle se dirigea vers une Toyota Corolla blanche, tandis que son mystérieux acolyte s'installait au volant de la belle Mercedes.

Ellen abaissa ses jumelles et attendit que les deux véhicules démarrent.

Alors, qu'est-ce qu'on prépare, Peter? Qui est ton nouveau copain? Quelqu'un que je devrais connaître?

Il n'y avait qu'un moyen de le savoir.

96

Ellen courut jusqu'à la Honda, referma le capot, monta et démarra en trombe. Le véhicule fit immédiatement connaître sa désapprobation.

La lutte était inégale. Comment Ellen pouvait-elle espérer rattraper la Mercedes ? Mais elle allait essayer.

M. X était l'élément qui donnerait un coup d'accélérateur à l'enquête, elle en avait la certitude. Il n'avait pas l'air clair. Carlyle, elle le rattraperait plus tard. Ce n'était pas un problème, grâce au mouchard.

Non, le vrai problème filait devant elle, sur la petite route. La Mercedes n'était déjà plus qu'un point à l'horizon. Bientôt, elle aurait disparu.

Mais ce ne fut pas le cas.

Ellen, incrédule, vit soudain le point grossir. M. X avait levé le pied. Il prenait son temps. Ce devait être lié à l'état de la route.

Si Carlyle avait emprunté la même voie qu'Ellen à l'aller, M. X était parti dans la direction opposée, vers l'inconnu. Et en fait de route, ils roulaient à présent tous deux sur un chemin de terre cahoteux, sinueux. Pas une construction en vue, pas même une pancarte ou un panneau publicitaire. Si le bar était déjà isolé, ici, on était au beau milieu de nulle part.

Soudain, contre toute attente, Ellen dut freiner. Elle se rapprochait trop vite du coupé, il fallait qu'elle ralentisse pour ne pas éveiller les soupçons.

Où va-t-on, monsieur X ?

Pour l'instant, il refusait de dévoiler ses intentions.

Les kilomètres se succédèrent. Sans quitter la Mercedes des yeux, Ellen commença à penser à autre chose. Elle entendait la voix de son grand-père, comme s'il était assis à côté d'elle. Avec son staccato épais et rauque, il citait l'une de ses expressions préférées.

« Il faut toujours préférer le diable qu'on connaît à celui qu'on ne connaît pas. »

À l'époque, Ellen n'était qu'une jeune fille, et elle n'avait jamais vraiment compris ce que cela signifiait. Sans doute était-ce la raison pour laquelle elle avait oublié ce dicton.

Jusqu'à aujourd'hui.

Elle regarda le compteur à travers le volant. M. X ne dépassait guère les cinquante à l'heure. Il n'était manifestement pas pressé.

Puis, tout à coup, la Mercedes accéléra, fila comme un missile et disparut derrière un nuage de poussière avant qu'Ellen pût réagir.

Merde !

Elle mit le pied au plancher, mais la cause était sans doute perdue. Avec sa petite Honda, elle ne faisait pas le poids. Elle ne voyait plus son client.

Et elle ne vit pas la balle destinée à son front.

97

Deux, trois centimètres, pas plus.

Elle faillit mourir ici, sur une route perdue des Bahamas.

Le projectile traversa le pare-brise et frôla l'oreille droite d'Ellen, dans une pluie d'éclats de verre. La jeune femme ne comprit pas immédiatement ce qui lui arrivait. Puis elle le vit.

Droit devant elle, l'inconnu, planté au milieu du chemin, la visait avec un Beretta 9 mm.

Couche-toi !

Lorsqu'il fit feu une deuxième fois, Ellen se jeta sur le siège passager tout en écrasant la pédale de frein. Son front heurta la boîte à gants tandis que la voiture dérapait et s'arrêtait enfin.

Elle resta une seconde hébétée, le crâne vrillé par une douleur lancinante. Elle tendit l'oreille. Pas de troisième coup de feu. Pis : un bruit de pas.

Le type s'approchait d'elle.

Mon arme ! Où est mon arme ?

Elle tâtonna sa jambe droite, sentit le grain du cuir usé de son holster de mollet, mais pas l'arme. Elle avait dû tomber !

Les pas s'arrêtèrent. Prise de panique, Ellen se contorsionna et leva les yeux vers la vitre, côté passager. Il était là, juste là, masquant le soleil couchant. Comme éclipse, Ellen avait déjà vu mieux.

Il leva le bras, arma le chien de son pistolet sans la moindre lueur de remords dans le regard. De toute évidence, il avait déjà tué. Et il était sur le point de recommencer.

Non !

Ellen passa la marche arrière et son pied sauta de la pédale de frein à l'accélérateur. Un troisième coup de feu fracassa la vitre du côté passager.

Mais il la manqua à nouveau.

La voiture fonçait en marche arrière. Tête baissée, Ellen tenait le volant d'une main en s'efforçant de garder une trajectoire à peu près droite. De l'autre, elle cherchait désespérément son arme en tâtonnant sous le siège conducteur.

La voici !

Ellen saisit la crosse et ramena l'arme contre elle. Jamais le contact froid de l'acier ne lui avait paru si délicieux. Puis elle braqua complètement le volant pour faire tourner la voiture, comme une toupie. Elle avait bien le droit, elle aussi, à son nuage de poussière.

À ton tour, salopard.

98

Ce n'était plus un chemin, mais une vraie tornade, type Kansas.

Ellen quitta la colonne de poussière au bout du deuxième tour complet et recula sur une centaine de mètres.

Elle s'arrêta cinq secondes, le temps de lever les jambes pour dégager à coups de pied ce qui restait du pare-brise. Pendant que le verre crépitait sur le capot, elle enleva la sécurité de son pistolet.

Puis elle écrasa l'accélérateur.

La petite Honda bleue bondit en toussotant. Cinquante, soixante-dix, quatre-vingt-dix à l'heure. Elle émergea du nuage de poussière à plus de cent trente !

Tu es toujours là, monsieur X? Aujourd'hui, c'est toi qui vas te faire abattre!

À la seconde où elle l'aperçut, elle ouvrit le feu. Il était toujours au beau milieu du chemin, à l'endroit même où elle l'avait laissé. Avec, cette fois, une différence de taille : son arme n'était pas visible.

Il restait planté là, à la regarder foncer sur lui. Il voulait mourir ou quoi ?

Qu'à cela ne tienne ! Ellen était toute disposée à exaucer son souhait.

Au stand de tir, elle faisait de beaux cartons, mais on ne lui avait pas appris à tirer depuis un véhicule roulant à vive allure sur un chemin défoncé. Elle envoya trois balles dans le décor avant que son cerveau ne procède aux réglages nécessaires. Elle tenait maintenant sa visée.

Et c'est alors qu'elle vit l'homme sortir le Beretta caché derrière son dos.

99

Devoux allongea brusquement le bras, bloqua son coude et tira. Une seule fois.

Dans le mille.

Il y eut une jolie déflagration quand le pneu avant droit explosa. Des lambeaux de gomme tourbillon-nèrent, et la petite voiture partit en tête-à-queue.

Le reste n'était qu'une question de physique pure. Devoux devinait que la femme essayait de freiner à mort.

C'est beaucoup trop tard, ma chérie. Tu n'as pas encore compris que, pour toi, c'est fini.

Les deux roues gauche quittèrent le sol, vite imitées par celles de droite. La voiture décolla, fit un tour sur elle-même, puis deux, avant de s'écraser sur le toit dans un épouvantable fracas. L'habitacle n'était plus qu'un amas de tôles tordues.

Le moteur se mit à siffler, des flammes s'échap-pèrent de la calandre, dégageant une épaisse fumée noire. Devoux attendait que la poussière retombe, arme au poing, guettant un signe de vie.

Il vit bientôt une main ensanglantée surgir, côté pas-sager, et labourer le sable. La fille tentait de s'extraire du véhicule.

Ah, décidément, elle s'accroche, celle-là !

Plus pour longtemps. Devoux se rapprocha, d'abord au pas, puis au petit trot. Il était temps d'en finir avec elle, agent de la DEA ou pas.

C'était nécessaire. Elle constituait un élément perturbateur, un risque qu'il ne pouvait pas se permettre de prendre. Tant qu'elle vivrait, elle s'intéresserait aux activités de Peter Carlyle, et elle était bien fichue de découvrir quelque chose.

Il s'arrêta net.

Un autre véhicule approchait à toute allure. Un témoin oculaire, voire plusieurs. Mais il avait encore le temps d'agir. Plus que quelques dizaines de mètres à parcourir, et il pourrait donner le coup de grâce à l'agent Pierce.

Merde.

Une autre main sortit de la voiture retournée, et celle-ci tenait une arme. Lentement, maladroitement, la jeune femme pointa son pistolet dans sa direction.

Il était temps de prendre le large. Devoux rebroussa chemin et démarra en trombe. La Mercedes fit des embardées. Dans son rétroviseur, il vit l'agent Ellen Pierce se relever difficilement, tremblante et couverte de sang, pour le regarder s'éloigner.

Je te tuerai un autre jour, ma chérie.

100

Quand le capitaine Andrew Tatem arriva aux urgences de l'hôpital Princess Margaret, à Nassau, on le conduisit immédiatement dans une salle d'examen toute proche. C'était l'un des avantages de l'uniforme et du grade. Généralement, les gens laissaient tout tomber pour vous venir en aide.

Le message relayé par le siège de la Basra, le groupement chargé des secours aériens et maritimes aux Bahamas, indiquait simplement qu'Ellen Pierce se trouvait à l'hôpital, sans préciser pourquoi, ni si elle avait été blessée.

Le petit mystère s'éclaircit dès qu'il la découvrit alitée, couverte de coupures, d'ecchymoses et de pansements de la tête aux pieds.

— Mon Dieu, que s'est-il passé ? lui demanda-t-il.

— Un problème de voiture, répondit-elle sans rien perdre de son sens de l'humour. J'ai crevé, en fait.

Elle décrivit sa confrontation armée avec l'inconnu du Billy Rosa. Elle avait la conviction que Carlyle et lui s'étaient donné rendez-vous dans ce bar. Dans quel but, elle l'ignorait, mais elle avait imaginé plusieurs hypothèses, dont aucune n'était vraiment rassurante.

Tatem partageait son pessimisme.

— On ne peut pas le laisser décoller demain matin, dit-il. Il faut le retenir.

— Croyez-moi, depuis que je suis dans ce lit, j'essaie de trouver un moyen. Légal, s'entend.

Tatem leva les yeux au ciel.

— Vous avez failli vous faire tuer, aujourd'hui. Ne serait-ce que pour gagner un peu de temps, je pense que vos supérieurs comprendraient que nous concoctions un plan pour retenir Carlyle sur cette île.

Ellen le regarda d'un air penaud.

— Qu'y a-t-il ? s'étonna Tatem. J'ai loupé quelque chose ?

Avant de parler, l'agent s'assura qu'ils étaient seuls. L'infirmière qui se trouvait dans le couloir était apparemment trop loin pour les entendre.

— Voyez-vous, officiellement, je ne suis pas ici, avoua-t-elle finalement.

— Je ne vous suis pas.

— Disons juste que mon patron, à New York, ne partageait pas vraiment mes inquiétudes au sujet de Peter Carlyle. Je suis à Nassau comme qui dirait… en vacances.

Tatem leva de nouveau les yeux au ciel en mesurant la portée des aveux d'Ellen.

— Attendez. Si j'ai bien compris, vous m'avez contacté de votre propre chef ? Vous opérez en solo, sans avoir eu de feu vert ?

— Vous avez tout deviné.

— J'ai horreur des devinettes. C'est donc pour ça que vous m'avez demandé de récupérer Peter Carlyle à l'aéroport. Il ne fallait pas qu'on vous voie avec lui.

— Je suis désolée. Je me rachèterai. Je ne sais pas encore de quelle manière, mais je le ferai.

— J'y veillerai, répondit Tatem avec un petit sourire.

En tout cas, l'agent Ellen Pierce faisait preuve d'initiative et elle n'avait pas froid aux yeux, ce qui lui plaisait. Évidemment, avec une fille comme elle, on s'attirait forcément des ennuis, mais c'était le genre d'ennuis qui l'excitait. Et, soit dit en passant, elle était également drôlement bien faite, même là, immobilisée sur son lit d'hôpital.

— Voilà le problème, dit-elle. Si Carlyle en veut à sa famille, le seul moyen de le retenir ici serait de l'arrêter. Et pour cela, il nous faut des preuves.

— Que nous n'avons pas, bien entendu.

— Non. Pour l'instant, nous n'en avons pas. (Elle réfléchit.) Attendez, et ce gilet de sauvetage que vos gars ont retrouvé, partiellement brûlé ? Combien de temps faudrait-il pour le faire analyser et voir s'il ne comporte pas des traces d'explosifs ?

— Ça dépend. Vous comptez mettre qui au courant ? Les Fédéraux ?

Ellen fit non de la tête.

— Je m'en doutais, poursuivit Tatem. Écoutez, les missions d'investigation ne font pas vraiment partie des attributions de l'US Coast Guard, mais je connais un type pas mal, à Miami, qui travaille dans un labo. Il pourrait nous donner une réponse d'ici dix-huit à vingt heures.

— Je pense que ça devrait suffire.

— Et en attendant, on fait quoi ?

— C'est bien simple. On prie pour que vos hommes retrouvent la famille Dunne avant cet enfoiré de Carlyle.

101

Peter patienta dans sa chambre d'hôtel, le lendemain matin, jusqu'à ce qu'il entende les mots magiques. Le téléphone sonna à 9 h 15.

— Un paquet pour vous, monsieur, lui annonça la réception.

Maintenant, il avait tout ce dont il avait besoin.

Trouver un avion s'était révélé très facile. En fait, il avait même eu le choix. Soucieuses de passer aux yeux des médias pour de bons Samaritains, une douzaine de sociétés de location étaient disposées à lui prêter gratuitement un appareil, persuadées de se rattraper sur les retombées publicitaires de ce fait divers ultramédiatisé.

Eh oui, tout le monde était opportuniste, et il en allait ainsi depuis des siècles. L'appât du gain demeurait l'un des fondamentaux de la nature humaine.

À 9 h 45, sur le tarmac de l'aéroport international Sir Lynden Pindling, Peter se livra à l'indispensable et obligatoire inspection visuelle de l'appareil qu'on lui prêtait, un SkyLiner TX5. C'était ce qu'on appelait un avion amphibie, capable de décoller et de se poser aussi bien sur terre que sur l'eau.

Il fit lentement le tour de l'avion. Les garde-côtes avaient dû partir en mission dès les premières lueurs de l'aube, mais leur avance ne l'inquiétait pas.

Bonne chance, les gars. Vous allez en avoir besoin.

Pendant que leurs ordinateurs tentaient d'établir la position des naufragés à partir d'un signal de balise trafiquée, d'un gilet de sauvetage retrouvé en mer et des habitudes migratoires du gros thon rouge, Peter délimiterait son périmètre de recherche en fonction du seul élément dont l'US Coast Guard ne disposait pas : la position exacte du *Famille Dunne* au moment de son naufrage.

L'avocat grimpa dans l'avion et se sangla. Même dans l'espace confiné du cockpit, il ne put s'empêcher de regarder furtivement autour de lui, comme un gamin s'apprêtant à tricher à un exercice de maths, avant de revoir une dernière fois son plan de vol et la façon dont il allait procéder pour supprimer sa famille. Puis il passa à la *check-list.* Tous les instruments, tous les voyants fonctionnaient. Les commandes répondaient. Aucun problème technique, en apparence.

Face à son tableau de bord, Peter n'était pas parfaitement concentré, et il le savait. Il avait l'esprit ailleurs. C'était plus fort que lui. Il ne cessait de songer à Katherine, à ses gosses, et surtout à ce qu'il leur réservait. Sa *check-list* après amerrissage.

1. Tuer tous ceux qui auraient survécu à l'explosion.

2. Les enterrer.

3. Faire semblant de poursuivre les recherches pendant quelques jours.

4. Renoncer, en larmes, devant les caméras du monde entier.

La voix de la tour de contrôle grésilla dans le casque de Peter.

« SkyLiner TX5, autorisé à décoller piste A3. À titre personnel, nous espérons que vous retrouverez votre femme et vos enfants. »

Peter remercia le contrôleur et esquissa un sourire derrière ses lunettes noires.

102

Pour un pilote, c'était une journée de rêve. Dans ce ciel quasiment sans nuages, perché à trois mille pieds, Peter avait une visibilité presque parfaite.

Il avait déjà survolé, à l'extrême sud de l'archipel des Bahamas, une demi-douzaine d'îles considérées comme inhabitées. Et qui l'étaient toujours.

Il lui restait deux options sérieuses, deux îles dont il avait les coordonnées.

Une demi-heure plus tard, il n'en restait plus qu'une.

Peter, qui n'était pas homme à douter de lui, mit le cap à l'est et poussa les gaz. Il commençait toute-fois à s'interroger sur l'efficacité du travail de Devoux qui, avec ses cartes et ses graphiques, lui avait laissé croire que les recherches seraient un jeu d'enfant. Tout comme l'ancien directeur de la CIA avait annoncé que mettre la main sur les armes de destruction massive de Saddam Hussein ne serait qu'une simple formalité.

Peter n'en demeurait pas moins honteusement avan-tagé par rapport aux garde-côtes, qui n'étendraient leurs recherches à cette partie de l'archipel que le len-demain, dans le meilleur des cas. Mais à quoi bon ce confortable délai s'il rentrait bredouille?

Il poussa encore les gaz, et l'appareil réagit en douceur. Il aimait beaucoup le comportement en vol de ce SkyLiner qui, même lorsqu'on le sollicitait, ne bronchait pas. Les moteurs ronronnaient. Pourquoi ne pas essayer de gagner encore un peu de temps ?

Il poussa encore un peu. Mais, cette fois, l'appareil se mit à toussoter bruyamment.

Peter eut un sursaut. Il regarda sur le côté, vit l'hélice gauche ralentir. Puis s'arrêter.

Immédiatement, l'avion se mit à tanguer et vira brutalement sur la gauche. Peter tira sur le manche à balai de tout son poids pour tenter de le redresser. De chaque côté, les volets avaient l'air intact, mais l'appareil perdait toujours le contrôle du roulis.

Quand l'avion amorça une vrille, Peter sentit son estomac se décrocher. Une fois, deux fois, il voulut relancer le moteur. Sans succès. L'appareil piquait de plus en plus du nez. Dans quelques instants, ce serait le crash.

En pleine mer.

Fallait-il y voir une intervention divine ? Existait-il, finalement, une sorte de justice cosmique ? Non, impensable.

Peter serra les dents. De toutes ses forces, il tira une dernière fois sur le manche à balai pour tenter de sortir de la spirale fatale. S'il parvenait à redresser l'appareil, il pourrait essayer de relancer le moteur.

C'est ça, petit gars, relève le nez ! Je sais que tu peux y arriver !

Le moteur bâbord éternua, toussa encore. L'hélice cliqueta, cliqueta, cliqueta.

Et redémarra.

Le moteur vrombit en crachant de l'air, et l'avion sortit enfin de la vrille. Quand il se stabilisa, quelques centaines de mètres au-dessus de l'eau, Peter se souvint qu'il devait respirer.

Il releva ensuite ses lunettes. Là, devant le nez de l'avion, l'île ! À midi, droit devant ! Et les silhouettes qu'il distinguait sur la plage n'étaient sûrement pas des touristes en train de bronzer.

Il rabaissa ses lunettes, réduisit les gaz et descendit. Il voulait passer assez près pour s'assurer d'avoir bien vu.

Pour être sûr que c'était bien eux.

103

Ce n'est pas moi qui l'ai vu la première, c'est Mark. Il hurle tellement fort que je suis d'abord saisie d'effroi. Il y a un problème et il a besoin de moi.

Je me retourne et je vois mon fils, près de l'eau, le bras tendu vers le ciel, comme possédé, et je comprends tout de suite que ce sont des cris de joie.

Carrie et Ernie, qui s'étaient allongés à l'ombre, en haut de la plage, se relèvent d'un bond comme des diables à ressorts. Et ils évitent de justesse la collision en courant rejoindre leur frère.

Personne ne parle d'allumer les feux. Ce n'est pas nécessaire !

C'est dire si cet avion vole bas. Il arrive droit sur nous, sans aucun doute possible. Il ne peut pas ne pas nous voir.

Carrie court tout de même vers notre SOS tracé à l'aide de cailloux et commence à faire des gestes élaborés pour le montrer. Elle me fait penser aux bimbos stupides des jeux télévisés. Mais peu importe. Nous allons être sauvés !

Hier, nous pensions être secourus par un bateau. Aujourd'hui, c'est un avion.

Il n'est plus qu'à quelques centaines de mètres et il descend, comme pour nous dire bonjour et nous signifier qu'il nous a vus.

Mark se remet à crier :

— Regardez ! Il a des flotteurs !

L'atterrissage, ou plutôt l'amerrissage, ne sera donc pas un problème.

Avec un grand *whoosh*, l'avion passe juste au-dessus de nos têtes en basculant. J'entraperçois le pilote, ou du moins sa silhouette. Un homme, apparemment. Si c'en est un, il va avoir droit au plus gros câlin de sa vie.

— Il va se poser ! crie Mark. Il arrive ! Il arrive !

Nous regardons l'appareil virer sur l'aile au bout de la plage et revenir vers nous, à l'horizontale, à une dizaine de mètres d'altitude. En je ne sais combien d'années de voile, je n'ai encore jamais vu un avion se poser sur l'eau.

Voilà une première dont je me souviendrai.

Il se rapproche, et les deux hélices dessinent des ronds parfaits dans le ciel. D'une seconde à l'autre, il va descendre et ses flotteurs grifferont doucement la surface de l'eau.

L'instant tant attendu, hélas, n'arrive pas.

Sous nos yeux, alors qu'il est si proche de nous, l'avion poursuit sa route. Le vrombissement de ses moteurs noie nos hurlements.

— Nooooon !

Hébétés, nous le regardons s'éloigner. Il ne vire pas, ne fait pas demi-tour. Il disparaît à l'horizon.

Qui est ce taré qui vient de nous narguer ?

Peter n'y voyait rien.

Mais il ne s'en plaignait pas, car c'était exactement ce qu'il voulait. Il avait volontairement attendu la tombée de la nuit pour avancer à couvert. Plus il ferait noir, mieux ce serait.

Il tentait de se frayer un chemin dans la végétation dense, enchevêtrée, en n'éclairant que le sol pour voir où il posait les pieds et éviter de faire office de phare ambulant. Il fallait que sa visite reste une surprise jusqu'au tout dernier instant. Et quelle surprise !

Il ne lui restait plus qu'à trouver la plage et régler définitivement son compte à sa jolie petite famille.

Le SkyLiner TX5 était à l'ancre de l'autre côté de l'île. Peter avait coupé les moteurs avant de se poser presque silencieusement à quelques centaines de mètres du rivage. Une manœuvre un peu périlleuse, certes, mais la seule manière de remplir sa mission avec succès.

Il avait fallu des heures pour que le courant rapproche l'avion de l'île, mais Peter avait du temps à revendre. Il regrettait juste de ne pas avoir pensé à ajouter quelques revues dans son colis FedEx.

Pour le reste, il avait tout ce qu'il lui fallait. Une pelle pliante, une lampe torche, une corde bien solide.

Et, surtout, le plus important : son Smith & Wesson .44 Magnum.

Peter pressa le pas. Il faisait chaud, et seuls quelques pépiements aigus troublaient le silence de la nuit. Il entendait battre son cœur. Ses veines charriaient des flots d'adrénaline. Tuer ne serait peut-être pas aussi simple, finalement.

À la faveur d'une trouée, il aperçut bientôt une petite lueur orange.

Leur feu de camp.

La plage n'était qu'à quelques mètres. Après avoir atteint le sable, il envoya voler ses chaussures bateau et avança à pas de loup, dans le sable meuble.

Au bout d'un moment, ses yeux commencèrent à distinguer les différentes formes qui se trouvaient près du feu. Des corps allongés, profondément endormis. Pas le moindre mouvement. Il entendait même des ronflements.

Une grande famille unie et heureuse.

Mais qui était qui ?

Il était important de le savoir, car il réservait sa première balle pour Katherine. Pour lui épargner le spectacle de la mort de ses enfants.

Peter fit encore un pas, scruta le groupe. Les flammes dansèrent légèrement, illuminant le visage de son épouse pendant une fraction de seconde.

Ah, tu es là, ma chérie !

D'un geste rapide, bras tendu, il pointa le canon de son revolver sur la tête de sa femme, et visa entre les deux yeux. Il ne lui restait plus qu'à appuyer sur la détente.

Du moins aurait-on pu le croire.

« Mais je vous assure, mesdames et messieurs les jurés, que j'étais là pour sauver les miens, pas pour les tuer. »

SIXIÈME PARTIE

Ne faites confiance à personne

105

Les avocats de Peter, une véritable *dream team*, se concertaient à mi-voix autour de la table de la défense. On aurait dit une publicité pour les costumes Paul Stuart. Quant à l'accusé, qui avait troqué son Brioni peu discret contre un complet de flanelle grise Brooks Brothers, il observait les jurés qui regagnaient leur box après une pause déjeuner d'une heure.

Seul un innocent peut regarder un juré droit dans les yeux, messieurs dames. Pour ma part, c'est ce que j'ai toujours constaté.

— Que tout le monde se lève ! tonna le greffier.

Le juge Robert Barnett se dirigea vers son fauteuil. Ce magistrat de cinquante-cinq ans, aux cheveux blancs lissés en arrière et séparés par une raie impeccable, était un pragmatique, qui aimait aller droit au but. Il oublia les amabilités d'usage – pas même un « veuillez vous asseoir » – et demanda à l'accusation d'appeler à la barre son premier témoin.

Nolan Heath, premier procureur, se leva et ajusta sa cravate à rayures, puis ses lunettes cerclées. C'était un homme déterminé et pensif, dont l'expression évoquait toujours un joueur d'échecs préparant son prochain coup.

— Votre Honneur, le ministère public appelle à la barre Mark Dunne.

Le jeune homme, qui n'avait rien fumé depuis plus de quatre mois, quitta aussitôt sa place au premier rang, derrière la table de l'accusation. Il semblait presque trop pressé de témoigner. Qui le lui aurait reproché ? Il avait quelque chose à dire, quelque chose d'extrêmement important.

Après avoir prêté serment, il regarda Peter Carlyle, et chacun put lire sur son visage la haine qu'il vouait à cet homme.

Heath posa la première question :

— Mark, voudriez-vous nous décrire les événements, tels que vous vous en souvenez, de la nuit du 25 juin de cette année ?

Mark acquiesça et respira profondément, comme Heath lui avait conseillé de le faire lorsqu'il se trouverait à la barre. Respirer. Réfléchir, puis parler.

Lentement, il répondit :

— Ma sœur Carrie et moi avions décidé de monter la garde à tour de rôle, autour du feu de camp, pendant que les autres dormaient. Ma mère avait été attaquée par un gros serpent quelques jours plus tôt, et nous voulions être sûrs que rien ne vienne nous embêter pendant la nuit.

« Au bout de plusieurs heures, j'ai entendu quelque chose. Il faisait nuit, mais je savais que ce n'était pas le vent. Ni même un animal. Les animaux, la nuit, ils ne font pas de bruit. Et voilà que je vois arriver quelqu'un.

Heath hocha la tête.

— Vous deviez être fébrile, j'imagine. Vous pensiez qu'on allait vous secourir.

316

— Oui, c'est ce que je me suis d'abord dit, répondit Mark. Puis je me suis demandé pourquoi cette personne ne nous appelait pas, ne criait pas. J'ai trouvé ça bizarre. Et c'est là que j'ai vu le revolver dans sa main.

— Et qu'avez-vous fait, à ce moment-là ? demanda Heath comme s'il entendait ce récit pour la première fois.

— J'ai protégé ma famille du mieux que j'ai pu. Dès que j'ai vu qu'il braquait son arme sur ma mère, je l'ai frappé avec un gros bout de bois. Et heureusement, ça l'a assommé.

— Vous dites « il », mais de qui parlez-vous, Mark ?

Mark pointa le doigt comme il l'avait fait en apercevant l'avion de Peter s'approchant de l'île.

— Lui, là. Peter Carlyle. Cet enfoiré !

Instantanément, la salle s'anima et le brouhaha ne cessa qu'au coup de marteau du juge.

— Jeune homme, je ne tolérerai pas un tel langage dans mon tribunal. Avez-vous compris ?

Mark opina sagement avant de se tourner vers Heath. À voir l'expression du procureur, nul n'aurait pu deviner qu'il était extrêmement fier de son jeune témoin. Mark avait proféré « cet enfoiré ! » exactement comme il le lui avait demandé.

— Plus de questions, Votre Honneur.

Le juge Barnett fit un signe à la table de la défense.

— À votre tour, maître.

— Merci, Votre Honneur, roucoula Gordon Knowles, le capitaine présumé de la *dream team*.

Il se leva, salua poliment le jury puis, comme pour être agréable au juge impatient, se tourna vers Mark et entra immédiatement dans le vif du sujet.

— Vous venez de déclarer que vous étiez de garde, cette nuit-là, sur l'île. Donc, en quelque sorte, vous étiez prêt à en découdre, c'est bien ça ?

Heath se leva d'un bond.

— Objection, Votre Honneur ! Il fait dire au témoin ce qu'il n'a pas dit.

— Objection retenue, marmonna le juge Barnett en fusillant Knowles du regard. Vous devriez mieux choisir vos questions, maître.

L'avocat le savait parfaitement.

Il en avait d'ailleurs une autre en réserve.

— Dites-moi, Mark, reprit-il. Vous ne voyez pas d'inconvénient à ce que je vous appelle par votre prénom, n'est-ce pas ?

— Pas du tout, *Gordon*.

Les jurés gloussèrent.

— Bien vu, concéda Knowles en feignant de rire, lui aussi. Bon, Mark, lorsque vous avez vu M. Carlyle arriver près de votre campement, sur cette île, distinguiez-vous les vêtements qu'il portait ?

— Non, je ne pouvais pas. Je vous l'ai dit, il faisait nuit.

— En effet, il faisait nuit. Et comme vous l'avez dit, vous ne saviez même pas qui était cet homme avant de l'attaquer.

Heath s'apprêtait à soulever une nouvelle objection quand Knowles reformula sa phrase.

— Pardonnez-moi, dit-il avec une parfaite mauvaise foi. J'aurais dû dire : avant de passer à l'action.

Le juge Barnett fronça les sourcils.

— Venons-en à votre question, maître.

— Volontiers, Votre Honneur. Ma question est la suivante : Mark, si vous aviez su qu'il s'agissait de M. Carlyle, l'auriez-vous frappé avec ce gros bout de bois ?

Mark cligna des yeux à plusieurs reprises, comme s'il s'efforçait de ne pas se laisser déstabiliser. Il voyait où Knowles voulait en venir.

— Il avait un revolver, répondit-il lentement et distinctement.

— Ce n'est pas ce que je vous demande, rétorqua l'avocat. Si vous aviez su de qui il s'agissait, l'auriez-vous frappé avec ce bout de bois ?

Mark se tut de nouveau.

Le juge Barnett se tourna vers la barre.

— Veuillez répondre à la question, jeune homme.

— Non, je ne l'aurais pas frappé, répondit doucement Mark.

— Et pourquoi cela ? demanda Knowles.

— Parce que c'est mon beau-père.

— Une personne n'ayant aucune raison de vous faire du mal ou de blesser un autre membre de votre famille, nous sommes bien d'accord ?

— Mais il avait un revolver ! répéta Mark d'une voix chancelante.

— Oui, il tenait une arme, confirma Knowles. Pour la même raison que vous, qui l'avez assailli. Pour se défendre.

Il se tourna alors vers les jurés et leva les bras au ciel, faussement désespéré.

— Je tiens à rappeler que M. Carlyle avait bien d'autres soucis, cette nuit-là, que les gros serpents. Comme je l'ai précisé dans mon exposé préliminaire, un agent fédéral l'a personnellement informé que des trafiquants de drogue étaient peut-être mêlés à la disparition de sa famille. M. Carlyle est donc venu sur l'île en se munissant d'une arme afin de pouvoir se défendre. Cela semble tout à fait logique.

Heath se leva pour soulever une nouvelle objection, mais il était trop tard. Quelques jurés étaient visiblement d'accord : cette arme n'était pas une preuve de culpabilité.

Le mal était fait. Et Knowles en avait terminé.

— Plus de questions, annonça-t-il.

107

Il y a eu l'extradition de Peter, et maintenant le procès. Je passe d'une épreuve à une autre. Je ne sais pas combien de temps je vais pouvoir tenir, or nous n'en sommes qu'au tout début !

Ce n'est pas tant le procès lui-même que tout ce qu'il représente, ce qu'il évoque pour les enfants et moi.

C'est comme si nous reprenions la mer pour endurer le même calvaire.

Notre vie avait repris son cours, nous faisions des projets. Le harcèlement médiatique avait fini par s'estomper. Plus de photos, chaque jour, dans la presse, ou de mentions en caractères gras dans les rubriques *people*. Même ma jambe brisée s'était bien remise.

Et voilà que le procès nous réexpédie sur le *Famille Dunne* et nous oblige à tout revivre.

Qu'on ne s'étonne pas de me retrouver sur le divan de Sarah ! Heureusement que la pièce est insonorisée. Je suis arrivée il y a une minute à peine et je hurle déjà.

— Merde, merde et merde ! C'est dégueulasse, pour les gosses !

Comme les audiences occupent une bonne partie de la journée, Sarah accepte de me recevoir tard pour ce qu'elle appelle un ronchon-mâchon. Traduction : je m'épanche pendant une heure, après quoi nous partons dîner ensemble dans le restaurant de son choix. Mais c'est moi qui invite.

Je m'excuse très vite d'avoir hurlé, et comme d'habitude Sarah me répond qu'il n'y a aucun problème.

— En fait, me dit-elle, je pense que ça te fait du bien.

— Peut-être. Mais ce qui me ferait vraiment du bien, ça serait de voir Peter derrière les barreaux. J'attends ce jour-là avec impatience.

— En même temps, il faut que tu te prépares psychologiquement à ce qu'il soit déclaré…

Je lève la main pour l'empêcher de poursuivre. Je ne veux même pas entendre ces deux horribles mots.

Non coupable.

Ce que Peter a fait – et je suis convaincue qu'il l'a fait – est déjà suffisamment difficile à avaler. L'idée qu'il puisse échapper à la sanction me donne envie de vomir.

D'autres que moi partagent ce sentiment. Notamment l'agent Ellen Pierce. Elle a risqué son poste, voire sa carrière, pour enquêter sur Mᵉ Peter Carlyle parce qu'elle avait un pressentiment.

— Quelle a été ta réaction quand l'agent Pierce t'a contactée ? demandé-je à Sarah.

— Je ne savais pas trop que penser. À ce moment-là, je croyais que tu étais morte, ce qui m'avait déjà fichu un coup. L'idée que Peter puisse être derrière tout ça… Mais je ne risquais rien à trimballer son magnétophone. Je regrette juste que cela n'ait servi à rien.

— Le plus drôle, c'est que la personne à laquelle je faisais le plus confiance essayait de me tuer, et que celles sur lesquelles je croyais ne pas pouvoir compter, mes enfants, ont fini par me sauver la vie.

— Tu peux le dire. Je te revois encore ici, juste avant votre voyage. Tu voulais absolument sauver ta famille. Tu as failli y laisser la vie, mais ta mission est accomplie. Vous êtes tous revenus meilleurs qu'avant, conclut-elle avec un sourire.

Un silence succède à ses paroles. Il nous vient à l'esprit que ce n'est pas tout à fait vrai.

— Pardonne-moi, reprend Sarah. J'ai oublié de mentionner Jake. Je ne l'ai pas oublié, personne ne l'a oublié.

— Je sais. En ce qui me concerne, parfois, j'aimerais bien pouvoir l'oublier. Pas un jour ne s'écoule sans que je pense à lui.

— Et les enfants, comment vivent-ils sa disparition?

— Mark et Carrie, ça va. Ils sont grands. Pour Ernie, ce sera plus long. Il avait une grande admiration pour Jake.

En m'entendant dire ces mots, je sais exactement à quoi pense Sarah. Probablement parce que je pense à la même chose.

— Allez, ça suffit pour aujourd'hui. C'est l'heure, non?

— Oui, je crois, répond mon amie.

108

— À votre tour, maître Knowles.

Gordon Knowles remercia le juge Barnett et se leva. L'agent Ellen Pierce était l'un des témoins clés de l'accusation, et il avait hâte de l'interroger à son tour pour la réduire en charpie.

— Agent Pierce, commença-t-il d'un ton aussi chaleureux et agréable qu'une planche à clous, vous venez de déclarer avoir suivi mon client dans le Vermont, où vous avez fait intrusion dans une propriété privée pour le prendre en photo, à son insu, alors qu'il était en compagnie d'une autre femme. Pensez-vous que cela prouve, au-delà de tout doute raisonnable, que M. Carlyle avait l'intention de tuer sa famille ?

Ellen répondit rapidement et avec assurance :

— Non, je ne le pense pas.

— Tout à l'heure, nous avons entendu un expert en explosifs déclarer que son laboratoire avait découvert des traces de RDX, un explosif de type militaire, sur le gilet de sauvetage du bateau des Dunne, retrouvé en mer. Pensez-vous que cela prouve, au-delà de tout doute raisonnable, que M. Carlyle avait l'intention de tuer sa famille ?

Ellen, qui s'était habillée de manière très simple – tailleur-pantalon noir et chemisier blanc –, regarda les jurés comme pour leur faire comprendre qu'elle n'appréciait guère l'orientation de ces questions. Knowles la promenait comme un chien, et ça ne lui plaisait pas. Mais alors, vraiment pas.

Il était temps de mordre.

— Ce que je pense, c'est que le jury devrait se demander si toutes ces coïncidences, comme vous vous plaisez à les appeler, ne sont pas plus que de simples coïncidences.

Le juge Barnett n'attendit pas d'entendre l'objection de Knowles pour intervenir. Il se tourna vers le box des jurés.

— Le jury ne tiendra pas compte des spéculations avancées par le témoin sans qu'il y ait été invité. Madame Pierce, veuillez vous contenter de répondre à la question, conseilla-t-il ensuite à Ellen d'un air réprobateur.

— Désolée, Votre Honneur.

Elle ne l'était aucunement, bien entendu. Elle se félicitait même d'avoir réussi à faire passer le message. Il fallait bien que quelqu'un s'en charge, si l'on voulait que justice soit faite.

— Je répète ma question, agent…

Elle interrompit l'avocat.

— Non, je ne pense pas que ces traces d'explosifs prouvent à elles seules, au-delà de tout doute raisonnable, que M. Carlyle a essayé de tuer sa famille.

Un sourire satisfait se dessina sur le visage de Knowles.

— Agent Pierce, vous avez été suspendue par la DEA pour vous être inconsidérément acharnée à pourchasser mon client, c'est exact ?

Instinctivement, Ellen lança un regard à Ian McIntyre, assis derrière la table de l'accusation. Elle s'étonnait un peu qu'il soit venu la soutenir au tribunal. Sa présence rendait en tout cas plus supportable le « congé » de trois mois qu'il lui avait infligé.

— Je ne crois pas que le terme « inconsidérément » soit…

Ce fut Knowles, cette fois, qui l'interrompit :

— Avez-vous ou n'avez-vous pas été suspendue de vos fonctions ?

— Oui, j'ai été suspendue.

— Le responsable de votre service vous avait explicitement demandé de ne pas poursuivre M. Carlyle, c'est exact ?

— Oui.

— Et néanmoins, vous avez rencontré M. Carlyle sous un faux prétexte, en lui racontant que Jake Dunne était soupçonné de trafic de stupéfiants, c'est bien cela ? En fait, vous avez fait croire à M. Carlyle que s'il retrouvait les siens, ceux-ci n'en demeuraient pas moins en danger. Vous cherchiez à prendre une revanche sur mon client ?

— Ce que je tentais de faire…

Oui, toute la question était là, non ? Que tentait-elle ? Ellen mobilisa toute son énergie pour rester calme, pour ne pas donner à ce salopard la satisfaction de la voir s'énerver, mais il fallait bien qu'elle se défende.

— C'est ridicule, affirma-t-elle avec beaucoup de fermeté. Il ne s'agissait pas de revanche. C'est totalement absurde et offensant.

— En êtes-vous si sûre ? Le responsable de votre service a lui-même déclaré que votre jugement peut avoir été altéré par le fait qu'il y a quelques années, M. Carlyle a obtenu l'acquittement d'un client qui avait fait l'objet, de votre part, d'une longue enquête.

— Croyez-moi, la seule chose qui ait été altérée, c'est le verdict prononcé lors de cette affaire, rétorqua Ellen.

Elle aurait dû répondre directement à la question, mais c'était plus fort qu'elle.

Knowles secoua la tête.

— J'ai l'impression, agent Pierce, que notre système judiciaire vous inspire un grand mépris.

— Oh, non, pas le système, répliqua Ellen en le regardant dans les yeux. Juste les avocats.

Un jour de classe. J'autorise les enfants à manquer un jour de classe, un seul, pour assister au procès.

Pour Carrie, c'est déjà un jour de trop. Elle ne veut plus jamais croiser le regard de Peter, même s'il doit passer le restant de sa misérable vie derrière les barreaux. Comme je l'espère.

En ce qui me concerne, pas de problème. Carrie est bien là où elle est. Elle profite pleinement de sa première année à Yale. Plus de nutritionniste, plus de psychologue scolaires. Rien que l'école. Elle a retrouvé son poids normal et quelque chose me dit que ça va durer.

Mark, bien entendu, a dû sacrifier une journée de cours à Deerfield pour venir témoigner. Je suis très fière de lui, et je trouve qu'il s'en est superbement tiré, compte tenu des circonstances. Il a mal digéré, en revanche, la façon dont le grand pote de Peter, « le grand connard », comme il l'appelle, l'a bousculé à la barre.

Et il y en a un autre qui accuse le coup. C'est Ernie.

Après avoir dîné de bonne heure avec Nolan Heath pour préparer mon témoignage du lendemain, je rentre à la maison et donne sa soirée à Maria. Ernie est dans sa chambre, en train de faire ses devoirs.

À bien des égards, il devrait être sur un petit nuage, lui aussi. C'est lui qui a eu l'idée de mettre le message dans la bouteille. C'est lui qui nous a sauvés. Et après notre retour, il a été accueilli en héros. Du « Today Show » à « Greta Van Susteren » en passant par « Larry King », il a fait plus d'une douzaine d'apparitions télévisées. Et chaque fois qu'un article est consacré à notre calvaire, c'est de lui qu'on parle le plus.

Pourtant, ça ne lui a jamais fait plaisir, même si c'est lui qui décidait d'accepter ou non une invitation sur un plateau. Il avait beau sourire devant les caméras, parler et se comporter comme on le lui demandait, en bon petit soldat, moi qui suis sa mère, je voyais bien sa tristesse. Quatre mois se sont écoulés, et il a toujours le cafard. Évidemment, je culpabilise.

Sa porte est entrouverte. Je frappe doucement.

— Je peux entrer ?

Il est assis à son bureau, au fond de la pièce, les yeux rivés sur l'écran de son iMac.

— Bien sûr. Salut, m'man.

— Alors, ton explication de texte, tu t'en sors ?

Cinq cents mots sur la proclamation d'émancipation publiée par Abraham Lincoln en prélude à l'abolition de l'esclavage. Cinq cents mots, sans compter les articles. Voilà mon quotidien depuis que j'ai repris le travail – en réduisant mes horaires – et ce qui me manquait énormément : les petits détails de la vie de mes enfants.

— Trois cent quatre-vingt-sept mots… et ça augmente, répond Ernie en pianotant sur son clavier sans fil. Je vais y arriver.

— Absolument.

Je me promène un moment dans sa chambre, je ne veux pas entrer tout de suite dans le vif du sujet. Je regarde le poster d'Albert Einstein, la fameuse photo sur laquelle il tire la langue.

Puis je m'arrête devant une photo encadrée. Ernie y est entouré des deux pêcheurs, le capitaine Jack et son premier matelot. Dave ? Non, c'est Dillon, je m'en souviens maintenant. Sacrés numéros, ces deux-là. Et il faut voir leur sourire ! Cela dit, la photo a été prise juste après que je leur eus remis leur récompense. Il y avait de quoi être de bonne humeur.

Moi, je l'étais. Jamais million de dollars n'a été aussi bien dépensé.

— Tu as peur ? me demande brusquement Ernie.

— Parce que je témoigne demain ? Je suis un peu nerveuse, oui. Tu seras là pour me soutenir, hein ?

Il hoche la tête. Le jour qu'il a choisi, c'est celui où je dois témoigner, et personne n'imagine le bien que cela me fait.

— Ernie, il y a quelque chose dont je voudrais te parler.

Peut-être est-ce le ton de ma voix, l'impression que nous n'allons pas parler de sujets agréables ? Il abandonne son ordinateur, se tourne vers moi et me dévisage.

— C'est quoi, maman ?

Je m'assois sur son lit et respire un grand coup avant de commencer. Je me suis préparée depuis des années à ce moment. Ce n'est pas maintenant que je vais craquer.

Raté !

— Pourquoi tu pleures, maman ?

— C'est Jake. Il me manque encore beaucoup.

— À moi aussi.

— Je sais, mon chéri. C'est de ça dont je veux te parler.

— J'ai fait quelque chose de mal?

— Non, absolument pas.

Moi, oui, mais c'est la plus belle erreur que j'aie jamais faite, et je ne voudrais pas changer quoi que ce soit.

Je regarde Ernie, ses yeux, son visage, et j'ai alors le sentiment de le voir comme je ne l'ai encore jamais vu, de comprendre enfin qui il est vraiment.

— Maman? Il y a quelque chose que tu veux me dire?

— Oui, mon chéri.

Et je lui révèle qui est son vrai père.

Après avoir passé une bonne partie de la soirée à dire à Ernie la vérité et rien que la vérité, je me suis promis de faire de même à l'audience, le lendemain matin.

Pour l'instant, tout se passe relativement bien.

J'arrive à la fin de mon témoignage pour Nolan Heath et l'accusation, et je ne me plains que d'une chose : le fauteuil du témoin est incroyablement dur. Ça leur arracherait les tripes de prévoir un coussin ? À part ça, sérieusement, je crois que je ne m'en tire pas trop mal. Les jurés semblent me croire, et on dirait presque qu'ils ont pitié de nous. La dame âgée, au bout de la première rangée, semble particulièrement attendrie.

Cela dit, je me demande si mes déclarations ont le moindre poids. Tout ce que je peux prouver, c'est que j'ai été bernée par un type très doué. J'ai cru épouser un homme formidable. Comment pouvais-je deviner que le charmant Peter Carlyle était un fourbe, un menteur, capable de tuer ?

Je crois que toute la question est là, justement. Je ne pouvais pas deviner qui était Peter. Parfois, j'ai d'ailleurs encore du mal à croire que mon mari a tenté d'assassiner toute ma famille.

— Maître Knowles ? annonce le juge Barnett.

Aussitôt, je ressens comme un pincement. Il suffit que Gordon Knowles se lève pour que je me rende compte que rien n'est jamais acquis lors d'un procès pour meurtre. La véritable épreuve va commencer.

— Docteur Dunne, c'est vous qui avez eu l'idée de cette croisière à bord de votre voilier avec vos enfants, n'est-ce pas ? me demande-t-il.

— Oui.

— M. Carlyle ne s'est nullement occupé de son organisation, c'est exact ?

— C'est exact, mais il était au courant depuis long-temps. Depuis des mois, en fait.

Knowles sourit.

— Ah, je vois. Comme il était au courant depuis des mois, vous sous-entendez qu'il a eu amplement le temps de préméditer le meurtre de votre famille.

— Je voulais simplement dire que…

— Il est évident qu'un grand nombre de personnes savaient depuis longtemps que vous partiez en croi-sière. Vos collègues de travail à l'hôpital Lexington, par exemple.

— Je suis persuadée que personne, là-bas, ne sou-haite ma mort.

— Et vous, docteur Dunne ?

Je suis prise au dépourvu.

— Je ne comprends pas votre question. Pourriez-vous la reformuler ?

— Vous êtes suivie par un psychiatre depuis un cer-tain temps, n'est-ce pas ?

— Oui, comme beaucoup de gens.

— Êtes-vous sous antidépresseurs ?

Instantanément, mon sang, qui jusque-là frémissait gentiment, se met à bouillir. Incrédule – et c'est peu dire –, je demande d'une voix tremblante :

— Insinuez-vous que j'ai quelque chose à voir avec tout ça ?

— Votre Honneur, voudriez-vous rappeler au témoin que moi seul suis habilité à poser des questions, pour l'instant ? déclare Knowles, bouffi d'arrogance.

— Je crois que vous vous êtes chargé de faire vous-même ce rappel, maître, répond le juge Barnett, l'œil noir. Poursuivez.

— Avec plaisir, sourit Knowles.

L'avocat se retourne alors vers moi et se rapproche. Il est si près que je sens son eau de toilette ultrachic. Je n'ai jamais aimé cet homme, depuis le jour où je l'ai rencontré, lors de ma réception de mariage avec Peter. Alors, aujourd'hui…

— Savez-vous quels sont les tout derniers mots enregistrés par les garde-côtes quand Jake les a contactés par radio pendant la tempête ? me demande-t-il.

— Non.

— Moi, si. Tout est là.

Il se dirige alors vers la table de la défense, encombrée de documents, saisit un bloc-notes jaune, ajuste ses lunettes.

— Juste avant que la radio ne cesse d'émettre, Jake Dunne a crié, je cite : « Katherine, non, ne fais pas ça ! »

Il croise les bras et me regarde.

— Ne fais pas *quoi*, docteur Dunne ?

Je ne sais pas quoi répondre. J'essaie de me souvenir. Il s'est passé tellement de choses, pendant cette tempête…

Puis ça me revient. Le placard.

— Je crois que j'étais en train d'ouvrir…

— Vous *croyez?* Qu'est-ce que cela veut dire? Vous vous en souvenez ou pas?

— Objection! Votre Honneur, crie Heath en se levant. Harcèlement de témoin. Le Dr Dunne n'a pas le loisir de répondre.

— Je retire ma question, concède Knowles.

Évidemment, maintenant que le mal est fait, il peut la retirer, sa question. Quel enfoiré! Je comprends pourquoi lui et Peter sont amis.

Il reprend :

— Docteur Dunne, de quelle somme avez-vous hérité à la mort de votre premier mari?

— J'ignore le montant exact.

— Peut-on légitimement estimer cette somme à plus de cent millions de dollars?

— Oui.

— Vous êtes la dernière personne à avoir vu votre premier mari vivant, sur son bateau, n'est-ce pas?

— En fait, non…

— Objection! crie Heath. C'est scandaleux, et sans rapport avec l'objet de cette audition.

Knowles se tourne vers le juge.

— Votre Honneur, la mort de Stuart Dunne a été jugée accidentelle. J'essaie simplement de souligner que des accidents peuvent se produire sur un bateau, comme n'importe où.

— J'accepte, répond le juge Barnett.

Knowles pivote vers moi.

— En fait, docteur Dunne, comme vous l'avez déclaré lors d'une déposition antérieure, votre bateau a souffert de problèmes mécaniques avant la tempête. C'est bien cela?

— Oui. Il y a eu une fuite dans le circuit ouvert.

— Pour ceux d'entre nous qui connaissent mal le vocabulaire de la navigation, je précise qu'il s'agit, en gros, d'un tuyau qui pompe l'eau de mer pour refroidir le moteur, c'est bien cela ?

— Je ne le savais pas moi-même avant que Jake ne me l'explique.

— Et votre beau-frère a effectivement réussi à effectuer une réparation. Comme vous le disiez dans votre déposition, comment a-t-il décrit sa façon de procéder ?

Avant même que l'avocat n'achève sa question, je me rends compte que ma réponse va avoir un effet désastreux.

— Il a raccourci l'arrivée du diesel.

— Je suis navré, pourriez-vous parler plus fort, docteur Dunne ? Avez-vous dit qu'il a raccourci l'arrivée du diesel ?

Oui.

— Ainsi donc, il a prélevé un bout du tuyau qui alimente le moteur en carburant inflammable, puis il a recollé les deux morceaux, c'est bien cela ?

— Je ne sais pas exactement. Je n'étais pas avec lui quand il a fait ça.

— Ah ! Ce qui signifie que vous êtes incapable de juger la qualité de sa réparation, n'est-ce pas ?

Ce type est une véritable machine de guerre. Et le pape du doute raisonnable. En ce qui me concerne, mon nœud à l'estomac ne présage rien de bon.

— Dernière question, docteur Dunne, et je vous rappelle que vous témoignez toujours sous serment, annonce Knowles, en me tournant le dos. Avez-vous déjà été employée par la Central Intelligence Agency ?

Toutes les personnes présentes dans la salle me regardent, éberluées. D'où l'avocat sort-il ça? Vous voulez la vérité, rien que la vérité, c'est cela?

Je me penche vers le micro. Je ne tiens pas à le dire deux fois.

— Oui, j'ai travaillé pour la CIA.

Ce soir-là, Peter retrouva une nouvelle fois Bailey à l'hôtel Alex, qui était devenu le lieu de leurs rendez-vous secrets, au moins jusqu'à la fin du procès. Lors de leur première nuit, juste avant que Peter ne parte pour les Bahamas, ils avaient fait sauter deux bouchons de Cristal Roederer, mais depuis son retour, menottes aux poignets, le champagne de luxe était bien moins abondant.

C'est juste une question de temps, songea Peter.

Depuis le contre-interrogatoire de Katherine, il était plus que confiant. Knowles avait fait un travail superbe. Du grand art, vraiment.

Moi-même, je n'aurais pas fait mieux. Encore que je me serais peut-être montré un peu plus féroce à l'égard du témoin.

— Es-tu sûr de vouloir témoigner demain ? lui demanda Bailey, blottie contre lui, sous les draps.

Dieu que cette fille avait de beaux seins. Ils étaient parfaits. Pas besoin de les voir pour le savoir, il suffisait de les toucher.

— Oublie tes cours de droit, répondit-il. Quand tu es accusé de meurtre, tu as toujours intérêt à témoigner. Qui plus est, je n'ai absolument rien à cacher. C'est la meilleure des raisons.

Bailey se tut un moment. Pour Peter, ce silence en disait long. Quelque chose tracassait la jeune femme.

— Qu'y a-t-il ? Et, s'il te plaît, ne me dis pas que ce n'est rien, Bailey.

— Non, il y a effectivement quelque chose qui me travaille. Il faut que tu me dises une chose, Peter.

Dès le jour où on l'avait libéré sous caution, Peter avait prévu cet instant. Connaissant Bailey, il était même surpris qu'elle ne lui ait pas posé la question plus tôt. Il fallait néanmoins reconnaître qu'il avait gagné sa confiance de la plus belle des manières. Si elle avait mis des mois à se décider à l'interroger, il ne pouvait que s'en féliciter.

Il décida de lui couper l'herbe sous le pied.

— Non, je n'ai pas tenté de tuer Katherine et les enfants.

Elle prit son visage entre ses mains, déposa des baisers sur ses lèvres.

— Il fallait que je t'entende le dire. Tu me pardonnes ? Oh, Peter, je suis vraiment désolée.

— Tu n'as pas à t'excuser. Tu réagis en juriste, c'est normal. Je peux comprendre.

— Tu me pardonnes ?

— Il y a plus important : est-ce que tu as confiance en moi ?

— Oui, j'ai confiance en toi, lui répondit-elle. J'ai entièrement confiance en toi.

Il l'embrassa à son tour, la serra contre lui.

— Bon, maintenant, même si mon corps a terriblement envie du tien, il faut que je dorme un peu. La journée de demain s'annonce pleine de surprises. Tu vas voir !

113

En regardant Nolan Heath s'avancer vers la barre, j'ai l'impression de voir Gary Cooper dans *Le train sif-flera trois fois.*

C'est un peu ça, d'ailleurs. Il le sait, je le sais, toute la salle le sait, y compris les jurés. C'est lui contre Peter. Un procureur extrêmement déterminé contre un accusé d'une redoutable intelligence. Le vainqueur de cet ultime duel gagnera probablement le procès.

— Monsieur Carlyle, commençons par clarifier un point. Le Dr Dunne vous a elle-même révélé qu'elle avait autrefois travaillé pour la CIA, n'est-ce pas ?

Peter acquiesce volontiers.

— Oui, elle me l'a dit.

Heath dégaine alors une arme imaginaire, qu'il braque autour de lui. Un peu ridicule, il déclenche quelques rires, dans le fond. C'était l'effet recherché.

— Le Dr Dunne vous a-t-elle dit qu'elle était une sorte d'agent secret parcourant la planète pour assassiner des dictateurs et aider à renverser des gouvernements ? Un James Bond au féminin, si l'on peut dire ?

— Non.

— C'est exact. En fait, ce qu'elle vous a dit, c'est qu'elle avait contribué à mettre en place une *étude* destinée à mesurer les effets de différentes neurotoxines sur le cœur humain. C'est exact ?

— Oui.

— Rien à voir avec la mythologie de l'espionnage, vous en conviendrez.

Peter ne répond pas.

— À propos d'opérations secrètes, monsieur Carlyle, je m'interroge sur votre comportement aux Bahamas. L'agent Pierce a déclaré sous serment qu'elle vous avait vu sortir d'un bar très isolé de Nassau, en compagnie d'un homme qui, quelques minutes plus tard, a tenté de la tuer. Niez-vous qu'elle vous ait vu dans ce bar ?

— J'ignore si l'agent Pierce m'a vu, mais j'y étais.

— Que faisiez-vous dans ce bar ?

Peter hausse les épaules.

— Je prenais un verre.

— Il y avait pourtant dix-sept bars, à Nassau, plus proches de votre hôtel.

— Je voulais éviter les journalistes. Ils me harcelaient, au cas où vous l'auriez oublié. Ils me harcèlent toujours d'ailleurs, comme vous avez pu le remarquer en arrivant au tribunal.

— Qui était l'homme avec lequel vous avez pris un verre ?

— Je n'ai pris de verre avec personne.

— Attendez, je ne comprends plus, s'interroge Heath en se tournant vers les jurés. Vous êtes sortis ensemble, n'est-ce pas ?

— Si vous voulez dire que nous avons quitté le bar au même moment, oui. C'était la première fois que je le voyais, mais il m'a abordé car il m'avait vu à la télévision. Nous avons échangé quelques mots, il ne m'a même pas dit son nom. Je suis reparti de mon côté, et lui du sien.

342

— En effet. Et lorsque l'agent Pierce a suivi cet homme supposé être un inoffensif inconnu, il a ouvert le feu sur elle. Pourquoi, à votre avis ?

— Je ne sais pas. Comme je vous l'ai dit, je ne l'avais encore jamais vu.

— Oui, vous l'avez dit, effectivement. Vous ne savez pas. Je dois dire, monsieur Carlyle, que pour un homme aussi intelligent il y a beaucoup de choses que vous ne savez pas.

— Je sais que je suis innocent, rétorque Peter.

— Oui, jusqu'à ce qu'on prouve votre culpabilité.

Et Heath passe à la vitesse supérieure. Il mitraille Peter de questions, et son ton devient plus agressif, à la limite du colérique. J'ai bien du mal à rester immobile sur mon siège.

— Monsieur Carlyle, comment se fait-il qu'un explosif de type militaire assez puissant pour pulvériser un grand voilier de croisière ait pu se retrouver à bord du *Famille Dunne* ?

— Je n'en ai aucune idée, répond Peter.

— Une autre question : pourquoi la balise de détresse du bateau a-t-elle émis un signal erroné qui a envoyé les garde-côtes à plusieurs centaines de kilomètres de la zone où ils auraient dû effectuer leurs recherches ?

— Je présume que la balise n'a pas fonctionné correctement.

— Oh, vraiment ? Quand, exactement, avez-vous présumé que la balise ne fonctionnait pas ? Car lorsque vous avez lancé, seul, votre propre opération de recherche, il se trouve que vous avez commencé par les îles les plus proches de l'endroit où le voilier a effectivement sombré. Comment expliquez-vous cela ?

Je regarde Peter sourire comme s'il avait la situation bien en main. Dire que j'ai tellement aimé ce sourire, qui me rassurait et me faisait chaud au cœur ! Rétrospectivement, j'en ai froid dans le dos.

— Ce que vous estimez suspect n'est qu'une question de bon sens, réplique Peter. Pourquoi aller survoler une zone que les garde-côtes étaient déjà en train de quadriller ?

— En résumé, si j'ai bien compris, vous recherchiez vos proches là où ils n'étaient pas censés être, sur une simple intuition ?

— Je parlerais plutôt d'une tentative de la dernière chance. Et je partais également du principe que s'ils se trouvaient sur une île à laquelle on pouvait penser spontanément, on les aurait déjà retrouvés.

— Eh bien, vous en avez eu, de la chance, dites donc, constate Heath d'un ton éminemment sarcastique en promenant son regard sur la salle. Enfin, jusqu'à un certain point.

Un aboiement, sur ma gauche. C'est Gordon Knowles, qui proteste.

— Votre Honneur, il harcèle le témoin !

Le juge Barnett relève l'objection.

— Posez votre question, maître Heath.

— Je vous présente mes excuses, Votre Honneur. C'est que j'ai du mal à comprendre autre chose, monsieur Carlyle. Le Dr Dunne et son fils Mark ont tous deux affirmé avoir vu votre avion les survoler alors qu'il faisait encore jour. Ils vous ont fait de grands signes, ils pensaient qu'ils étaient enfin sauvés. Pourquoi ne vous êtes-vous pas posé ?

— Justement, rétorque Peter avec un haussement d'épaules parfaitement détendu. J'ai bien vu qu'ils me faisaient des signes, mais compte tenu de ce que l'agent Pierce m'avait déclaré sur les trafiquants de drogue, je me suis dit qu'ils essayaient peut-être de me mettre en garde. C'est pourquoi j'ai attendu la tombée de la nuit pour revenir, armé cette fois. Pour moi, ils avaient été pris en otages.

Nolan lève les bras, incrédule.

— Pris en otages ? Pensez-vous réellement que ce tribunal puisse croire une chose pareille ?

Peter ne bronche pas.

— Oui, je le pense. Tout comme je pensais qu'un agent fédéral tel qu'Ellen Pierce me disait forcément la vérité.

Je secoue la tête. C'est ridicule ! Comment Peter peut-il rester imperturbable et mentir avec un tel affront ? Le plus invraisemblable, c'est que les jurés commencent à le prendre au sérieux, dirait-on. La vieille dame au bout du premier rang est même en train d'opiner.

Non ! Non ! Non ! Nolan a raison, comment quiconque pourrait-il croire que nous étions réellement otages ? Les jurés devraient y voir clair, non ? Quoi que l'agent Pierce ait pu dire à Peter, trop d'éléments, trop de coïncidences s'accumulent contre lui. Il faut qu'ils s'en rendent compte.

Peter lui-même doit savoir qu'il est acculé.

Pourtant, en le voyant, on ne le dirait pas. On a presque l'impression qu'il sait quelque chose, quelque chose que personne d'autre ne sait. Que manigance-t-il ? Je commence à avoir un mauvais pressentiment.

115

Heath décoche sa question suivante. Ce qui l'intéresse, cette fois, c'est le mobile.

— Monsieur Carlyle, savez-vous de quelle somme vous auriez hérité si le Dr Dunne et ses trois enfants avaient trouvé la mort au cours de leur voyage en mer ?

Peter rétorque immédiatement :

— Le même montant, j'imagine, que si leur avion s'était écrasé lorsqu'ils sont allés passer deux semaines à l'hôtel St Regis, l'hiver dernier, à Aspen.

— Que s'est-il passé ? La bombe placée à bord de l'avion, ou dans l'hôtel, n'a pas explosé ?

Gordon Knowles bondit de sa chaise pour formuler une objection, mais Peter est plus rapide que lui. Il hurle littéralement, et sa désinvolture vole en éclats comme un vase bon marché.

— Maintenant, écoutez-moi, espèce d'abruti ! Vous ne savez pas ce que j'ai vécu. J'ai été stupide de tromper ma femme alors que je l'aimais sincèrement. Et j'apprends qu'elle a disparu, avec les enfants. Vous imaginez-vous à quel point je pouvais culpabiliser ? Je voulais absolument les retrouver, vous m'entendez ?

Écarlate, Peter se penche brusquement en avant. Les veines de son cou et de son front sont sur le point d'exploser, et il crie encore plus fort.

— Je ne suis pas un monstre ! J'ai peut-être commis des erreurs, mais je ne suis pas un monstre ! Je ne suis pas un tueur. Comment pouvez-vous…

Soudain, il s'interrompt. Étreint son bras.

Puis son cœur.

Il se lève difficilement, quitte la barre en titubant et s'écroule comme une masse devant le box des jurés, avec un horrible bruit sourd.

La vieille dame, au bout du premier rang, laisse échapper un cri. Toute la salle se lève pour voir Peter qui gît sur le dos, le visage déformé par la douleur. Il a les yeux ouverts, écarquillés de peur.

— Aidez-moi, bredouille-t-il.

La première personne à venir à son secours est le greffier. Suivi de Gordon Knowles.

— Il fait une crise cardiaque ! hurle Knowles.

Tout le monde accourt. Quelqu'un crie :

— Dégagez ! Il lui faut de l'air !

— Ce qu'il lui faut, c'est un médecin ! aboie Knowles.

C'est là que je me rends compte que je n'ai pas bougé de ma place, au premier rang, derrière la table de la défense. Je reste pétrifiée, comme une statue. Comme si j'avais oublié que je suis cardiologue.

D'autres, autour de moi, ne l'ont pas oublié.

Les têtes des jurés sont toutes tournées vers moi, qui reste immobile, sur ma chaise.

Peter a l'air sans défense. Inoffensif.

J'ai l'air impassible. Sans cœur. Comme si le monstre, dans cette salle, c'était moi.

Nolan Heath lui-même me lance, au bout d'un moment :

— Katherine ? Vous pouvez nous aider ?

Je ne peux pas. Je connais le serment d'Hippocrate par cœur, mais je ne bouge pas. Je suis comme paralysée.

Jusqu'au moment où une clairière s'ouvre dans la forêt de jambes qui encercle Peter, l'espace d'une seconde, juste assez pour que nos regards se croisent. Cela se passe si vite que personne ne remarque rien. Hormis moi, à qui ce signe est destiné.

Peter me fait un clin d'œil.

116

Ellen Pierce n'aurait pour rien au monde manqué la comparution de Peter Carlyle, et elle espérait que ce jour serait celui de sa grande humiliation. Elle s'attendait à du spectacle, mais certainement pas à ce point-là. Une minute plus tôt, Peter débitait ses mensonges à la barre, et maintenant, il gisait au sol.

Crise cardiaque ?

Tout semblait l'indiquer, d'autant que deux secouristes venaient de faire leur apparition. Le temps de vérifier les signes vitaux, et ils sanglèrent Carlyle sur un brancard pour l'évacuer du tribunal.

— Dans quel hôpital l'emmènent-ils ? demanda Ellen à un gardien posté dans le couloir.

Il y avait un tel brouhaha qu'elle s'entendait à peine. Les photographes se bousculaient pour mitrailler.

— À St Mary, sûrement, c'est le plus proche.

Il avait raison.

Moins de huit minutes plus tard, Ellen descendait d'un taxi et pénétrait dans les urgences bondées de l'hôpital. Personne ne lui posa la moindre question. C'était tout le charme de New York. Trop de gens. L'individu était noyé dans la masse.

Ellen fit un tour complet sur elle-même. Un sac de glace par ici, un pansement par là. Rien d'impressionnant, si ce n'était cet ouvrier du bâtiment, à l'accueil, dont les doigts dégoulinaient de sang. Il avait la main bandée, mais Ellen comprit qu'il s'était blessé avec un pistolet à clous.

Elle fit un nouveau tour sur elle-même. Pas de Peter Carlyle à l'horizon. L'avait-on conduit dans un autre hôpital ?

Non.

Un courant d'air lui fouetta le dos lorsque les portes coulissantes s'ouvrirent. Elle se retourna et vit alors les secouristes pousser le brancard de Carlyle. Malgré sa sirène et ses privilèges en matière de priorité, l'ambulance avait été moins rapide que le taxi. C'était aussi ça, New York…

Ellen s'écarta pour laisser passer les deux infirmières venues à la rencontre des ambulanciers. Le brancard n'eut même pas le temps de ralentir. Elles prirent le relais, au pas de course. Il fallait absolument sauver la vie de cette ordure.

Ellen les suivit dans le couloir et, discrètement, regarda Peter se faire déshabiller tandis qu'on préparait l'électrocardiogramme. Puis les infirmières conduisirent l'avocat dans une salle et tirèrent le rideau derrière elles.

Et maintenant ?

C'était la seconde fois qu'Ellen filait Carlyle. Elle songea à Nassau, au bar Billy Rosa. Jamais elle n'oublierait qu'elle était passée à deux doigts de la mort quand l'inconnu qu'elle avait suivi avait ouvert le feu sur elle, sur la petite route.

Peu lui importait que le jury déclare Peter Carlyle coupable ou innocent. Elle découvrirait comment et pourquoi il avait organisé ce mystérieux rendez-vous.

C'était la clé de toute l'affaire, elle en avait la quasi-certitude. Encore une intuition.

Ellen choisit d'attendre un peu avant de sortir son insigne et de presser de questions le premier médecin qui lui tomberait sous la main. Carlyle venait-il réellement de faire un malaise cardiaque ou était-ce une fausse alarme?

À ce stade, elle le croyait capable de tout, mais, bien qu'impatiente d'en savoir plus, elle savait que le jeu était risqué. Elle sortait à peine de trois mois de suspension, et rien ne l'autorisait à interroger un médecin aux urgences.

D'ailleurs, il lui vint une bien meilleure idée.

117

Je me répète sans cesse que je n'ai rien à regretter.

Peter va passer la nuit en observation à l'hôpital St Mary. Assise dans le bureau de Nolan Heath, en cette fin d'après-midi, je l'écoute m'exposer les choix qui s'offrent à nous. C'est à lui de décider, bien entendu, et je vois bien qu'il préférerait que le procès se poursuive, mais il a besoin de mon avis. Pour lui, c'est important. La première fois que nous nous sommes vus, il m'avait dit :

— Je fais mon boulot, mais c'est votre vie qui est en jeu, et je ne l'oublie jamais.

Il m'explique donc, très clairement, qu'il pourrait demander et probablement obtenir l'annulation du procès.

— Mais il faut bien mesurer les risques que nous prenons, Katherine. Si l'affaire est rejugée, nos chances d'obtenir une condamnation diminuent.

— Et si vous ne demandez pas l'annulation du procès ?

— Dans ce cas, je suis sûr que la défense suivra. Après les conclusions, tout sera entre les mains du jury. À ce stade-là, que votre ex-mari ait simulé ou non une crise cardiaque n'aura plus aucune importance. Les jurés ne croiront pas ce qu'on leur dira, mais ils se sou-viendront de ce qu'ils ont vu. Est-ce que cela va les influencer ? Sans aucun doute. Est-ce que cela peut les pousser à ne pas tenir compte de tous les éléments de preuve ? J'espère sincèrement que non.

Puis il évoque l'éventualité d'un grain de sable, les fameux impondérables, et m'explique pourquoi il tient tant à ce que je sois pleinement consciente des consé-quences possibles de *ma* décision.

L'argent.

— Le risque ne se limite pas à un éventuel acquit-tement de votre ex-mari. Il vous poursuivra pour dif-famation, fera valoir que sa carrière d'avocat a subi un préjudice irréparable. Et il aura sans doute gain de cause. La seule question sera alors de savoir combien il réussira à vous extorquer.

Heath me regarde, assis derrière son bureau où chaque chose a sa place. Il travaille comme il s'habille : nickel. Je devine qu'il s'attend à ce que je pose des questions, à ce que je prenne le temps de mûrir ma décision.

Au diable.

Au diable, Peter.

— Je suis en vie. Ma vie, c'est la seule chose que Peter, malgré tous ses efforts, n'a pas réussi à m'extor-quer. En ce qui concerne l'éventualité d'un nouveau procès, pour rien au monde je ne voudrais revivre ce calvaire. Autrement dit, quelle que soit la somme que je pourrais être amenée à verser à Peter, je préfère payer.

— En êtes-vous sûre, Katherine ? Parfois, dans le feu de l'action, les gens prennent sur un coup de tête des décisions qu'ils regrettent par la suite.

Je n'hésite pas un seul instant.

— Oui, j'en suis sûre. Sans regret.

118

Les jurés ont passé trois longues journées à délibérer. Une attente à la limite du supportable pour nous trois. Vendredi après-midi, à 16 h 45, le président du jury a tendu un billet plié en deux au juge Barnett pour l'informer qu'un verdict avait été rendu à l'unanimité. Apparemment, les jurés avaient des projets pour le week-end.

— T'en penses quoi, maman ? me demande Ernie dans le taxi sur le chemin du tribunal.

Je lui avais dit qu'il pourrait assister à l'annonce du verdict uniquement si elle intervenait après les heures de cours.

— Je pense que je n'en sais rien, voilà ce que je pense.

Je ne sais vraiment pas à quoi m'attendre. Quelque chose me dit que l'issue de ce procès ne va pas me plaire, et n'aura qu'un lointain rapport avec la justice telle que je l'entends…

Nolan Heath est tout aussi prudent que moi. Au téléphone, il me déclare :

— Ça me fait rire quand s'expriment à la télévision des médiums qui prédisent le verdict en fonction de la durée des délibérations. En fait, ils ne savent strictement ment rien, et moi non plus.

Ernie et moi prenons nos places, au premier rang. Il y a comme de l'électricité dans l'air, la salle est très bruyante. Seule l'apparition du juge Barnett parvient à ramener le calme. Il rejoint son perchoir et obtient le silence après quelques coups de marteau. Puis il demande au greffier d'un signe de tête de faire entrer les jurés.

Pendant que ceux-ci réintègrent leur box, je lance un regard en direction de Peter, ce que je n'avais pas réussi à faire depuis le début du procès. Il est resté commodément absent pendant le réquisitoire, sous prétexte de récupérer de son « malaise cardiaque ».

Maintenant que les jurés ont pris leur décision, il se sent suffisamment bien pour assister à l'énoncé du verdict. Incroyable !

Pour moi, tout cela est encore très irréel. Que s'est-il passé ? Comment en suis-je arrivée là ? Comment ai-je pu être assez conne pour tomber amoureuse du beau, charmeur et démoniaque Peter Carlyle ? Quand je pense que ce type est un assassin...

Un de ces jours, je finirai bien par arrêter de me flageller avec cette histoire. Quelques dizaines de séances chez Sarah devraient pouvoir venir à bout de n'importe quel traumatisme, non ?

— Les jurés ont-ils rendu leur verdict ? demande le juge Barnett.

Le président du jury se lève lentement.

— Oui, Votre Honneur.

Le greffier transmet le verdict au juge Barnett, qui doit être un redoutable joueur de poker, car son visage ne laisse paraître aucune émotion alors qu'il parcourt le billet.

Puis il adresse un petit signe du menton au président du jury. Un expert-comptable, m'a-t-on dit. Il a l'air nerveux. Pas autant que moi, pourtant. Et pas autant que Peter, je l'espère.

Je prends la main d'Ernie, je la serre très fort. C'est l'instant de vérité.

Allez, mettez Peter en prison !

— Dans l'affaire État de New York contre Peter James Carlyle...

119

Une explosion de surprise balaie la salle du juge Barnett. Nolan Heath me tend la main pendant que je serre Ernie contre moi.

Gordon Knowles et ses collaborateurs lèvent leur poing en signe de victoire. Puis l'avocat se tourne vers son client et le gratifie d'une grande accolade. J'en suis malade. Je suis sonnée.

— Je suis navré, maman, se désole Ernie. C'est pas juste. Il a essayé de nous tuer.

C'est à peine si je l'entends. Tout ce que je veux, c'est le garder serré au creux de mes bras.

Alors, c'est tout ? C'est comme ça que ça se termine ? Peter, qui a tué Jake et a essayé de nous assassiner, échappe à la condamnation.

Je suis incapable de penser.

Soudain, Ernie se libère. Il se faufile jusqu'à l'allée, se dirige vers Peter, lui tape dans le dos. Quand le meurtrier se retourne, mon petit Ernie lui expédie un grand coup de pied dans l'entrejambe. Bravo !

Et brusquement, j'émerge de ma torpeur. Je retrouve mes sensations. Je me sens bien, je me sens mieux, en tout cas. J'ai presque envie de rire.

C'est peut-être le fait de voir Peter se plier en deux, les traits déformés par la douleur. Ou peut-être la mine réjouie d'Ernie quand il me regarde, fier de lui.

Ce que je sais, c'est qu'en comparaison de toutes les épreuves que nous avons traversées, cette journée n'est qu'une goutte d'eau dans l'océan.

Mais l'histoire ne s'arrête pas là.

N'ai-je donc rien retenu ?

Cette croisière avait pour but de ressouder ma famille. Et c'est exactement ce qui s'est passé, d'une manière que nous n'aurions jamais pu imaginer.

Ça, c'est définitif. Les Dunne sont à nouveau unis. Nous constituons une famille, et jamais nous n'avons été aussi forts, aussi déterminés.

120

Après le coup de pied d'Ernie, la douleur mit deux heures à s'estomper, mais Peter jugea que ce n'était pas un prix bien exorbitant à payer. D'autant que le jackpot l'attendait.

Il arriva même plus vite que prévu.

En moins d'une semaine, Peter passa du statut d'homme libre et aisé à celui d'homme libre et riche. Il avait porté plainte au civil, convaincu que Katherine accepterait une transaction. À sa grande surprise, elle avait cédé très facilement, et moyennant une somme énorme. Il en venait presque à regretter de ne pas lui avoir soutiré toute sa fortune, mais avec seize millions de dollars, il pouvait déjà s'offrir pas mal de bouteilles de champagne.

Il fallait fêter ça.

Il s'assit au bord du lit de Bailey. La période où ils restaient cloîtrés à l'hôtel, nuit et jour, était bien finie.

— Allez, partons faire une virée, dit-il. Je t'emmène au restaurant. Choisis celui que tu veux. J'ai hâte de me balader en ville avec toi.

Bailey fit claquer l'élastique de son caleçon. Peter ne portait rien d'autre.

— J'ai déjà commandé le chinois, imbécile. Mon Moo shu au porc est en route.

Peter la regarda, dubitatif.

— Tu as toujours peur qu'on nous voie ensemble, hein ? Je te le répète : ce n'est plus un problème. Je suis innocent, je suis libre. Justice a été faite, Dieu merci.

— Je sais, je sais. Laisse-moi juste encore un peu de temps, tu veux bien ? Je ne suis pas encore prête à voir ma photo étalée dans le *New York Post*.

— Moi, si. Comme ça, tout le monde saura que tu es incroyablement belle et que j'ai beaucoup de chance.

Il fit une pause et se pencha vers elle, lui caressa la joue avant de reprendre :

— Dis, et si on s'offrait quelques jours de vacances, quelque part ? Nous pourrions partir demain. Oserais-je suggérer les Caraïbes ?

— Tu oublies quelque chose, répondit Bailey. Mes cours.

— Sèche-les, tes cours.

— Facile à dire, quand on vient d'empocher seize millions !

— À quoi sert tout cet argent si je n'ai personne avec qui le dépenser ? Réfléchis-y.

— Ah, j'aime quand tu me parles comme ça. C'est peut-être une bonne idée, ce voyage, après tout…

Bailey pressa son corps nu contre Peter. Elle s'apprêtait à l'embrasser quand l'interphone sonna.

— Moo shu ! s'écria-t-elle.

Avec un sourire ingénu, elle bondit littéralement du lit, passa le gros peignoir blanc posé sur le fauteuil en cuir, près de la fenêtre. Peter songea aussitôt à sa première visite, dans cette même pièce. Au petit numéro de danse que Bailey lui avait offert lorsqu'il s'était assis dans ce même fauteuil, et ce qui s'était passé ensuite. Comment oublier de pareils instants ?

— Tu veux manger au lit ? lui demanda Bailey.

— Oh oui, et pas que manger !

Elle sortit de la chambre, disparut dans le salon, et revint quelques instants plus tard, mais sans le Moo shu.

Le canon d'une arme était posé contre son crâne.

121

— Oh, je suis vraiment navré de m'inviter de la sorte, ironisa Devoux d'un ton insupportablement mielleux. J'espère que je ne vous interromps pas.

Il poussa la jolie Bailey vers le bord du lit, appuya le long silencieux de son arme contre sa tempe droite. Plus il appuyait, plus elle se recroquevillait de peur, prête à suivre tous les ordres de son agresseur.

— Mais que faites-vous ? s'exclama Peter.

— Vous et moi avons encore quelques problèmes à régler, maître, répondit Devoux.

Bailey bredouilla :

— Peter, que se passe-t-il ? Qui c'est ?

— Vous voulez dire que vous ne lui avez rien dit ? gloussa Devoux.

Peter était tenté de tout nier en bloc, mais Devoux n'avait pas l'air de vouloir plaisanter.

— Ma chérie, je vais tout t'expliquer, commença-t-il pour tenter de calmer Bailey.

— Je n'en doute pas, confirma Devoux. Vous pouvez commencer par me dire où est mon argent.

Peter le regarda, incrédule.

— Votre argent ?

— Le solde, maître. Vous auriez déjà dû procéder au virement, vous ne croyez pas ? Où est l'argent ?

— Vous êtes fou ? Vous avez déjà de la chance que je vous laisse l'avance. Au cas où vous n'auriez pas lu la presse, je vous signale que les choses ne se sont pas vraiment passées comme prévu.

Devoux poussa brutalement Bailey sur le lit et braqua son arme sur une nouvelle cible. Peter, juste entre les deux yeux.

— C'est exact, mais au cas où vous seriez aveugle, je vous signale que vous n'êtes pas vraiment en position de négocier. Je veux mon fric.

Peter leva les mains.

— D'accord, d'accord. Vous allez l'avoir, votre fric.

D'un signe de tête, il indiqua l'ordinateur portable de Bailey, un MacBook noir posé sur un coin du bureau.

— Je peux effectuer le virement tout de suite.

— Excellente réponse, sourit Devoux, satisfait. Juste un petit détail : la somme va être un tout petit peu plus élevée que prévu.

Peter ne supportait pas d'être pris en otage, mais il n'avait en effet pas le choix. La seule chose qu'il pouvait répondre était :

— Combien ?

— Eh bien, voyons, c'était quoi, déjà, le chiffre que j'ai lu dans les journaux ? Seize millions de dollars, c'est ça ?

— Vous êtes malade ! Je préférerais mourir plutôt que de vous donner tout l'argent.

Le sourire de Devoux s'élargit.

— Vous savez quoi ? Je vous crois, maître. C'était un risque à courir, n'est-ce pas ? C'est pourquoi j'ai toujours un plan B.

Il arma le chien de son pistolet et, lentement, son bras pivota vers Bailey.

— Oh non, mon Dieu…, geignit la jeune femme en reculant jusqu'à la tête de lit, à laquelle elle s'accrocha.

— Je suis de votre côté, ma belle, lui dit Devoux.

Puis il se tourna vers Peter.

— Alors, maître ? Vous changez d'avis ? Vous préférez regarder votre jolie petite copine mourir ?

Peter vit le regard terrorisé de Bailey. Pourquoi avait-il fallu qu'il la rencontre ? Pourquoi avait-il fallu qu'il éprouve quelque chose pour elle ?

Elle tremblait, elle faisait pitié à voir. Tout cela à cause de lui.

Merde !

Il n'avait plus le choix. À moins que…

Il se leva et se dirigea vers l'ordinateur.

Vite gagné, vite perdu.

Il se connecta sur le site de sa banque aux îles Cayman, entra le code et le mot de passe de son compte numéroté puis, en quelques gestes, prépara un virement d'un montant de seize millions de dollars. Chaque zéro qu'il tapait lui faisait l'effet d'un coup de poing dans le ventre.

Il se tourna finalement vers Devoux.

— Bon, j'envoie ça où ?

Devoux attrapa Bailey et la traîna littéralement jusqu'au milieu de la pièce.

— Restez ici avec elle, ordonna-t-il à Peter. Faites comme si je n'étais pas là, profitez-en !

Tout en gardant son arme braquée sur eux, Devoux se rapprocha du bureau et commença à taper d'une main. Un œil sur l'écran, l'autre sur le couple.

Aussi discrètement que possible, l'avocat regarda sa Rolex platine. Dans sa tête, le compte à rebours se poursuivait.

Cinq. Quatre. Trois. Deux…

De l'ordinateur jaillit une sonnerie tonitruante qui fit sursauter Devoux. Peter avait programmé l'alarme.

Il réussit à se jeter sur Devoux et à faire tomber l'arme. De tout son poids, il plaqua le tueur contre le mur. Un coup de poing, puis un autre.

Devoux s'écroula. Mais il n'était pas K-O.

Les deux hommes avaient sensiblement la même corpulence, mais pas le même entraînement. Devoux parvint à balayer les jambes de Peter et à reprendre le dessus. Il lui martela le visage avec violence, décidant dans l'instant de se passer de son arme et de tuer Peter à l'ancienne.

Mais soudain, la voix de Bailey retentit et tout s'arrêta.

— Plus un geste ! hurla-t-elle.

122

Bailey avait récupéré le pistolet.

Sauvé ! Réfléchissons, vite, se dit-il.

Il ne pouvait évidemment pas appeler la police. Il fallait trouver une autre solution.

Devoux en avait déjà une. Il fit un pas en direction de Bailey.

— Que vas-tu faire, ma chérie, me tirer dessus ?

— Oui, c'est exactement ce qu'elle va faire, confirma Peter.

— Non, elle ne le fera pas.

Il avança encore d'un pas. Deux mètres à peine le séparaient de Bailey.

— Bailey, s'il s'approche encore, tu tires. Appuie sur la détente, c'est tout.

— Elle ne le fera pas, affirma Devoux. Contrairement à vous, ce n'est pas une tueuse. N'est-ce pas, Bailey ?

— N'avancez plus, vous m'entendez ! cria Peter.

Devoux ne tint aucun compte de cet ordre.

— Bailey, vas-y ! hurla Peter. Tire sur cet enfoiré ! Tire !

Bailey pressa la détente en se crispant sur l'arme. Peter entendit à peine la détonation, étouffée par le silencieux.

Mais il sentit la balle.

Puis il découvrit le petit trou dans son ventre, le sang rouge vif dégoulinant sur son caleçon. Il recula en vacillant. Ses jambes se dérobaient sous lui, mais il ne s'effondra pas.

Il tentait de comprendre ce qui venait de se passer. Ce n'était pas possible, il devait être en train de cauchemarder…

— Bailey ? hoqueta-t-il.

Elle le regarda d'un air contrit, puis esquissa un… sourire.

— Tu sais, Peter, tu es peut-être beau mec, mais au lit, tu étais vraiment nul.

Devoux glissa la main sous son peignoir, lui caressa le dos, puis empoigna ses fesses et la tira à lui.

— Ne me raconte pas de conneries ! Je sais que tu adorais baiser avec lui. On ne frappe pas un homme à terre, voyons !

Et Peter, ébahi, les vit s'embrasser. À pleine bouche. *Devoux et Bailey ?*

Peter finit par s'écrouler, les mains sur le ventre. Il commençait à vraiment souffrir. Le sang giclait entre ses doigts. Il avait du mal à respirer, et son champ de vision se rétrécissait inexorablement.

Devoux s'écarta de Bailey et adressa un petit clin d'œil à Peter.

— C'est fou ce que les gens sont capables de faire pour de l'argent, hein, maître ?

— Mais… mais, je vous ai évité la prison. Nous avions un marché…

— Vous ne l'avez pas fait pour moi, avocat de mes deux. C'était juste pour l'argent, comme moi aujourd'hui. Pour moi, vous êtes un facteur de risque,

Peter. Qui plus est, vous méritez de mourir. Vous étiez prêt à tuer trois enfants. Et votre merveilleuse épouse.

Il se planta devant l'ordinateur pour achever l'opération de virement des seize millions de dollars.

— Vous savez, jamais un boulot ne m'a autant plu. C'est le dénouement idéal.

Peter en était réduit à le regarder faire. Il sentait sa vie s'échapper, ses forces le quitter peu à peu. Bientôt, il entrerait en état de choc.

Comment une chose pareille pouvait-elle arriver ?

Que Devoux l'ait entubé, ça, il arrivait à le concevoir. Mais une fille comme Bailey… Une étudiante en droit… Elle était bien en fac de droit, non ?

— Qui... qui es-tu ? lui demanda-t-il, en articulant difficilement les mots.

Devoux referma l'ordinateur, se leva, s'approcha de la jeune fille et lui prit l'arme des mains.

— Elle est mon plan B, dit-il. Tout magicien qui se respecte a son assistante, non ?

Pas de clin d'œil cette fois, ni même un début de sourire. Devoux s'avança vers Peter et leva son pistolet.

— Allez crever en enfer ! éructa Peter dans un sursaut de mépris.

— Après vous, répondit Devoux.

Il tira encore deux fois. La première balle atteignit l'avocat en plein front. La seconde transperça son cœur de pierre. De la haute précision. Devoux s'agenouilla pour prendre son pouls. Non qu'il s'imaginât sa victime capable de survivre à trois blessures par balle, mais parce qu'il voulait le sentir mourir.

— Hé, sympa, la montre, dit-il en apercevant la Rolex, qu'il s'empressa de retirer pour la mettre dans sa poche.

— Dépêche-toi, on a un avion à prendre ! le pressa Bailey.

Devoux se releva et, de la paume de la main, lui envoya un baiser.

— Je crains que le « on » ne soit pas d'actualité, chérie.

Pffft ! Pffft !

Deux balles suffirent pour supprimer le dernier facteur de risque.

123

Une trentaine d'heures plus tard, Devoux se promenait sur les Champs-Élysées. Tout n'était que douceur et légèreté, et il n'aurait pu rêver mieux. Au loin, l'Arc de triomphe embrasé par le soleil couchant lui offrait un spectacle grandiose. Dieu, ce qu'il aimait Paris !

Pour mieux s'imprégner de tout ce qui l'entourait, il ferma les yeux. Aux abords des terrasses de café, de bonnes odeurs de pain et de fromage se mêlaient à l'air vif de ce mois d'octobre. L'atmosphère avait quelque chose de grisant, de rassurant, de familier.

« L'Amérique est mon pays, mais c'est à Paris que je me sens chez moi. »

Une phrase de Gertrude Stein, restée célèbre.

Devoux comprenait parfaitement ce que cette vieille bique avait voulu dire.

Grâce à l'argent de Peter Carlyle, il pouvait s'offrir de longues vacances en Europe. Accumuler les meurtres était finalement préjudiciable à son équilibre.

Soudain, la voix d'une passante le fit s'arrêter.

— Vous avez l'heure, s'il vous plaît ?

Oui, il savait quelle heure il était. Comme toujours.

Il releva la manche de son cache-poussière Prada en coton laqué, sans même regarder la jeune femme. Ses yeux étaient braqués sur la belle Rolex platine qu'il venait d'acquérir à un prix imbattable.

Je dois reconnaître une chose, Carlyle : tu avais du goût.

Il releva la tête pour répondre à l'inconnue, dans son meilleur français, qu'il était 17 h 15.

Mais aucun mot ne sortit de sa bouche.

Ce n'était pas une inconnue.

— On ne bouge plus ! cria l'agent Ellen Pierce en reculant de deux pas, un Glock calibre .40 au poing. Sinon je vous abats sur place !

Contre toute attente, Devoux sourit.

— J'aurais dû vous tuer quand j'en avais l'occasion.

— Eh oui, la vie est faite de regrets. Et de petites surprises. Maintenant, les mains derrière la tête et à genoux. Tout de suite.

Les passants, épouvantés à la vue du pistolet d'Ellen, se réfugiaient derrière les arbres et les voitures.

Devoux ne bougeait pas.

— J'ai dit : mains derrière la tête et à genoux !

Lorsqu'il avança d'un pas, Ellen pointa son Glock sur sa poitrine.

— Dernière sommation ! Encore un pas, et vous êtes mort !

Devoux ne se contenta pas d'un pas. Avec un rire de fou, il se jeta littéralement sur la jeune femme en essayant de lui arracher son arme.

Bang !

Ellen l'atteignit en pleine poitrine. Les passants se mirent à hurler de peur. Certains prirent la fuite.

Devoux recula en chancelant, mais ne s'effondra pas. Pis, il revint à la charge, tenant un couteau à cran d'arrêt apparu dans sa main comme par magie.

Bang ! Bang !

Cette fois, il s'écroula et ne bougea plus.

Ellen s'agenouilla et releva la manche du manteau.

On pouvait obtenir beaucoup de choses en montrant son insigne à une infirmière. Notamment qu'elle vous prête la montre de Peter Carlyle pendant quelques heures, le temps de l'équiper d'un mouchard.

Quand ça ne marche pas du premier coup, songea Ellen, *il faut insister !*

Elle entendit des sirènes se rapprocher. Elle allait passer des heures à répondre aux questions très énervantes de la police française, il lui faudrait rédiger des rapports à n'en plus finir. Puis Ian lui infligerait sans doute une nouvelle suspension. Mais peu lui importait le prix à payer. Pour elle, cela en valait la peine. Elle avait retiré de la circulation un type dangereux, très dangereux.

— Fallait pas essayer de me tuer, lança-t-elle au mort.

ÉPILOGUE

Chose promise, chose due

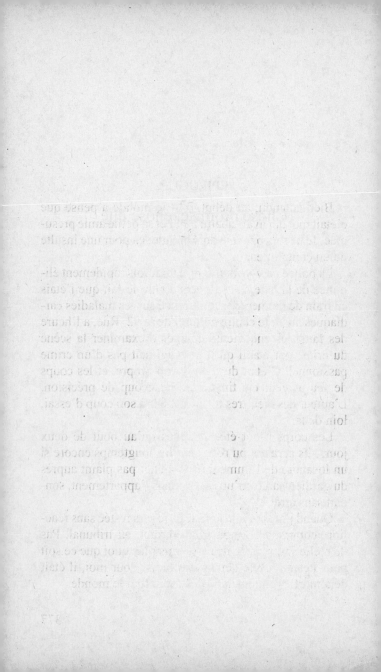

124

Bien entendu, au début, tout le monde a pensé que c'était moi qui avais abattu Peter et sa petite amie présumée. Je ne sais pas si je dois prendre ça pour une insulte ou un compliment.

La police new-yorkaise m'a toutefois rapidement éliminée de la liste des suspects. Outre le fait que j'étais en train de donner une conférence sur les maladies cardiaques au Y, le centre culturel de la 92e Rue, à l'heure des faits, les enquêteurs chargés d'examiner la scène du crime ont établi qu'il ne s'agissait pas d'un crime passionnel. C'était du travail trop propre, et les coups de feu avaient été tirés avec beaucoup de précision. L'auteur des meurtres n'en était pas à son coup d'essai, loin de là.

Les corps n'ont été retrouvés qu'au bout de deux jours. Ils auraient pu rester là plus longtemps encore si un locataire de l'immeuble ne s'était pas plaint auprès du gardien parce qu'un réveil, dans l'appartement, sonnait sans arrêt.

Quand j'ai appris la nouvelle, je suis restée sans réaction, comme à l'annonce du verdict, au tribunal. Pas de réelle surprise. Je ne ressentais plus quoi que ce soit pour Peter Carlyle depuis des mois. Pour moi, il était déjà mort. Maintenant, il l'est pour tout le monde.

J'ai par contre une petite pensée pour la fille. Les policiers m'ont dit qu'ils avaient retrouvé son permis de conduire dans la chambre. Elle s'appelait Lucy Holt et avait été arrêtée deux fois pour prostitution à Las Vegas. C'était apparemment une *call-girl* aux tarifs extrêmement élevés. Que faisait-elle à New York, dans un appartement aussi modeste? Que représentait-elle pour Peter?

Personne n'en a la moindre idée. Le type qui lui sous-louait son appartement en toute illégalité sait juste qu'il touchait ses loyers en liquide. Sans doute est-ce Peter qui le payait.

J'ai même appelé l'agent Pierce à la DEA, en espérant qu'elle pourrait m'en dire plus, mais elle était absente. Sa secrétaire m'a dit qu'elle avait pris quelques jours de vacances, m'a parlé d'un voyage à Paris. Elle en avait sans doute besoin. Au moment du verdict, j'ai bien cru qu'elle allait péter les plombs.

Pour moi, en tout cas, le cauchemar est terminé.

Il ne me reste plus qu'à tenir la promesse que j'ai faite à mes enfants.

— Moi, je vais prendre une entrecôte, saignante, annonce Mark au serveur du Flames.

Cette rôtisserie, située non loin de notre maison de campagne de Chappaqua, est l'un de nos restaurants préférés.

— Pareil pour moi, lance Ernie.

— Et les soufflés ? demande Carrie, qui a commandé la côte de bœuf. Je me souviens parfaitement que tu nous avais promis des soufflés, maman.

— Absolument.

Chose promise, chose due.

Et j'opte pour ma part pour le poulet au parmesan, mon plat préféré.

Je contemple la tablée. Je suis si heureuse que nous soyons réunis. Avant l'été dernier, même si je les avais soudoyés, Mark et Carrie n'auraient jamais accepté de venir passer le week-end ici. Cette fois, ce sont eux qui ont voulu venir, et je sais bien que ce n'est pas uniquement pour le plaisir de manger de la bonne viande.

Le serveur repart, Mark lève son Coca light.

— À la mémoire d'oncle Jake.

Nous levons tous nos verres.

— À la mémoire d'oncle Jake, dis-je en même temps que Carrie.

— À la mémoire d'oncle Jake, répète Ernie.

Au moment où nous trinquons, il me fait un petit clin d'œil. Il m'a demandé de ne rien dire, il veut que cela reste notre petit secret. Pas de problème. Carrie et Mark n'ont pas besoin de savoir, pas maintenant, en tout cas. Je suppose qu'un jour, quand il sera plus grand, peut-être même quand je ne serai plus de ce monde, il leur dira la vérité.

Nous prenons nos aises dans les confortables fauteuils.

— J'ai une seule et dernière question à vous poser, dis-je.

Les enfants me regardent, intrigués.

— Que fait-on l'été prochain ? Il faudrait trouver une bonne idée de vacances en famille, quelque chose de sympa. Qui a envie de partir en croisière ?

Du même auteur :

La Lame du boucher, 2010.
Le Septième Ciel, 2009.
Bikini, 2009.
La Sixième Cible, 2008.
Des nouvelles de Mary, 2008.
Le Cinquième Ange de la mort, 2007.
Sur le pont du loup, 2007.
Quatre fers au feu, 2006.
Grand méchant loup, 2006.
Quatre souris vertes, 2005.
Terreur au troisième degré, 2005.
Deuxième chance, 2004.
Noires sont les violettes, 2004.
Beach House, 2003.
Premier à mourir, 2003.
Rouges sont les roses, 2002.
Le Jeu du furet, 2001.
Souffle le vent, 2000.
Au chat et à la souris, 1999.
La Diabolique, 1998.
Jack et Jill, 1997.
Et tombent les filles, 1996.
Le Masque de l'araignée, 1993

AU FLEUVE NOIR

L'Été des machettes, 2004.
Vendredi noir, 2003.
Celui qui dansait sur les tombes, 2002.

34 72 BH BB DP

Composition réalisée par Datagrafix

Achevé d'imprimer en décembre 2011, en France sur Presse Offset par
Maury-Imprimeur - 45330 Malesherbes
N° d'imprimeur : 169379
Dépôt légal 1re publication : novembre 2011
Édition 02 - décembre 2011
LIBRAIRIE GÉNÉRALE FRANÇAISE - 31, rue de Fleurus - 75278 Paris Cedex 06

31/5821/9